Die Inselsucherin

DIE INSEL-SUCHERIN

Sigrid Heuck

Weitbrecht

Die Deutsche Bibliothek – CIP-Einheitsaufnahme
Ein Titeldatensatz für diese Publikation
ist bei der Deutschen Bibliothek erhältlich

Sigrid Heuck:
Die Inselsucherin
ISBN 3 522 71635 3

Umschlaggestaltung: ZERO, München,
unter Verwendung eines Fotos von Zefa
Satz: KCS GmbH, Buchholz/Hamburg
Schrift: Goudy/Univers
Reproduktion: immedia 23, Stuttgart
Druck und Bindung: Friedrich Pustet, Regensburg

5 4 3 2 1* 00 01 02 03 04

Es lebte einmal ein Mann, der Inseln liebte. Er war auf einer Insel geboren, die ihm aber nicht zusagte, weil zu viele andere Menschen dort außer ihm lebten. Er wollte eine Insel besitzen, die ihm ganz allein gehörte, nicht weil er durchaus allein darauf leben, aber weil er sie gänzlich zu seiner eigenen Welt machen wollte.

(D. H. Lawrence,
Der Mann, der Inseln liebte)

Wir sind gewiss verdammt, unaufhörlich am Rande der Ewigkeit zu schweben, ohne den endgültigen Sturz in den Abgrund zu tun. Über Wellen, die erstaunlicher sind als alle, die ich jemals gesehen habe, gleiten wir leicht wie eine pfeilschnelle Möwe dahin und die gigantischen Wasser erheben ihre Häupter über uns wie Dämonen der Tiefe, wie Dämonen, die zwar drohen dürfen, aber nicht vernichten.

(Edgar Allan Poe,
Das Manuskript in der Flasche)

1

THERESAS ENTSCHEIDUNG, ihrem Leben eine andere Richtung zu geben, war langsam in ihr gewachsen. Sie verglich ihren Einfall mit einem Luftballon, der – zuerst nur eine Hülle – mit jedem Atemstoß an Umfang gewinnt, bis er so prall ist, dass man Gefahr läuft, er könne zerplatzen. So weit war sie nun. Alles, was ihr noch zu tun übrig blieb, war, sich selbst in einen Ballon zu verwandeln und losgelassen davonzufliegen, zuerst noch unsicher hin- und herschaukelnd in den Himmel zu steigen, um dann, von einer bestimmten Höhe an zügig, ein Spielball des Windes, über die tief unter ihr zurückbleibende Erde zu treiben.

Theresa hatte beschlossen sich dem Wind zu überlassen. Niemand brauchte sie hier. Man hatte sie vor einigen Monaten in Rente geschickt, obwohl sie ihre Arbeit in der Bücherei liebte und durchaus imstande war ihr weiter nachzugehen. Sie hatte keinen Mann und keine Kinder. Ihre einzige Schwester hatte eine eigene Familie gegründet. Und die Katze, mit der sie viele Jahre glücklich gewesen war, lebte nicht mehr.

Eine Woche vor ihrem Abflug lud Theresa ihre Schwester Dodo mit Bernd, ihrem Schwager, und zwei ehemaligen Arbeitskolleginnen und deren Männern zu sich ein. Als Dodo im Beisein ihres Mannes die Schwester nach dem Grund für diese Einladung fragte, wich Theresa aus.

»Es gibt keinen besonderen Anlass«, erklärte sie.

Doch sie ahnte, dass niemand ihr glaubte. Sie wusste, dass Dodo sich nach dem Tod der Katze große Sorgen um sie gemacht hatte. Damals hatte sie sich von allen zurückgezogen und den Anschein erweckt, als befände sich zwischen ihr und anderen Menschen eine Wand. Trotzdem schien es Dodo nicht entgangen zu sein, dass sie in letzter Zeit eine ungewöhnliche Geschäftigkeit an den Tag gelegt hatte. Theresa kannte ihre Schwester gut.

»Sie wird allmählich ein bisschen komisch, wie viele allein stehende Frauen in ihrem Alter«, wird Dodo ihrem Mann erklärt haben, als er von ihr wissen wollte, ob sie eine Ahnung hätte, was die Ursache für diese merkwürdige Unruhe sei. Vermutlich hatte sie Theresas Verschlossenheit mit dem Tod der Katze in Verbindung gebracht, der sie schlimmer getroffen hatte als der Tod ihrer Mutter vor einigen Jahren. Doch als Dodo Theresa den Vorschlag machte, sich eine neue Katze aus dem Tierheim zu holen, hatte sie ihr schroffer, als es sonst ihre Art war, eine Abfuhr erteilt:

»Kommt nicht infrage. Ich will keine Katze mehr. Keine wird dem Vergleich mit Rani standhalten. Das verstehst du nicht.«

Dodo und Bernd trafen als Erste in der kleinen Wohnung ein. Erstaunt stellten sie fest, dass mit Theresa eine Veränderung vorgegangen war. Sie hatten sich längere

Zeit nicht gesehen. Das war nichts Besonderes. Es hatte sich einfach nicht ergeben. Wenn eine von ihnen Zeit hatte, war die andere gerade unterwegs. Doch das konnte nicht der Grund dafür sein, warum Theresa der Schwester irgendwie fremd erschien. Sie hatte sich eine neue Frisur zugelegt. Seit Generationen war es in ihrer Familie üblich gewesen, dass die Frauen sich die Haare hochsteckten, entweder mithilfe eines Kamms am Hinterkopf oder in Zöpfen geflochten und um den Kopf gelegt. Dodo hatte ihre Haare in einem feinen Netz und mit einigen Haarnadeln im Nacken befestigt. Theresa hatte sich die Haare abschneiden lassen. Sie trug sie locker über die Ohren fallend. Ponyfransen, die wenige Finger breit über dem oberen Rand ihrer Brille endeten, bedeckten die etwas hohe Stirn und verkürzten die Länge ihres Gesichts.

»Na, du siehst ja ganz anders aus!«, stellte ihr Schwager ironisch fest.

»Gefällt es euch?«

»Ich weiß nicht.« Dodo zögerte. »Du wirkst jünger.«

Noch bevor sich Theresa überlegen konnte, ob die Antwort ihrer Schwester ein Kompliment oder einfach nur eine spitze Bemerkung gewesen war, drückte ihr Bernd einen Blumenstrauß in die Hand.

»Wie oft hab ich dir schon erklärt, dass man Blumensträuße nicht im Papier überreicht!«, zischte Dodo ihn an. »Gib sie mir, Theresa, ich bring das in Ordnung. Ich weiß ja, wo deine Vasen stehen.«

Theresa überließ ihr den Strauß gern. Sie kannte ihren Schwager gut genug, um sich die Diskussion vorzustellen, die sich beim Kauf der Blumen zwischen beiden abgespielt haben musste. »Tulpen sind billiger als Rosen«, hatte er ihr vermutlich vorgehalten. »Aber Theresa liebt Rosen«, wird Dodo ihm entgegnet haben. »Warum hast du sie dann nicht im Supermarkt gekauft. Dort kosten sie ein Drittel weniger!« Nachdem ihnen die Verkäuferin wahrscheinlich erklärt hatte, dass sich Tulpen länger in der Vase halten als Rosen, wird Dodo einverstanden gewesen sein. Dann hat sie länger Freude an ihnen, wird sie gedacht haben, ohne zu ahnen, dass es darauf nicht mehr ankam.

»Kommt Edith auch?«, fragte Bernd.

»Nein. Sie muss sich auf eine Prüfung vorbereiten und hat deshalb keine Zeit.«

Der Abend verlief wie die meisten Abende dieser Art. Obwohl sie eigentlich schon zu alt dafür war, trug Dodo einen engen Rock, der weit über ihren Knien endete. Sie achtete darauf, sich stets so hinzusetzen, dass ihre Beine gut zur Geltung kamen.

Bernd war anzusehen, dass er sich langweilte. Wenn Edith gekommen wäre, hätte er sich vermutlich nur mit ihr unterhalten, denn Edith war jung und hübsch. Die Arbeitskolleginnen seiner Schwägerin interessierten ihn nicht. An seiner Miene konnte Theresa erkennen, dass sie für ihn nur graue, verstaubte Frauen waren, so wie sie selbst. Ihre Ansichten waren sehr verschieden. Dodo stieß ihn ein paarmal an, weil sie Angst hatte, er könne einschlafen. Alle sprachen dem Wein gut zu. Mechthild und Inge, die Arbeitskolleginnen, beklagten sich über Theresas Nachfolgerin, und Dodo jammerte über ihre Töchter, die beide studierten und nur noch heimkamen, wenn sie Geld brauchten.

So wird es immer weitergehen, dachte Theresa. Sie gehen zur Arbeit, kommen abends müde heim, hocken sich vor den Fernsehapparat und sehen sich ein Fußballspiel an oder eine Talkshow. Den Urlaub verbringen sie je nach Gehaltsstufe auf Mallorca oder in einem Viersternehotel auf den Kanarischen Inseln. Sie träumen von der Zeit ihrer Pensionierung und was sie dann alles unternehmen wollen, ohne sich klar darüber zu sein, dass sie sich nur langweilen werden, dass sie viel zu träge sind, um noch etwas an ihrem Leben zu ändern. So bleibt ihnen nichts anderes als die Sorge, ein gutes Seniorenheim zu finden und auf den Tod zu warten, weil ihre Kinder keine Bereitschaft zeigen, sie im Alter zu pflegen und bei sich in der Wohnung sterben zu lassen.

Nein, dachte Theresa, das mache ich nicht mit. Ich nicht! Und dabei war sie froh über ihre Entscheidung. Als sie beobachtete, dass Bernd seine Frau drängte, es sei Zeit zu gehen, klopfte sie an ihr Glas, bis die anderen ihr Gespräch unterbrachen und sie erwartungsvoll ansahen.

»Ich wollte euch nur mitteilen, dass ich verreisen werde«, begann sie, räusperte sich und fuhr fort: »Ich fliege in ein paar Tagen. Es wäre schön, wenn einer von euch mich mit meinem Gepäck zum Flughafen bringen könnte.«

»Wohin soll's denn gehen?« Bernds Stimme klang spöttisch. »Nach Italien oder nach Griechenland?« Doch Theresa überhörte den Spott.

»Nach Asien«, sagte sie.

»Wohin?«, rief Dodo, die glaubte Theresa falsch verstanden zu haben.

»Südostasien, wenn du's genau wissen willst«, erklärte Theresa.

»Jetzt bist du völlig übergeschnappt!«

Theresa wich allen weiteren Fragen mit dürftigen Erklärungen aus. Ja, es sei so etwas Ähnliches wie eine Studienreise. Nein, sie fliege allein, nicht mit einer Reisegruppe. Ja, sie habe ihre Wohnung an Edith untervermietet, die sie damals bei ihrem Aufenthalt in der Nervenklinik kennen lernte. Außerdem habe sie ihre Bank angewiesen, ihr monatlich die Rente und einen Teil der Miete auf ein neu eingerichtetes Konto einer Filiale in Jakarta zu überweisen. Von dort könnte sie das Geld je nach Bedarf abrufen. Ja, sie sei geimpft. Ihr Arzt habe ihr die Reise erlaubt und sie mit den wichtigsten Medikamenten versehen. Wann sie wieder heimkomme, wisse sie noch nicht genau.

»Weißt du eigentlich, auf was du dich da einlässt?«, fragte Dodo sie schließlich. »Eine Frau in deinem Alter sollte nicht mehr so weit reisen.«

»Wer sagt das?« Theresa sah sie erstaunt an. Doch darauf wusste keiner ihrer Gäste eine Antwort.

Kurze Zeit später verabschiedeten sich alle, nachdem Mechthilds Mann Theresa versprochen hatte, sie an dem vereinbarten Tag, bevor er zur Arbeit fuhr, zum Flughafen zu bringen.

»Ich kann leider nicht«, hatte sich Bernd entschuldigt. »Gerade an diesem Tag habe ich einen wichtigen

Termin«, wobei jeder ihm ansah, dass ihm so schnell keine bessere Ausrede einfiel.

»Ich hab's doch gewusst«, sagte er auf dem Heimweg zu Dodo: »Sie wird komisch! Hoffentlich geht das alles gut.«

Während Theresa das Geschirr wegräumte, versuchte sie sich daran zu erinnern, wie sie zu dem Entschluss gekommen war nach Südostasien zu fliegen und sich auf die Suche nach einer Insel zu machen, die sich irgendwo in der Molukkensee befinden sollte.

Theresa wurde in einer kleinen Universitätsstadt im östlichen Teil Deutschlands geboren. Ihr Vater war Lehrer gewesen, obwohl er viel lieber zur See gefahren wäre. Die Liebe zum Meer musste ein Traum bleiben, da ihm das Geld für die Ausbildung fehlte. Auf der Hochschule hatte er sich in eine Studentin verliebt und als sie schwanger wurde, heirateten die beiden. Sie zogen in eine kleine, ihren Verhältnissen angemessene Wohnung. Ein Jahr nach Theresas Geburt erblickte ihre Schwester Dorothee das Licht der Welt.

Das Einzige, was von der Sehnsucht des Vaters nach dem Meer übrig blieb, waren seine Schiffsmodelle. Sie entschädigten ihn für vieles, den Ärger über die Schüler und das Korrigieren der Hefte. Er kaufte sich Modellbaukästen und baute Schiffe nach wie die *Santa Maria*, mit der Columbus Amerika entdeckte, Kapitän Nelsons Flaggschiff *Victory*, mit dem er vor Trafalgar siegreich gewesen war, oder das Segelschulschiff der Deutschen Marine, die *Pamir*. Doch dann protestierte seine Frau und warf ihm vor, diese Schiffe seien Staubfänger und sie fände keinen Platz mehr für sie in ihrer kleinen Wohnung. Sie machte ihm den Vorschlag, Flaschenschiffe zu bauen, die er dann im obersten Fach ihres Bücherregals aufstellen könne, unerreichbar für die Hände kleiner Kinder. Der Bau eines Flaschenschiffes bedeutete eine neue Herausforderung für Theresas Vater. Er machte sich mit Feuereifer an die Arbeit.

Niemanden erstaunte es, dass Theresas erstes Wort weder »Papa« noch »Mama« gewesen war, sondern »Schiff«. Es war nichts mehr und nichts weniger als die Neugier eines Kindes, dem ein so kleines Modell in einer Flasche wie ein Wunder vorkam. Auch Theresas erste kindliche Malereien zeigten immer nur Schiffe, Segler, Raddampfer und Kreuzfahrtschiffe wie die *Titanic*. Mit der Zeit veränderten die Kritzeleien ihre Formen, gingen über kindlichen Krikelkrakel hinaus. Sie bevorzugte eine bestimmte Form, die sie ständig zu vervollkommnen versuchte. Es war ein merkwürdiges Schiff, ähnlich einem Fischkutter, und es besaß nur einen Mast, an dem ein Dreieckssegel befestigt war. Der Aufbau auf dem hinteren Teil des Decks sah aus wie ein kleines Haus, in dem der Schiffer wohnen konnte, solange er auf dem Meer unterwegs war. Die Planken waren mit eigentümlichen Ornamenten bemalt. Über der Wasserlinie eine rote Welle, die kurz vor dem Heck in einer Volute endete. Große runde Augen am Bug, über ihnen eine Sonne. Der Schiffskörper glich einem Meeresungeheuer, einem Drachen oder Dämon, der mit aufgerissenem Rachen die Wellen durchpflügte, um ihn herum verschiedene exotische Blumen. Diese Form malte Theresa wieder und wieder. Sie kam nicht davon los. Es war wie ein immer wiederkehrender Zwang oder ein Traum, an den sie sich zu erinnern versuchte. Nicht einmal ihr Vater konnte ihr erklären, um welchen Schiffstyp es sich handelte.

Daher war es kein Wunder, dass Theresa immer Geschichten vorgelesen haben wollte, die irgendwie mit dem Meer zu tun hatten. Sobald ihre Schwester in das Alter kam, in dem sie mitbestimmen wollte, was vorgelesen wurde, gab es oft Streit zwischen den beiden Mädchen. Dodo liebte Geschichten, die von Prinzessinnen handelten und von Prinzen, die für sie kämpften, von Feen, Elfen, Zauberern und Riesen. Theresa dagegen wollte immer nur Geschichten hören wie *Sindbad der Seefahrer*, *Moby Dick* und *Robinson Crusoe*.

Dodo war schon bald der Liebling der Mutter. Sie war niedlich anzusehen, lebhaft und manchmal auch launisch. Ein rotblonder Lockenkopf. Alle Nachbarinnen bewunderten und verwöhnten sie.

Im Gegensatz zu ihr war Theresa still. Sie musste schon früh eine Brille tragen und interessierte sich mehr für Schiffe als für Puppen.

Gleich zu Beginn des Krieges wurde der Vater eingezogen. Doch schon nach einem halben Jahr kehrte er wieder heim. Eine Granate hatte sein rechtes Bein zerfetzt. Die ausgestandenen Schmerzen und die Verbitterung über sein Schicksal waren ihm am Gesicht abzulesen. Das alles ließ ihn älter erscheinen, als er war. Schon bald nach seiner Rückkehr ermunterte ihn Theresas

Mutter die alte Liebhaberei wieder aufleben zu lassen und Flaschenschiffe zu bauen. Er besorgte sich die Materialien, suchte sich ein Vorbild aus einem seiner Bücher heraus und begann einen Schiffskörper zu konstruieren und zu bemalen. Er setzte Masten, Rahen, Segel und Takelage zusammen und verband sie geschickt mit dünnen Bindfäden, damit er sie zusammengeklappt durch den schmalen Flaschenhals schieben und erst im Inneren der Flasche aufrichten und befestigen konnte. Seine Hilfsmittel bestanden aus einigen feinen Messern, mehreren Pinzetten, Farbe und Klebstoff. Stundenlang konnte Theresa neben ihm sitzen und dabei zusehen, wie seine Finger zuerst noch unbeholfen vorsichtig, dann mit zunehmender Sicherheit einen Schoner, eine Kogge oder eine Brigg in eine glasklare, manchmal auch leicht grünlich schimmernde Flasche schoben, die Masten in den dafür vorgesehenen Löchern festklebten und dabei darauf achteten die Taue nicht zu verwirren und die Segel nicht zu zerreißen.

»Traust du dir zu den Namen eines Schiffs auf seinen Bug zu schreiben?«

»Ich weiß nicht.« Theresas Antwort klang zögernd.

Ihr Vater zeigte ihr, wie sie es machen sollte. Sie versuchte es und als es ihr gelang, malte sie von da an mit einem spitzen Pinsel *Pamir*, *Gorch Fock* oder *Beagle* gleich hinter dem Bugspriet auf die Schiffskörper.

Einmal baute der Vater heimlich ein Schiff und taufte es auf den Namen *Theresa*. Sie fand es unter dem Weihnachtsbaum. Zuerst wollte sie nicht glauben, dass es ein Geschenk für sie war.

»Ist das für mich?«, rief sie. »Wirklich für mich ganz allein?«

»Aber ja.« Die Mutter deckte den Weihnachtstisch. »Er hat viele Stunden lang daran gebaut, während du in der Schule warst.«

Ein überwältigendes Glücksgefühl stieg in ihr hoch. Der Vater hatte ihre geheimsten Wünsche erraten. Ein eigenes Schiff, das ihren Namen trug. Eine Dreimastbark mit komplizierter Takelage und vielen Segeln. Sie stellte die Flasche auf das Regal über ihr Bett.

»Noch so ein Staubfänger«, giftete Dodo. »Als ob wir nicht schon genug von der Sorte hätten!«

»Tu doch nicht so, als ob du sie immer abstauben müsstest«, gab ihr Theresa zurück.

Dodos Weihnachtsgeschenk war ein neuer Wintermantel und dazu ein Schal, der zu ihren rotblonden Haaren passte. Er gab ihr den Anlass sich stundenlang vor dem Spiegel zu drehen, zu wenden und sich selbst zu bewundern.

Obwohl das Schiff mit ihrem Namen seinen festen Platz auf dem Regal hatte, trug Theresa sein Bild in ihrem Inneren mit sich herum. Bei Tag und Nacht träumte sie von ihm. Sie war sein Kapitän. Eine Mannschaft brauchte sie nicht. Ihr Segler folgte dem leisesten Druck auf das Steuerrad. Sie steuerte es behutsam an gefährlichen Felsklippen vorbei in den sicheren Hafen und ließ es, stetig die Tiefe auslotend, im glasklaren Wasser über Korallenbänke treiben. Von wilden Stürmen und Begegnungen mit Eisbergen träumte sie und vom Kreuzen zwischen palmenbewachsenen Inseln, während sich über ihr der Himmel wie ein stahlblauer Baldachin wölbte. Sie fuhr mit ihrem Schiff an den Küsten Chinas entlang, kreuz und quer durch die Südsee und um Kap Horn. Seine Ladung bestand aus Perlen und Baumwollballen, Porzellan, Seide und Gewürzen, die sie den Kaufleuten in Hamburg und Antwerpen brachte. In ihrer Phantasie verschmolz die *Theresa* oft mit dem bunten Schiff, das sie viele Jahre früher gemalt hatte und von dem sie und ihr Vater zu gern gewusst hätten, in welchem Land sein Heimathafen zu finden sei und ob die Muster auf seinen Planken etwas bedeuteten.

Der Krieg veränderte vieles. Theresa ging in die dritte Klasse. Der Vater erhielt eine kleine Kriegsversehrtenrente. Die Runen des Schmerzes gruben sich immer tiefer in sein Gesicht. Er konnte sich nur mithilfe von Krücken bewegen. Eine Prothese lehnte er ab. Die Mutter, die ihr Studium nie beendete, arbeitete als Hilfskrankenschwester in einem Lazarett.

In dieser Zeit malte Theresa nur noch kanonenbestückte Kriegsschiffe in ihre Aufsatzhefte und Flugzeuge, die Bomben auf die Häuser warfen. Und als sie in der Schule einmal die Aufgabe gestellt bekamen, ein Selbstbildnis zu malen, sah sie kurz in den Spiegel und malte in wässrigem Schwarz ein spitzes, von einer Brille beherrschtes Gesicht und einen schmalen, geraden Mund, der so aussah, als könne er nicht lächeln. Die bunten Farben in ihrem Malkasten trockneten allmählich aus.

Wenn sie sich an diese Zeit zurückerinnerte, erschien ihr alles grau. Sie dachte nicht gern an die Schulzeit, in der sie sich nur gelangweilt hatte. Ihre

Arbeiten hätten besser sein können, wenn sie ein wenig fleißiger gewesen wäre. Doch sie sah viel lieber ihrem Vater zu, wenn er ein neues Flaschenschiff in Angriff nahm, oder bat ihn ihr etwas vorzulesen.

Während Dodo ihre Freundinnen besuchte und mit ihnen die neuesten Modehefte durchblätterte, schrieb Theresa die Namen auf die Schiffskörper und bereitete die blaue Masse vor, die das Meer darstellen sollte. Manchmal modellierte sie auch einen Leuchtturm und bemalte ihn mit roten Streifen oder schmückte die Wellen mit weißen Schaumkronen.

An einen Abend konnte sie sich noch gut erinnern.

»Lies mir etwas vor!«, hatte sie ihren Vater wieder einmal gebeten. Sie musste etwa zehn oder elf Jahre alt gewesen sein. Die Mutter hatte an diesem Abend Spätdienst, weil am Bahnhof ein Transport verwundeter Soldaten erwartet wurde. Dodo war bei einer Freundin eingeladen. Sie hatte sich aus dem Toilettentisch im Bad ohne lange zu fragen Nagellack und Lippenstift ihrer Mutter ausgeliehen, sich mit ihnen zurechtgemacht und war davongetänzelt.

»Lies mir etwas vor!«

Draußen war es sogar den Katzen zu kalt. Aus grauen, tief hängenden Wolken nieselte es. Die Menschen hasteten mit hochgeschlagenen Mantelkragen von der Arbeit nach Hause. Das Klingeln der Straßenbahn klang gedämpft. Frierende Kinder boten den Passanten Abzeichen des Winterhilfswerks an. Eine alte Frau zerrte einen Karren mit Fallholz hinter sich her. Überall zogen die Menschen ihre Vorhänge zu und ließen die Rollläden herunter, damit kein Lichtstrahl nach außen dringen konnte.

Theresas Vater hatte den Ofen in der Küche mit ein paar trockenen Ästen angeheizt und so lange nachgelegt, bis die Herdplatte zu glühen begann.

»Lies mir etwas vor!«, bettelte Theresa. »Dann vergeht die Zeit schneller!«

»Du kannst doch selbst lesen«, entgegnete ihr der Vater.

»Vorgelesen bekommen ist viel schöner.«

»Wollen wir nicht warten, bis Dodo wieder da ist?«

»Nein, nein! Sie hat gesagt, dass es spät werden kann.« Ihre Gier nach Geschichten war unersättlich. »Lies aus dem Buch von dem Doktor vor, der die Sprache der Tiere versteht!« Der Vater holte das Buch mit dem Einband aus verblichenem Leinen aus dem Regal im Schlafzimmer. Er las mit einer vom vielen Vorlesen geschulten Stimme, langsam und schnell, wenn es der Inhalt verlangte laut, dann wieder leise, fast flüsternd. An spannenden Stellen legte er Pausen ein, um die Dramatik des Inhalts zu verstärken.

»Ich weiß, was wir tun, Stubbins«, schlug der Doktor vor. »Wir wollen ein Spiel spielen, das ich in meiner Jugend oft gespielt habe. Ich nannte es damals ›Blinde Reise‹. Wenn ich verreisen wollte und nicht wusste wohin, hab ich mit geschlossenen Augen den Atlas geöffnet. Dann habe ich, ohne hinzusehen, einen scharf gespitzten Bleistift in die Hand genommen, ihn über der unbekannten Seite geschwungen und auf eine Stelle gepikt. Danach hab ich nachgesehen, welche Stelle es war. ›Blinde Reise‹ ist ein sehr aufregendes Spiel.

Man muss nämlich, bevor man beginnt, einen Schwur leisten, dass man, wie es auch kommen mag, zu dem Ort reisen wird, den der Bleistift getroffen hat. Wollen wir das spielen?«

»Ja, natürlich, furchtbar gern!«, schrie ich fast. »Wie aufregend! Hoffentlich wird es China – oder Borneo – oder Bagdad sein.« In einer Sekunde war ich auf den Bücherschrank geklettert, hatte den großen Atlas aus dem obersten Fach geholt und ihn vor dem Doktor auf den Tisch gelegt.«

Als der Vater sich unterbrach, um neues Holz nachzulegen, vergaß Theresa vor Aufregung beinahe zu atmen. »Weiter, weiter …!«, bettelte sie.

»*Nun, sind wir bereit?*«, fuhr der Vater fort und blätterte um. »*Nimm den Bleistift und stell dich hier an den Tisch. Wenn sich das Buch öffnet, schwingst du den Bleistift dreimal im Kreis und pike ihn dann auf die Seite. Fertig? Gut – schließ die Augen!« Der Atlas hatte sich bei der Karte des südatlantischen Ozeans geöffnet. Meine Bleistiftspitze ruhte genau in der Mitte einer winzigen Insel, deren Name so klein gedruckt war, dass der Doktor seine scharfe Brille hervorholen musste, um ihn zu entziffern. Ich zitterte vor Aufregung. »Spinnenaffeninsel«, las er langsam …*

»Könnten wir das nicht auch spielen, Papa?«, unterbrach Theresa den Vater.

»Du vergisst den Schwur. Wie willst du schwören, dass du dort und nirgendwo anders hinfährst. Wir haben Krieg. Niemand darf irgendwohin fahren.«

»Ach nur so, zum Spaß!« Sie ließ nicht locker, bis der Vater seinen alten Schulatlas aus der Schublade holte und mit Theresa das Spiel spielte, das Doktor Doolittle mit seinem Gehilfen Stubbins gespielt hatte. Die

Bleistiftspitze landete mitten im Atlantik, unweit der Westküste Irlands.

Theresa war abgrundtief enttäuscht. »Das gilt nicht!« Ihre Entrüstung war groß. Sie fühlte sich betrogen. »Da ist nichts, gar nichts!«, rief sie und spürte einen Kloß im Hals und dass ihr Kinn zu zittern begann.

»Woher willst du das wissen«, versuchte sie ihr Vater zu trösten. »Das ist eine sehr ungenaue Karte. Vielleicht ist da wirklich eine Insel? Du hast noch beide Beine und das ganze Leben vor dir, das muss dir genügen, um es herauszufinden.« Seine Stimme klang bitter.

Der Gedanke an die kleine Insel westlich von Irland, die ihre Bleistiftspitze getroffen haben musste, ließ Theresa nie mehr ganz los.

Damals begann meine Suche nach ihr oder einem anderen von Wasser umgebenen Stück Land, erinnerte sie sich, und sie dauert immer noch an, obwohl inzwischen mehr als ein halbes Jahrhundert vergangen ist.

2

THERESA WOLLTE DIE TAGE, die ihr bis zu ihrer Abreise blieben, dazu benützen, um noch einige Besorgungen zu machen. An erster Stelle stand ein Gang auf den Friedhof. Später musste sie im Reisebüro ihre Flugtickets abholen und dann wollte sie noch einmal zur Bücherei, ihrer alten Arbeitsstätte.

Sie nahm nicht viel Gepäck mit auf die Reise. Die leichte Luftmatratze, der Schlafsack und ein Moskitonetz nahmen den meisten Platz ein, dazu die Taschenlampe mit ein paar Ersatzbatterien, ein Esbitkocher samt Teekessel und Plastikbecher, ein Päckchen Tee und Süßstoff, die Reiseapotheke und einmal Wäsche zum Wechseln. Pass, Impfpass und ein wenig Geld für unterwegs wollte sie zusammen mit den Tickets in einem leichten Brustbeutel unterbringen. Das einzige unnütze Ding war eine Spieldose in einem apfelgroßen runden Behälter aus Wurzelholz. Wenn man das Spielwerk aufzog, erklang die Barcarole aus *Hoffmanns Erzählungen*. Von dieser Dose wollte sie sich nicht trennen. Die Musik erinnerte sie an einen Aufenthalt in Venedig. Wenn die Walze sich zu drehen begann und die kleinen Nägel über den Kamm streiften, sah sie die in der Abendsonne glänzenden Gondeln, die Piazzetta, den Uhrturm und den Campanile vor sich. Unweigerlich fiel ihr dann die kleine halb verhungerte Katze ein, die sie von dort mitgebracht hatte. Rani. Wenn Theresa an sie dachte, dann war das niemals so, als ob Rani ihr Eigentum gewesen sei. Katzen gehören niemandem, nur sich selbst. Der Entschluss, sie mit heim zu nehmen, hatte kaum eine Sekunde gedauert. Danach hatten sie viele Jahre lang die Wohnung miteinander geteilt. Theresa hatte sie gefüttert und die Katze hatte es ihr mit ihrer Treue und Zuwendung gedankt. Rani hatte oft den Tönen gelauscht, die aus der kleinen Spieldose drangen. Sie hatte den Kopf schief gelegt und ihre Pupillen, sonst nur schmale Schlitze, waren groß und rund geworden. Theresa hatte gespürt, dass ihr die Klänge Freude bereiteten. Die Spieldose würde sie an Rani erinnern und an ihr altes Leben, das sie gerade aufgab, um sich auf die Suche nach einer namenlosen Insel in der Molukkensee zu machen, von der sie nur eine sehr ungenaue Vorstellung hatte.

Ihr Weg führte sie am Bahnhof vorbei. Während der Nacht war ein heftiger Regenguss niedergegangen. Die Straßen glänzten vor Nässe. Es würde weiter regnen, hatte der Wetterbericht gemeldet. Theresa stellte den Mantelkragen auf. Sie freute sich auf die Wärme, die sie in den Tropen erwartete und die sie nur aus ihren Büchern kannte.

Die Bücher. Damals, als die Regierung die große Mauer, die Todesstreifen und die Wachttürme errichten ließ und Theresa mit ihrer Mutter in den westlichen Teil Deutschlands zog, hatte sie alle Bücher zurücklassen müssen. Dodo lebte schon lange mit ihrem Mann in einer süddeutschen Großstadt. Beide hatten Theresa und ihre Mutter dazu überredet, zuerst einmal zu ihnen zu ziehen.

Zwei Jahre nach Kriegsende hatte der Vater die Schmerzen in seinem Beinstumpf nicht mehr ausgehalten. In einer eiskalten Winternacht hatte er seiner Familie erklärt, er wolle sich rasch eine Schachtel Zigaretten aus dem Automaten holen. Doch er hatte sich stattdessen eine Schachtel Schlaftabletten besorgt, diese in einer halb vollen Flasche Wodka aufgelöst, sich im Park auf eine Bank gesetzt und die Flasche in einem Zug ausgetrunken. Als ihn am anderen Morgen ein Straßenkehrer fand, war er längst tot und steif gefroren.

Der Schmerz der Mutter hielt sich in Grenzen. Ihr war sein Gejammer schon lange auf die Nerven gefallen. Auch Dodo tröstete sich schnell. Nur für Theresa war der Tod des Vaters ein schwerer Verlust. Er hatte eine Lücke hinterlassen, die sich lange nicht schloss. Sie konnte nicht begreifen, dass sie nie mehr mit ihm auf eine ihrer Traumreisen gehen könnte, nie mehr seine stoppelhaarige Backe spüren würde, wenn sie ihn umarmte, während ihr der unverwechselbare Duft seines Rasierwassers vermischt mit dem Rauch billiger Zigaretten in die Nase stieg.

Als die Mutter seine Flaschenschiffe weggeben wollte und ein Mann in ihrer Wohnung auftauchte, der sich für sie interessierte, widersetzte sich Theresa wütend dem Verkauf. Sie schrie und tobte, rannte schließlich heulend aus dem Zimmer und schlug die Türe hinter sich zu. Um sie zu besänftigen, schickte die Mutter den Käufer wieder fort und stellte die Schiffe in das Zimmer, das

Theresa mit Dodo teilte. Das war der Schwester nicht recht. Sie standen ihr im Weg, nicht nur im Regal, sondern auch auf dem Tisch, an dem die Mädchen ihre Hausaufgaben machten. Es gab Streit.

»Die Staubfänger gehören in den Müll!«, schimpfte Dodo.

»Kommt nicht infrage!«, verteidigte Theresa mit wildem Eifer die Hinterlassenschaft ihres Vaters. »Rühr sie nicht an!«

Die Kluft, die die Schwestern trennte, vertiefte sich. Sie sprachen ein paar Tage nicht miteinander und danach nur das Notwendigste. Es dauerte lange, bis sich ihr Verhältnis wieder einigermaßen normalisierte.

Theresa tröstete sich mit den Büchern, die sie von ihrem Vater übernommen hatte. Es war wie ein lustvoller Zwang, fast wie eine Sucht, die von ihr Besitz nahm und der sie sich hingab. In jeder freien Minute tauchte sie in die Geschichten ein und empfand es schmerzvoll, wenn sie gestört wurde, während sie las.

Als sie im Deutschunterricht ein Gedicht von Bert Brecht interpretieren sollten, erinnerte sie sich wieder an den trüben Novemberabend, an dem ihr Vater ihr aus *Doktor Doolittles schwimmender Insel* vorgelesen hatte.

Fremde Fischer sagten aus: sie sahen
Etwas nahen, das verschwamm beim Nahen.
Eine Insel? Ein verkommnes Floß?
Etwas fuhr, schimmernd von Möwenkoten
Voll von Alge, Wasser, Mond und Totem
Stumm und dick auf den erbleichten Himmel los.

Sie hatte wie Stubbins mit geschlossenen Augen

den großen Atlas aufgeklappt und ihre Bleistiftspitze war auf einem kleinen Punkt im Atlantik gelandet, unweit der Westküste Irlands.

Fremde Fischer sagten aus, sie sahen
Etwas nahen, das verschwamm beim Nahen.
Eine Insel? Ein verkommnes Floß?

Es war ein Geheimnis, das sie damals nicht lösen konnte! Vielleicht befand sich an dem Punkt, den ihre Bleistiftspitze getroffen hatte, doch eine Insel? Die Zweifel ließen sie nicht ruhen. Sie suchte nach Büchern über Irland und über die ersten Seefahrer, die den Atlantik befahren hatten. Doch sie kam nicht weit, weil das außer ihr niemanden interessierte.

Dann ließen ihr die Vorbereitungen für ihre Abschlussprüfung keine Zeit mehr dazu. Dodo hatte längst die Schule verlassen. Ihr Traumberuf war ein eigener Modesalon, doch sie bekam nur eine Stelle in einem Kaufhaus und arbeitete dort in der Abteilung für Unterwäsche.

Theresa und Dodo waren sehr verschieden. Niemand, der sie zusammen sah, hätte sie für Schwestern gehalten. Dodo war schon bald von einem Schwarm von Verehrern umgeben. Von dem Rest ihres Lohns – die Mutter verlangte einen Anteil für Essen und Miete – kaufte sie sich hübsche Kleider oder hochhackige Schuhe. Bücher interessierten sie nicht, dafür ging sie gern ins Kino. Wenn Theresa später wissen wollte, was für einen Film sie gesehen habe, wusste sie kaum etwas über seinen Inhalt zu berichten.

Für Dodo war die ältere Schwester eine von der

Mutter eingesetzte Autorität, solange diese noch arbeiten ging. Sie musste ihr die Hausaufgaben vorlegen, beim Reinigen der Wohnung helfen und Auskunft geben, wohin sie ging und wann sie wieder zurückkam, wenn sie das Haus verließ. Von der Witwenrente konnten die drei nur schlecht leben. Dass Theresa das Gymnasium besuchen durfte, hatte sie einer Lehrerin zu verdanken, die ihrer Mutter erklärte, sie habe eine außerordentlich begabte Tochter, für die es schade sei, wenn sie nicht studieren könne. Nach dem Abitur bewarb sich Theresa um einen Studienplatz in Anglistik, eine in ihrem Land und zur damaligen Zeit ungewöhnliche Fachrichtung. Aus irgendeinem Grund, den sie nie erfuhr, war kein Platz für sie frei. So entschloss sie sich ihre Liebe zu Büchern auch beruflich auszuwerten und begann mit einer Buchhandelslehre. Sie merkte schon bald, dass es ihr weniger Spaß machte Bücher zu verkaufen, als sie zu lesen und zu betreuen. Nach Beendigung der Lehre verschaffte ihr eine alte Freundin ihres Vaters eine Stelle in der Stadtbibliothek. Die neue Arbeitsstelle war für sie wie ein Paradies, das aus Büchern bestand. In fast jedem der tausend und abertausend Bände wurden Menschen beschrieben, Tiere, Blumen, Abenteuer, fremde Länder und Geschichten über die Liebe, das Leben und den Tod. Jedes Buch beinhaltete einen Schatz aus Worten, der sorgsam behandelt werden musste. Als Erstes stellte sich Theresa selbst eine Benutzerkarte aus, mit der sie sich auch Bücher von anderen Bibliotheken des Landes ausleihen konnte. Oft kam sie abends schwer beladen mit einem Stoß Bücher heim, die sie an einem Wochenende las, ohne aufhören zu können.

Dann kam der Umschwung. Theresa und ihre Mutter entschlossen sich zu Dodo und Bernd in den Westen zu ziehen. Es fiel ihr nicht leicht, ihre Geburtsstadt zu verlassen. Sie hatte hier Wurzeln geschlagen, doch verschiedene Umstände zwangen sie zu einem raschen Entschluss.

Dodos Wohnung war eng. Mit der Flucht verfiel die Witwenrente der Mutter, doch Theresa fand schon bald eine Stelle in einer Leihbücherei. Ihr Gehalt erlaubte ihr, eine kleine Wohnung zu mieten, die sie mit ihrer Mutter bezog. Die Mutter, die die Verpflanzung in eine Welt, die sie nie kennen gelernt hatte, eine Welt des Konsums und der Medien, der vielen Autos und der lauten Musik, schlecht vertrug, kränkelte dahin, ohne dass der Arzt den eigentlichen Grund für ihre Krankheit fand. Theresa pflegte sie, so gut es ihr möglich war. Sie saß neben ihrem Bett und hielt ihre Hand, als ihr Leben erlosch.

Sie begruben sie auf einem Friedhof am Rand der Stadt. Wie selbstverständlich übernahm Theresa die Pflege des Grabes. »Du hast keine Familie zu versorgen wie ich«, sagte Dodo, als das Gespräch darauf kam, und das, was als Entschuldigung gemeint war, klang unbeabsichtigt wie ein Vorwurf.

Hinter dem schlichten Grabstein wuchs eine Fuchsienhecke. Seitdem sie in Irland gewesen war, liebte Theresa die zyklamfarbenen Blüten, kleine Glocken mit Schwengeln aus zarten Staubgefäßen. Sie zupfte ein paar

Unkrautpflänzchen aus dem Beet, holte eine Tüte mit Blumenzwiebeln aus der Handtasche und steckte sie in die Erde. Tut mir Leid, Mama, dachte sie, ich hab alles für dich getan, was ich tun konnte, obwohl dir Dodo immer mehr am Herzen lag als ich. In Zukunft wird sie für dein Grab sorgen müssen. Theresa befürchtete, dass ihre Schwester oft versäumen würde die Blumen zu gießen. Sie sah voraus, dass sie dann einen Mahnbrief von der Friedhofsverwaltung erhielt, in dem man sie an ihre Pflicht erinnerte. Die Verwaltung würde ihr vorschlagen, dass es für das Ansehen ihrer Grabstätte besser sei, wenn eine Gärtnerei die Pflege übernehme. Die Kosten müssten natürlich den Hinterbliebenen in Rechnung gestellt werden. Dodo würde Ärger mit ihrem Mann bekommen. Doch das war ihre Sache. Darum konnte Theresa sich nicht mehr kümmern. Sie sagte sich, dass das Grab von einem Gärtner besser gepflegt werden würde. Nur die Liebe würde fehlen, mit der sie selbst die Blumen in krummen Reihen in den Boden gesteckt hatte.

Ich muss weg, Mama, sagte Theresa in Gedanken zu ihrer toten Mutter. Solange du noch gelebt hast, konnte ich das nicht, danach war Rani da. Wer sollte sie füttern und ihre Zuneigung entgegennehmen? Aber jetzt ist Rani tot, sie braucht mich nicht mehr. Ich muss weg, sonst gehe ich hier ein.

Der kalte Herbstwind wirbelte Blätter hoch. Stumm standen die Grabsteine als letzter Beweis eines Menschenlebens. Prunkvolle Marmorepitaphe zeugten von der Bedeutung der Toten und manchmal auch vom schlechten Gewissen der Hinterbliebenen, steinerne Engel vom festen Glauben. Polierter Granit, in den vergilbende Fotos eingelassen worden waren, oder bescheidene Holzkreuze, auf denen, zur ewigen Erinnerung an seinen Foltertod, ein Heiland aus Messing am Kreuz hing. Sie alle fügten sich in Reihen, zwischen denen Kieswege angelegt worden waren. Schwarz gekleidete Menschen folgten einem Sarg. Aus der Friedhofskapelle drang Trauermusik.

Theresa hatte gelesen, dass die Tibeter glaubten, nach dem Tod eines Menschen würde die Seele den Körper verlassen. Das, was zurückblieb, war nur eine Hülle. Diese Hülle wurde den Geiern vorgeworfen und manchmal auch verbrannt. Die Hülle ihrer Mutter war begraben worden. Doch ihre Seele hatte sich längst von ihrem Körper gelöst. Diese Vorstellung hatte Theresa die Beerdigung leichter überstehen lassen.

Die dunklen zugeschnittenen Lebensbäume, das fallende Laub unter den tief hängenden Wolken strahlten Trübsal aus. Theresa eilte dem Ausgang zu. Wie viel lieber hätte sie ihre Mutter in Irland beerdigt. Auf einem der Friedhöfe, die hoch über dem Meer angelegt worden waren, mit verwitterten Grabsteinen, die sich um eine halb verfallene Kirche scharten. Ein einfacher von rot blühender Heide umgebener Findlingsblock hätte ihr das Wiederfinden erleichtert.

Irland. Verfolgt von der Idee, den Eid einhalten zu müssen, den sie als zehnjähriges Mädchen geschworen hatte, suchte Theresa weiter nach der unbekannten Insel, die ihr Bleistift damals getroffen haben könnte. Deshalb waren die ersten Bücher, die sie sich in ihrer Bücherei auslieh, die Berichte über frühe Inseln im Atlantischen Ozean gewesen. Sie stieß auf Kritias' Atlantiserzählung, die von Platon überliefert worden war. Sie handelte von einem alten ruhmreichen Volk, das auf einer riesigen Insel mitten im Atlantik lebte. Während einer einzigen Sturmnacht soll sie im Meer versunken sein. Niemand konnte sagen, ob Atlantis wirklich existiert und wo es sich befunden hat. Deshalb nahmen viele Wissenschaftler an, Platon habe sich alles nur ausgedacht. Vielleicht benutzte er die Geschichte auch als Gleichnis, um seine Gesprächsrunde mit der Idealvorstellung eines Staates bekannt zu machen, ein Einfall, den Thomas Morus und nach ihm noch einige andere aufgenommen und auf ihre Weise interpretiert hatten.

Über die Lage dieser riesigen Insel stritten sich heute noch die Gelehrten. Die einen nahmen an, sie habe sich im Mittelmeer befunden, in der Nähe von Santorin, andere führten Beweise dafür an, dass sie südwestlich von Irland im Atlantischen Ozean zu suchen sei. Vielleicht war sie Irland ähnlich gewesen? Ähnlich der Einsamkeit und Zerrissenheit seiner Küsten, doch fruchtbarer in seinem Inneren. Die Lieder und Balladen, die von Unterdrückung und Revolution handelten, werden die Bewohner von Atlantis nicht gekannt haben, auch die Märchen nicht und nicht die Dichter, die mit kargen Worten das Leben der Menschen beschrieben.

War es der Gang über den Friedhof, das kalte nieselnde Herbstwetter oder der Gedanke an Irland, der Theresa frösteln ließ? Sie betrat ein kleines Café, suchte sich einen Platz in einer Nische und bestellte sich eine Portion Tee mit Rum.

Als der Tee kam, war er zu heiß, um ihn gleich zu trinken. Sie warf ein paar Stücke Zucker hinein und rührte ihn um. Mit leerem Blick hing sie ihren Gedanken nach.

Bis es so weit war, dass sie sich eine Reise nach Irland erlauben konnte, vergingen viele Jahre.

Damals, nach dem Tod des Vaters, als sie noch in die Schule ging, war ihre Schwester Dodo bereits von vielen Verehrern umschwärmt. Zu ihnen gehörten Bernd, ein junger Mann, ebenso gut aussehend wie oberflächlich, und Jakob, ein Musiker, der sich das Geld für sein Studium als Barpianist verdiente. Vor allem diese beiden warben mit nicht nachlassendem Eifer um Dodos Zuneigung. Oft unternahmen sie Ausflüge zu viert und, wenn Dodo noch eine Freundin mitnahm, auch zu fünft. Dann badeten sie in einem nahen Baggersee oder wanderten über die Hügel. Einmal, als es schon dunkel wurde, lagerten sie am Ufer eines Flusses. Bernd zündete ein Feuer an. Sie brieten Kartoffeln in der Asche, die sie zuvor auf einem Feld aufgesammelt hatten. Um die Zeit, bis sie gar wurden, zu überbrücken, kramte Jakob eine Blockflöte aus seinem Rucksack und spielte ihnen etwas vor. Die nur vom Rauschen des Wassers begleiteten Töne wehte der Abendwind über den Fluss. Niemand sprach.

Als das Stück zu Ende war, erkundigte sich Theresa nach dem Komponisten.

»Mozart«, erklärte ihr Jakob kurz angebunden. »Hast du es nicht erkannt?«

Theresa verstand nicht viel von Musik und konnte nur sagen, ob sie ihr gefiel oder nicht. Sie sog die Töne in sich hinein. Doch wenn ihr eine Melodie nicht gefiel, wendete sie sich verständnislos ab.

Hinterher konnte sie nicht mehr sagen, ob die über dem Wasser verhallenden Klänge der Mozartsonate oder der warme Spätsommerabend schuld daran waren, dass sich ihre Einstellung Jakob gegenüber veränderte. Zuerst gestand sie es sich nicht ein, dass sie alles tat, um von ihm beachtet zu werden, obwohl er nur Augen für ihre Schwester zu haben schien. Sie war siebzehn, Dodo sechzehn, doch Dodo war im Umgang mit Männern erfahrener als sie. Für sie war Flirten ein Spiel, das ihr schmeichelte. Theresa dagegen suchte die Zuneigung, die sie vermisste, seit ihr Vater nicht mehr bei ihnen war. Jakob unterhielt sich mit Theresa gern über Bücher, ein Thema, das weder Dodo noch Bernd interessierte. Er ging mit ihr in Dichterlesungen oder schenkte ihr eine Karte für ein Konzert. Viele Jahre später, als er bei einem großen Orchester angestellt war, ging Theresa allein in die Konzerte. Sie beobachtete ihn, wie konzentriert er auf seinen Einsatz wartete, und versuchte den Klang seiner Flöte von den anderen Instrumenten zu unterscheiden. Damals hoffte sie noch, dass er sie auch als Frau schätzen würde, doch Jakob interessierte sich nur für Dodo. Theresa war für ihn nur ein Kumpel, ein guter Freund, manchmal vielleicht auch ein störendes Anhängsel, das seiner Beziehung zu Dodo im Weg stand. Dass sie anders über ihre Freundschaft dachte, kam ihm offenbar nie in den Sinn.

Nach einigen Jahren beobachtete Theresa, dass Jakobs Werben um Dodo umsonst war und dass sein Freund Bernd die größeren Chancen hatte. Als Dodo schwanger wurde, heirateten die beiden und gingen in den Westen, weil Bernd offenbar fand, dass ein gut aussehender Mann wie er dort mehr Möglichkeiten hatte. Theresa und Jakob blieben zurück. Die Trauer der Daheimgebliebenen vertiefte ihre Freundschaft eine Weile, doch es kam nie zu dem Kontakt, den sich das junge Mädchen im Geheimen erträumte, nie zu einer Zärtlichkeit. Auf Jakobs Wunsch hin legte sich Theresa ein Fahrrad zu. Sie besorgte sich Jeans und hielt ihr Gesicht in die Sonne, um sich ein sportliches Aussehen zu verleihen, weil sie wusste, dass er gebräunte Haut liebte. Den Versuch, Blockflöte spielen zu lernen, gab sie bald wieder auf, weil sie erkannte, dass sie zu unbegabt war. Andere Männer wies sie ab, weil sie den Vergleich mit ihm nicht standhielten. Keiner war so herzlich, so um sie besorgt wie er. Sie sprachen über viele Dinge, doch nie über sich und ihre Beziehung. Ihre Freundschaft hielt länger als zehn Jahre. Danach stellte Theresa fest, dass ihre Gefühle für ihn verkümmert waren.

Die Nachricht, dass die Regierung plante, alle Besuche im Westen zu verbieten und die Grenze zu schließen, kam ihr gerade recht. Sie überredete ihre Mutter dazu, Dodos Einladung anzunehmen. Die Mutter war zuerst unentschlossen, weil sie wusste, dass sie dadurch den Anspruch auf ihre Rente verlor. Doch Dodo, die inzwischen zwei Kinder hatte und eine eigene Modeboutique, versprach ihr, sie zu unterstützen. So zogen sie um und ließen zusammen mit den Flaschenschiffen des Vaters und seinen Büchern ihr bisheriges Leben im Osten zurück.

Der Abschied von Jakob war kühl. Sie schenkte ihm einen kleinen Band mit Gedichten, den sie mit einer Widmung versah, und wählte dafür zwei Zeilen aus einem Rilke-Gedicht aus, weil sie wusste, wie sehr er Rilke verehrte. *Herr, es ist Zeit …*, schrieb sie mit steilen Buchstaben auf ein leeres Blatt am Anfang. *… Der Sommer war sehr groß, leg deinen Schatten auf die Sonnenuhren …*, und setzte ihren Namen darunter: *Theresa*. Nicht *Alles Gute*, nicht *Vergiss mich nicht*, einfach nur *Theresa*.

3

DASS SIE NICHT LANGE in der engen Wohnung zusammen mit Dodo, Bernd und den beiden Töchtern bleiben konnten, hatte Theresa vorausgesehen. Sie fand eine kleine Wohnung in der Nähe der Bücherei, in der sie arbeitete, und nachdem Dodo und Bernd sich bereit erklärt hatten, sich an der Miete zu beteiligen, zogen sie um.

Theresas Anfangsgehalt reichte gerade, um Nahrungsmittel einzukaufen und ihren Mietanteil zu bezahlen. Die Einrichtung suchten sie an den Tagen zusammen, an denen die Leute ihren alten Wohlstandsmüll am Straßenrand abstellten, damit er von einem Wagen mitgenommen werden könnte. Für den Transport liehen sich die beiden Frauen einen Karren vom Hausmeister und luden auf, was sie brauchen konnten, zwei Betten mit den dazugehörigen Matratzen, einen alten, immer noch funktionierenden Eisschrank, einen Gasherd, ein Bücherregal, das Theresa unverzüglich für sich beanspruchte, einen Tisch, Stühle, ein ausgesessenes Sofa, eine defekte Stehlampe, die ein Elektriker wieder zum Leuchten brachte, und ein paar alte Töpfe und Pfannen. Ihr kostbarster Fund war ein schon etwas zerschlissener Polstersessel, den die Mutter in Beschlag nahm und den

Theresa nur benutzte, wenn sie allein in der Wohnung war. Dodo schenkte ihnen alte Vorhänge, die nicht mehr ihrem Geschmack entsprachen, und außerdem noch etwas Bettzeug.

Die Flaschenschiffe und die Bücher vermisste Theresa sehr. Sie hatten durch eine Zeitungsanzeige einen Interessenten gefunden, der sie ihnen für ein kleines Entgelt abnahm. Nur von ihrem Schiff, der Dreimastbark *Theresa,* und von den Bildern mit den bunten Phantasieschiffen, die sie als Kind gemalt hatte, konnte sie sich nicht trennen. Solange sie bei Dodo wohnten, versteckte Theresa sie in der Tasche. In der neuen Wohnung erhielt das Schiff wieder einen Platz im Bücherregal und die kindlichen Malereien wurden in Cellophanpapier gehüllt mit Reißnägeln über ihrem Bett befestigt.

Es ging ihnen gut, besser als vielen anderen. Für ihre Kollegen war sie »die aus dem Osten«. Das klang herablassend und hielt sie auf Distanz. Theresa fühlte sich wie eine Fremde, die zufällig die gleiche Sprache sprach und mit der sie nichts gemein hatten. Man schob ihr die langweiligen Arbeiten zu, diejenigen, die wenig Intelligenz erforderten. Doch sie ließ sich nicht anmerken, dass es sie verletzte.

Der Westen bedeutete für sie das Tor zu einer Freiheit, die sie nie kennen gelernt hatte. An Bananen, Autos, Fernsehgeräte oder Seidenstrümpfe dachte sie nicht dabei. Ihre Vorstellung von Freiheit bedeutete für sie auszusprechen, was man dachte, zu tun, was man selbst als richtig empfand und zu fahren, wohin man wollte. Von Letzterem war sie noch weit entfernt, da ihr das Geld dazu fehlte. Im Gegensatz zu ihr litt ihre Mutter sehr darunter, sich in einer anderen Welt zurechtfinden zu müssen. Theresa war jedes Mal froh, wenn Dodo die Mutter bat, ihre Kinder zu hüten, weil sie Bernd auf einer Dienstreise begleiten sollte oder weil sie in Urlaub fahren wollten.

Der erste Herbst, der erste Raureif auf nackten Ästen unterschied sich kaum von einem Herbst in der kleinen Stadt, aus der sie gekommen waren. Doch der Herbst erinnerte Theresa immer an Abschied. Er verstärkte das Gefühl der Einsamkeit. Sie dachte oft an Jakob, vermisste die Gespräche mit ihm, die gemeinsamen Ausstellungsbesuche und fühlte sich, wenn sie so durch die Straßen ging, ziemlich verlassen. Die mit Luxusartikeln gefüllten Auslagen der Geschäfte interessierten sie nicht. Nur wenn sie in einem Reisebüro Plakate betrachtete, die mit Palmen und weißen Stränden für Reisen in den Süden warben, stieg der Wunsch in ihr hoch, eines Tages selbst so eine Reise unternehmen zu können.

Diesen Wunsch teilte sie mit vielen Kunden der Leihbücherei. Liebesromane, die in Italien spielten, oder Kriminalromane aus Kalifornien waren fast immer ausgeliehen. Bald stellte sie fest, dass sich die Ausleihgewohnheiten auch nach den Themen der Fernsehspiele richteten, die gerade gesendet wurden. Das, was sie selbst interessierte, Reiseberichte oder Bildbände über andere Länder, war den meisten Lesern zu trocken.

»Sie lesen viel«, sagte eines Tages ein Arbeitskollege

zu ihr, als er sie dabei ertappte, wie sie sich mehrere Bücher in die Tasche schob. Theresa zuckte zusammen. Er nahm doch hoffentlich nicht an, sie wolle die Bücher stehlen?

»Lesen bedeutet mir viel«, verteidigte sie sich. »Ihnen nicht?«

»Aber es gibt doch auch noch andere Dinge, mit denen man sich die Zeit vertreiben kann. Sind Sie nicht noch ein bisschen zu jung, um sich in Büchern zu vergraben?«

Da sah ihn Theresa erstaunt an. Die blassblauen, fast wässrigen Augen hinter der randlosen Brille, die kränkliche Haut und die fettigen Haare missfielen ihr. Sie fand ihn unappetitlich. »Wie meinen Sie das?«

Die Antwort war nur ein Achselzucken. Da tat er ihr Leid, denn es war nicht ihre Absicht gewesen, schroff oder unhöflich zu sein. Sie wollte nicht, dass er sie eingebildet fand, auch wenn sie ihm an Jahren voraus zu sein schien. Sie wechselten ein paar belanglose Sätze, seicht, oberflächlich. Theresa fragte ihn, wie lange er schon hier angestellt sei und in welcher Abteilung er arbeite, und er erklärte ihr, dass er für die Abteilung der wissenschaftlichen Werke, für Lexika und Landkarten, die für den Schulunterricht gebraucht wurden, zuständig sei.

Am Ende lud er Theresa zu einer Pizza bei einem Italiener ein. War es eine Art Wiedergutmachung für ihre Schroffheit, war es Mitleid oder der Wunsch, sich mit jemandem unterhalten zu können, der ähnliche Interessen zu haben schien, oder war es einfach nur ein Zeichen von Schwäche, dass sie nicht Nein sagen konnte?

Er hieß Julius und hatte im Gegensatz zu ihr eine Ausbildung als Bibliothekar. In seiner äußeren Erscheinung unterschied er sich sehr von Jakob.

Von da an gingen sie ab und zu miteinander aus, besuchten Buchpremieren, Vernissagen und sahen sich ab und zu auch ein Theaterstück an. Sie lachten viel und Theresa erkannte, dass gemeinsames Lachen die Menschen näher zusammenbrachte. Mit der Zeit erfuhr sie, dass er sich für viele Dinge interessierte, die auch sie spannend fand, und dass hinter seiner unscheinbaren Erscheinung ein wacher Geist steckte. Sie hatten ähnliche Ansichten, sowohl in der Politik als auch in moderner Kunst. Julius führte sie durch die großen Museen und regte sie dazu an, sich wieder ein Fahrrad zuzulegen, mit dem sie an heißen Sommertagen aufs Land fahren könnten.

Eines Tages besuchten sie eine Ausstellung, in der alte Atlanten und Seekarten gezeigt wurden.

»Wie orientierten sich früher die Kapitäne?«, wollte Theresa von Julius wissen. »Damals, als es noch keinen Kompass und keine Sextanten gab, musste es doch unmöglich sein, einen bestimmten Hafen anzusteuern.«

Julius erzählte ihr von Pytheas von Massalia, dem Griechen, der sich drei Jahrhunderte vor dem Beginn unserer Zeitrechnung auf die Suche nach dem sagenhaften Bernsteinland gemacht hatte. Er war in nördlicher Richtung den Küsten gefolgt und hatte sich mithilfe eines einfachen Astrolabiums zurechtgefunden. Von seinem Bericht war nur ein einziger Satz bekannt. Den ungefähren Verlauf der Reise hatte man später Texten römischer Schriftgelehrter entnommen, denen der Originalbericht noch bekannt gewesen war.

Wie schrecklich, dachte Theresa, da war von dem Bericht einer abenteuerlichen Fahrt ins Unbekannte, die ein paar mutige Männer unter großen Entbehrungen unternommen hatten, nur ein einziger Satz überliefert worden. Den eigentlichen Verlauf hat man erst viele hundert, vielleicht auch über tausend Jahre später rekonstruiert. Wobei in einigen römischen Fragmenten Pytheas' Unglaubwürdigkeit zu beweisen versucht wurde.

Theresa erzählte Julius von dem Spiel, zu dem sie ihr Vater angeregt hatte, als er ihr die Geschichte von Doktor Doolittle und seinem Lehrling Stubbins vorlas.

»Meine Bleistiftspitze traf einen Punkt im Atlantik westlich von Irland«, sagte sie zu Julius. »Aber da war keine Insel eingezeichnet, nichts.« Über ihre kindliche Naivität sich lustig machend, berichtete sie ihm, wie ernst sie ihren Schwur genommen hatte, und dass sie sich damals vornahm, sich sobald sie es sich leisten konnte, auf die Suche nach ihr zu machen.

»Ich bin immer noch besessen von dem Gedanken, ob es dort so etwas wie eine Insel gibt«, sagte sie.

»Die Tatsache, dass sie in eurem Atlas nicht erkennbar war, bedeutet noch nicht, dass sie nicht vorhanden ist. Es kommt auf den Maßstab an, in dem die Karte gezeichnet wurde.«

»Du meinst, es könnte dort doch eine Insel geben? Eine, die so winzig ist, dass man es nicht für wert hielt, ihr einen Namen zu geben?«, fragte Theresa erstaunt und merkte sofort, dass die alte Besessenheit wieder

Besitz von ihr nahm. Sie eilte von Schaukasten zu Schaukasten. Doch sie fand auf den alten Seekarten nur die deformierten Küstenlinien Westirlands, so wie sie die Kapitäne vor hunderten von Jahren ohne die Kenntnisse der heutigen Kartographie auf ihren Routen angegeben und in ihre Logbücher eingetragen hatten. Gleich auf mehreren Blättern waren drei oder vier Punkte zwischen Irland und Amerika eingezeichnet. *Brasil* entzifferte sie mühsam, *Mayda*, *Buss* und *St. Brendan*. Für Theresa waren das fremde, rätselhafte Namen, deren Geheimnissen sie auf den Grund gehen wollte.

Sie unterhielt sich gern mit Julius. Doch bald bemerkte sie eine Veränderung in seinem Verhalten. Nicht nur, dass er Blumen mitbrachte, wenn er sie abholte, nicht nur, dass er sich jetzt öfter die Haare wusch und mehr auf sein Äußeres achtete, dass er versuchte sich bei ihr einzuhängen, wenn sie zusammen heimgingen, und dass seine Hände oft feucht waren, wenn sie sich trennten, es war der schwärmerische Blick, mit dem er sie ansah und der sie störte. Und als er sie eines Abends zu küssen versuchte, schob sie ihn weg und erklärte ihm, dass sie nicht mehr als Freundschaft für ihn empfinde.

Julius begriff sofort. Ohne weitere Erklärung zog er sich von ihr zurück, ging ihr auch in der Bücherei aus dem Weg oder unterhielt sich viel lauter mit einer Kollegin, als es sonst seine Art war. Theresa tat sein Verhalten Leid, es schmerzte sie, aber sie sah ein, dass es besser war für sie beide.

Auf Dodos und Bernds spitze Fragen, wo sie ihren

Verehrer gelassen hätte, reagierte sie nur mit einem Achselzucken. Sie war wieder allein und die Abende waren oft lang. Niemand holte sie mehr ab zu einer Buchpremiere, einem Kinobesuch oder ging mit ihr zu dem Italiener an der Ecke auf eine Pizza, eine Lasagne oder gegrillte Calamari.

Sie erinnerte sich wieder an die alten Seekarten und versuchte in den Sammlungen keltischer Märchen und Legenden einen Hinweis auf die geheimnisvollen Inseln zu finden. Dort stieß sie irgendwann auf die Geschichte des Bran, der in christlicher Zeit seine Entsprechung in der Legende des Heiligen Brendan fand. Brendan war ein Abt, der sich im sechsten Jahrhundert unserer Zeitrechnung mit einigen Klosterbrüdern auf die Suche nach der Insel der Seligen gemacht hatte. Er bestand eine Reihe phantastischer Abenteuer auf verschiedenen Inseln, entdeckte eine, die er als Paradies beschrieb, und kehrte anschließend nach Irland zurück:

Als sie nun acht Jahre gefahren waren, da kamen sie in dem neunten Jahr in ein Land. Da sahen und fanden sie größte Wonne und allerschönste Herrlichkeit, die auf der Erde sein kann. Und das war herrlich in solcher Fülle, dass man darin alles fand, was eines Menschen Herz begehren könnte. Da war Korn, Wein und alles, was man an Früchten bedarf, ohne jegliche Arbeit. Da hatte man das Fleisch von Ziegen und allerhand Vieh. Die Fische in dem Wasser gehen selbst an Land zu den Leuten. In das Land kam nie ein Wolf oder ein anderes schädliches Tier. Und ist es da immer grün und herrlich. Und dasselbe Land heißt in der Heiligen Schrift »Bona Terra« und liegt fern von der Welt.

Der aus dem Lateinischen übersetzte Text geisterte schon seit dem fünfzehnten Jahrhundert durch Europa. In einem Nachwort hieß es, dieser Abt sei der eigentliche Entdecker der Neuen Welt noch vor Erich dem Roten. Für Theresa war das der letzte Anstoß gewesen, in ihrem Urlaub nach Irland zu fahren, genauer gesagt in den Südwesten Irlands, und sich dort nach St. Brendans Island zu erkundigen.

4

IHRE EINDRÜCKE WAREN so überwältigend, dass sie sich ein Heft kaufte, das ihr als Tagebuch dienen sollte. Sie hatte niemanden, mit dem sie ihre Begeisterung teilen könnte. Ihre Mutter war tot und weder Dodo noch Bernd interessierten sich für ihre Erlebnisse. Ihnen genügte es, wenn sie ab und zu eine Postkarte von ihr erhielten. Doch Theresa war so beeindruckt von der irischen Landschaft, von den Menschen, der Musik und vor allem vom Meer, dass sie es festhalten wollte.

Wenn der stürmische Westwind das Meer in Erregung versetzt, und die gewaltige Brandung die Klippen aushöhlt, erscheint das, als bekämpfe ein brüllendes Monster, ein Dämon mit seinen Atemstößen alles, was ihm Widerstand entgegensetzt. In die Pausen, in denen das Wasser zurückläuft, um Kraft für einen neuen Anlauf zu sammeln, dringt ab und zu das Gekreisch der Möwen. Die immer wütender sich steigernde Macht der Wellen versucht das Land zu unterjochen. Es ist eine Begegnung voller Erotik, jedenfalls eine, die erfüllt ist von brutaler Gewalt. Vielleicht hatte der Dämon des Meeres während eines ähnlichen Sturms vor mehr als zehntausend Jahren auf eine ähnliche Weise die Insel Atlantis verschlungen?, schrieb Theresa. Und weiter:

Das ist nicht alles, der Wind kann noch mehr: Er treibt

die Wolken über den Himmel. Manchmal segeln sie wie kleine fedrige Wattebäusche durch das Blau, ein anderes Mal blähen sie sich zu dicken grauen Regenwolken auf, hinter denen sich die Sonne verbirgt. Dann peitscht der Regen über die Sümpfe und bringt die schwarzen Tümpel zum Überlaufen. Er lockert die Steine an den Ruinen der alten Klöster und Burgen, bis einer von ihnen herunterfällt und den Böen den Weg freimacht. Heulend verfangen sie sich in den Trümmern der Türme, jammern und schreien, jagen Eulen und Fledermäuse aus ihren Verstecken und vollenden das Werk des Regens.

Theresa bewunderte den Mut der Fischer, die sich in leichten, nur mit einer Tierhaut bespannten Booten durch die tobenden Brecher wagten, die genau wussten, in welchem Winkel sie die Wellen anschneiden müssen, um die gefährlichen Kreuzseen zu besiegen. Ihre Erfahrung sagte ihnen auch, wie weit sie den schwachen Motor drosseln müssen, wenn sich ein haushoher Wellenberg vor ihnen auftürmte. Der geringste Fehler konnte den Tod der Mannschaft, mindestens aber den Verlust des Bootes bedeuten.

Das war das Schöne an dieser Reise. Es überdeckte die Ergebnislosigkeit ihrer Suche nach St. Brendans Island. Die Insel lebte nur als Mythos weiter. Alle sieben Jahre taucht sie aus dem Meer auf, erzählte ihr ein alter Fischer. Dann kann man sie sehen. Ein anderer meinte, es sei nur ein Felsen, der wenig über den Meeresspiegel ragt. Die Übrigen sagten gar nichts und grinsten bloß in das vor ihnen stehende Glas schwarzen Guinnessbiers.

Vielleicht war der Felsen einmal die Spitze eines Vul-

kans, notierte sich Theresa in ihrem Tagebuch, *der eines Tages wieder im Meer versank? Vielleicht war die bis zum Himmel aufragende Kristallsäule, von der der Heilige Brendan berichtete, ein Eisberg, der das Schicksal mit anderen Eisbergen teilte und sich mit dem Meer vereinte, je weiter er in den Süden vordrang. Es ist so lange her. Nichts bleibt, wie es ist. Alles verändert sich.*

5

THERESA BEZAHLTE IHREN Tee und ging. Es hatte inzwischen aufgehört zu regnen, war aber so düster, dass in den meisten Büros die Fenster erleuchtet waren. Auf einem Zettel hatte sie sich noch einige Besorgungen notiert, die sie auf den nächsten Tag verschob. Nur die Flugtickets holte sie noch ab.

»Na, haben wir schon Reisefieber?«, fragte sie der Angestellte des Reisebüros mit einem Lächeln. Der Ton seiner Stimme klang herablassend, fast so, wie man mit jemandem spricht, der völlig unerfahren ist. Sie fand, die Frage sei keine Antwort wert, bezahlte die Rechnung mit einem Scheck und verließ das Büro ohne Gruß. Danach kehrte sie in ihre Wohnung zurück. Den Besuch in ihrer alten Arbeitsstelle verschob sie auf den nächsten Tag.

An diesem Abend setzte sie sich an den Schreibtisch und schrieb einen Brief.

Liebe Dodo, schrieb sie, *übermorgen verlasse ich Europa. Ich habe, so gut es mir möglich war, alle Dinge geregelt. Die Hausbesitzerin weiß, dass Edith meine Wohnung benutzen darf. Falls es das Schicksal so will, dass ich von meiner Reise nicht zurückkehre, kann sie die Möbel behalten, andernfalls kannst du sie weiterschenken oder auf den Sperr-*

müll geben, denn ich nehme nicht an, dass du und Bernd sie in eurer eleganten Wohnung aufstellen möchtet. Außerdem kleben immer noch einige Katzenhaare an den Polstern, was für Bernds Allergie bestimmt nicht förderlich ist. Das Flaschenschiff und die Bücher soll Julius haben. Du findest seine Adresse in meinem Notizbuch, doch wenn du ihn nicht erreichst, gib alles auf einen Flohmarkt! Falls noch etwas Geld auf meinem Bankkonto sein sollte, kaufe davon einen Rosenstock, so einen altmodischen mit vollen Rosenblüten, wie ihn unsere Mutter liebte, und pflanze ihn auf ihr Grab. Den Rest kannst du verwenden, wie du willst. Für dein Mitgefühl nach Ranis Tod werde ich dir immer dankbar sein. Es verringerte die Distanz, die nach dem Tod unseres Vaters zwischen uns beiden entstanden war. Niemals wäre ich auf die Idee gekommen diese Reise zu unternehmen, solange Rani noch lebte. Ihre Anwesenheit vertrieb das Gefühl der Einsamkeit und ihre Zuwendung gab meinem Leben Sinn. Kein Mensch kann ohne die Liebe eines anderen Lebewesens existieren. Er braucht sie ebenso wie Brot und Wasser. Auch Robinson ging es gleich besser, als Freitag sein Leben mit ihm teilte. Warum gibt es so viele alte Leute, die sich ein Tier halten, und sei es nur einen Kanarienvogel? Du hast Bernd und die Kinder, die dich auf ihre eigene Art lieben und brauchen. Seit Mutters Tod gab es für mich nur Rani. Dodo, bitte verzeih mir, wenn ich manchmal abweisend zu dir war! Wir sind so verschieden. Du bist hübsch und steckst alle mit deinem Lachen an. Deswegen fliegen dir viele Herzen zu. Als ich erkannte, dass ich gegen dich nicht ankam, vergrub ich mich in meinen Büchern. Verzeih mir, verzeih mir! Und trauere nicht um mich. Was hätte ich sonst tun sollen? Irgendwo aufs Sterben warten, vielleicht in einem Altenheim zusammen mit vielen anderen Greisen und Greisinnen? Senioren nennt man sie heute. Schrecklicher Gedanke! Wenn meine Zeit abgelaufen ist, findet mich der Tod überall auf der Welt. Tröste dich mit dem Gedanken, dass ich mir einen Wunschtraum erfülle! Ich habe mir alles gut überlegt und bin sehr glücklich über meine Entscheidung. Schwester, sei gewiss, dass ich dich liebe. Theresa.

Am nächsten Morgen schleppte Theresa alle Dinge, die sie nicht mitnehmen konnte, in das zu ihrer Wohnung gehörende Kellerabteil. Zurück blieben nur die Möbel, die Edith brauchte, Bett, Schrank, Kommode, der Lehnstuhl und das Sofa. Danach zog Theresa den Mantel an und verließ das Haus.

Der Wind hatte sich gelegt. An einigen Stellen rissen die Wolken auf und ließen ein Stück blauen Himmels sehen. Die Menschen hasteten wie immer durch die Straßen und beachteten einander nicht. Der Geruch nach feuchten Blättern hing zwischen den Bäumen im Park. Theresa kaufte einen Hortensienstock in einem Blumengeschäft.

Die Stadtbibliothek war in einem modernen Gebäude in der Nähe des Marktplatzes untergebracht. Theresa grüßte den Pförtner und fuhr mit dem Lift in den zweiten Stock. Wie oft war sie diesen Weg gegangen. Doch auf einmal kam ihr alles fremd vor. Es war nicht mehr ihr Haus, auch für die Bücher war sie nicht mehr verantwortlich. Sie begrüßte die Arbeitskollegin, die ihren alten Platz hinter dem Computer eingenommen hatte.

»'n Morgen, Theresa! Ich dachte, du wärst schon weg.« Kam es ihr nur so vor oder klang ihre Stimme, als fühle sie sich bei der Arbeit gestört? Vielleicht hatte sie auch von der Einladung erfahren und war verärgert, weil sie selbst nicht eingeladen worden war. Theresa stellte die blühende Hortensie auf den Tisch neben den Bildschirm: »Damit ihr mich nicht so schnell vergesst«, sagte sie. »Ich fliege erst übermorgen.«

Gemächlich schlenderte sie durch die Reihen der Regale und nahm Abschied von den Büchern, die sie liebte. Während des Gehens streiften die Fingerspitzen ihrer Hand über die Buchrücken. In all den Jahren, in denen sie hier beschäftigt war, hatte sie Freundschaft mit den Büchern geschlossen, war verantwortlich für verschiedene Abteilungen gewesen, für Kinderbücher und wissenschaftliche Sammelbände, für die belletristische Abteilung und die historische. Sie hatte Bücher empfohlen und sie mit Lob oder Kritik wieder zurückbekommen, hatte Kindern vorgelesen, Schüler und Studenten beraten, sie getröstet in ihrer Prüfungsangst und sich mit ihnen gefreut, wenn ihre Ratschläge geholfen hatten. Als Dienstälteste hatte sie am Ende nur noch vor einem Bildschirm gesessen, in dessen Rechner alle Titel eingespeist worden waren. Die elektronische Datenverarbeitung hatte ihr am Anfang viel Kummer bereitet, und sie hatte deutlich gespürt, dass sie allmählich alt wurde, zu alt, um sich umzugewöhnen. Sie hatte es bald gehasst, so lange auf den Bildschirm zu starren, bis ihre Augen zu tränen begannen. Nur zu den Büchern, die sie sich selbst auslieh, um sie zu Hause in Ruhe zu lesen und ihren

Inhalt in sich aufzunehmen, hatte sie noch Bezug. Schon als Kind, während der Vater ihr und Dodo vorlas, hatte sie die Fähigkeit in sich entdeckt, sich völlig in die Handlung hineinzuversetzen. Sie hatte nicht nur zugehört, was mit Robinson Crusoe geschah, sie war selbst zu Robinson geworden, war wie er auf einer einsamen Insel gestrandet, ohne die geringste Hoffnung, gerettet zu werden. Sie hatte als Kapitän Ahab mit Moby Dick gekämpft, war mit Columbus über das Meer gefahren, hatte mit ihm versucht, die Mannschaft zum Durchhalten zu bewegen, oder war mit Edgar Allan Poes Icherzähler in einen grauenhaften Sog des Mahlstroms geraten. Diese Fähigkeit hatte sie sich erhalten und gepflegt. Sie hatte sich darin geübt, sich jede Einzelheit genau vorzustellen: das Rascheln des Windes in den Dattelpalmen, das schlüpfrige Schmatzen der Wellen, wenn sie den Strand hinaufliefen, die Hitze, die Kälte, die Erschöpfung und das Brennen der Sonne auf ihrer Haut. Alles zusammen hatte die Intensität der Handlung und die Landschaft, in der sich das alles abspielte, vertieft. Sie war einfach in die Welt der Geschichten eingetaucht und hatte alles um sich herum vergessen. Das bewährte sich und half ihr darüber hinweg, wenn die alltäglichen Probleme über ihrem Kopf zusammenzuschlagen drohten. Wie überrascht und entzückt war sie gewesen, als sie entdeckte, dass Rudyard Kipling, der Autor des *Dschungelbuchs*, ähnlich vorgegangen war wie Doktor Doolittle bei der Bestimmung eines Reiseziels. In einer seiner Kurzgeschichten berichtete er, dass er einmal die Richtung eines nächtlichen Spaziergangs bestimmte, indem er seinen Spazierstock in die lockere Gartenerde vor seiner Haustür steckte und darauf wartete, nach welcher Seite er umfiel.

Auf einmal hielten ihre Fingerspitzen abrupt inne. Sie hatten ein Buch erreicht, auf dessen Rücken sie die kryptischen Zeichen entzifferte, die nur den Angestellten der Bücherei bekannt waren. Das Buch enthielt den Bericht eines arabischen Reisenden namens Al-Ma'sûdî, der im 10. Jahrhundert gelebt hatte. Als sie es herauszog, entdeckte sie, dass es mit einer dünnen Staubschicht bedeckt war. Es schien wenig benutzt worden zu sein. Theresa zog ein Papiertaschentuch aus ihrer Manteltasche und staubte es behutsam ab. Sie bezweifelte, dass es außer von ihr selbst jemals von einem anderen ausgeliehen worden war. Als sie es aufklappte, fiel es an einer Stelle auseinander, die ihr immer besonders rätselhaft vorgekommen war, weil sie so viele fremde Ortsbezeichnungen enthielt, Orte wie die Inseln Waqwaq oder das Meer von Zandsch, die auf keiner Karte zu finden waren und an die sich niemand erinnern konnte:

Die erwähnten Schiffskapitäne aus Oman behaupten, dass der Golf von Berbera (Aden), den sie auch als das »Meer von Berbera und Hafuna« kennen, die erwähnten Ausmaße noch überschreitet und dass die Wellen in ihm hochragenden Bergen gleichen. Sie bezeichnen diese Wellen als »blind« und wollen damit ausdrücken, dass sie sich weder brechen noch Schaumkronen tragen, wenn sie sich zu hohen Bergen auftürmen und in die tiefsten Täler hinabgleiten. Sie behaupten, dass die Wellen von Dämonen besessen sind. Die erwähnten Seeleute aus Oman, die dieses Meer befahren, sind Araber vom Stamme der Azd. Wenn sie inmitten des Meeres von den Wogen bald hochgeschleudert, bald in die Tiefe gezerrt werden, begleiten sie ihre Manöver im Takt mit den Versen:

Bei Berbera und Hafuna im Meer
tosen die Geisterwogen einher.
Im Meer von Hafuna und Berbera
sind gar schrecklich hohe Wellen da.

Über das Meer der Zandsch gelangt man zu der erwähnten Insel Qanbalú sowie zu den Ländern Sofala und Waqwaq, den entferntesten Gebieten der Zandsch und den untersten Teilen dieses Meeres.

Sie las sich fest. Die Inseln Waqwaq hatten sie damals, als sie das Buch zum ersten Mal in die Hand bekam, lange beschäftigt. Sie waren durch ihre Träume gegeistert und verkörperten alles, was sie sich unter den Tropen vorstellte, eine Mischung der Dschungelbilder Henri Rousseaus mit ihren Tigern, Schlangen und dunklen Menschen sowie den Abenteuern Sindbad des Seefahrers.

Theresas Augen hüpften von Zeile zu Zeile. Schließlich riss sie sich zusammen, stellte das Buch an seinen Platz zurück und ging weiter. In dem Regal, in dem zeitgenössische Reiseberichte untergebracht waren, blieben ihre Augen an jenem Buch hängen, das ihr die Idee zu der geplanten Reise nach Indonesien eingegeben hatte. In ihm erwähnte der Autor Inseln, die auf den frühen Seekarten verzeichnet waren, deren Existenz aber nie nachgewiesen werden konnte. Zum Teil, weil sie lediglich in Form von Märchen und Sagen überliefert wurden, und zu einem anderen Teil, weil sie irrtümlich von einigen Handelsschiffskapitänen in Logbücher und Seekarten eingetragen worden waren. Diese Kapitäne hatten oft eine ferne Wolkenbank oder ein Stück Festland, das im Nebel vor ihnen aufgetaucht war, für eine Insel gehalten und ihr einen Namen gegeben. Hundert und noch einmal hundert Jahre später waren sie nicht mehr auffindbar und die modernen Kartographen hatten sie wieder aus ihren Karten verschwinden lassen.

Theresa drehte das Buch in ihren Händen hin und her. Als sie es aufschlug, flatterte ein weißer Zettel zu Boden. Immer noch besessen von der Idee, den Punkt zu analysieren, den ihre Bleistiftspitze vor beinahe einem halben Jahrhundert im Atlas ihres Vaters getroffen hatte, hatte sie selbst in ihrer steilen akkuraten Handschrift zwei Buchtitel notiert. Es waren Bücher in englischer Sprache, von denen sie sich eine genauere Auskunft über diese Inseln erhoffte. Sie hatte sie über die Fernausleihe bestellt und als sie nach vielen Wochen bangen Wartens endlich eintrafen, hatte sie sie mühsam mithilfe eines englischen Wörterbuchs durchgearbeitet. Mit großem Erstaunen las sie, dass es sich um viele tausend Inseln handelte, die ihre Existenz der Ungenauigkeit der Kapitäne verdankten oder die zwar wirklich gesichtet, inzwischen jedoch längst wieder vom Meer verschluckt worden waren. Erst durch die Satellitenfotografie war es möglich gewesen, ihre Nichtexistenz festzustellen. Von den Inseln, die in den Köpfen der Menschen weiterlebten, war dies nicht möglich.

Vor allem eine hatte es Theresa angetan. Sie hatte sich ihre Position aufgeschrieben, weil sie der Meinung war, sie könne an dieser Stelle vielleicht doch noch zu finden sein und auf eine Wiederentdeckung warten.

An island with plenty of wood and water, hatte sie sich notiert. *South Latitude from 1° north to 2° south, east Longitude 125° 06'*. Das war in der Molukkensee, irgendwo in der Nähe des Äquators. Leider war der Breitengrad nur ungenau angegeben. Aber das machte nichts. Das Wichtigste war, dass es Wald und Trinkwasser dort gab.

Ein Sonnenstrahl, der durch das Oberlicht drang, erinnerte sie daran, dass sie sich schon viel zu lange hier aufhielt. Mit raschen Schritten durchquerte sie den Lesesaal und ging zum Lift.

6

DEN REST DES TAGES verbrachte Theresa mit Packen. Alles, was ihr nicht unbedingt notwendig erschien, legte sie auf die Seite. Mehr als zwei Gepäckstücke konnte sie nicht mitnehmen. Die abgeschabte Reisetasche ihrer Mutter hatte die Eigenschaft, dass man sie so voll packen konnte, bis sie fast nicht mehr zuging. Sich immer weiter ausbeulend, wuchs sie mit ihrem Inhalt. Theresa hatte bei einem Sattler die Griffe verstärken lassen. Das zweite Gepäckstück hatte sie extra für diese Reise gekauft. Es war ein Rucksack, einer von der Sorte, wie sie nur junge Leute mit auf ihre Reisen nehmen. Ihn wollte sie als Reisegepäck aufgeben. Die Tasche würde als Handgepäck durchgehen.

Dann fiel ihr noch etwas ein. Sie notierte es auf dem Zettel der Besorgungen für den morgigen Tag. Sie hatte vergessen sich ein Schulheft zu besorgen, das sie als Tagebuch benutzen wollte. Ein Tagebuch hatte sich auf ihrer Irlandreise als nützlich erwiesen.

Wie an jedem Abend machte es sich Theresa in ihrem Lehnstuhl bequem.

Zum letzten Mal, bevor sie die Spieldose in ihrem Rucksack verstaute, zog sie sie auf. Während sich die Walze in ihrem Inneren drehte und die Barcarole aus

Hoffmanns Erzählungen erklang, dachte sie an Venedig zurück, an den kurzen Moment des Glücks hinter der Maske und an Rani, die sie von dort mit heimgebracht hatte.

Venedig war Theresas zweite Auslandsreise. Kurze Zeit nach dem Tod ihrer Mutter war sie nach Irland gefahren. Viele Jahre später entschloss sie sich ihren fünfzigsten Geburtstag nicht zu Hause zu verbringen. Ihr Entschluss war eine Art Flucht vor den verschiedenen Gratulanten, ihren Kolleginnen aus der Bücherei und Dodo samt ihrer Familie. Wenn sie allein an Bernds verkniffenen Gesichtsausdruck dachte, mit dem er ihr das von Dodo ausgesuchte Geschenk überreichen würde, oder an die mürrischen Mienen ihrer beiden Nichten, die einen Disco-Abend für die alte Tante opfern mussten, verging ihr jegliche Geburtstagsfreude. Diejenigen, mit denen sie ihren Geburtstag gern gefeiert hätte, Jakob zum Beispiel oder Julius, hatten sie längst vergessen. Das alles schien ihr Grund genug, sich einen Reiseführer und eine Fahrkarte zu kaufen und ein kleines bürgerliches Hotel in unmittelbarer Nähe des Markusplatzes zu buchen.

Damit es ihr bei der Zugfahrt nicht langweilig werden würde, nahm sie Casanovas Lebenserinnerungen mit, doch sie kam, zu ihrem eigenen Erstaunen, kaum zum Lesen. In den Bergen lag immer noch Schnee. Skifahrer drängten sich auf den Bahnsteigen. Hinter Trient wurde das Land gelblich braun, die Obstbäume reckten ihre kahlen Äste in den Himmel und warteten auf den Frühling.

Es war die Zeit, in der sich Venedig auf den Karneval vorbereitete. Vom Bahnhof aus fuhr Theresa mit einem Vaporetto bis zur Haltestelle San Marco. Das kleine in einem Reisebüro gebuchte Hotel erwies sich als Glücksfall. Vor ihrem Fenster ragten die Mauern der Kirche San Marco in den Himmel, gekrönt von den Zinnen, Kuppeln, Türmchen und den vier goldenen Pferden. Morgens weckte sie das Geläut der Glocken. Wenn sie aus dem Fenster sah, konnte sie ein Stück des kalten klaren Winterhimmels erkennen, durchwirkt von flatternden Tauben. Sobald es dunkel wurde, leerte sich die Piazza vor ihrem Hotel. Dann schien der große von Arkaden gesäumte Platz ihr allein zu gehören. Die Tauben hatten sich längst in ihren Schlupflöchern auf den Simsen der Häuser niedergelassen, wo sie leise gurrend die Köpfe unter die Flügel steckten. Der Gestank der Kanäle durchwehte die Gassen. Ab und zu drang Gelächter aus einem der Lokale, manchmal auch ein paar Takte Musik. Das war die Stunde, die Theresa besonders liebte, die sie genoss, während sie langsam unter den steinernen Bögen dahinschlenderte und die an der Kaimauer auf- und abschaukelnden Gondeln sich in die Kulissen eines Schattentheaters verwandelten.

Sie hatte sich ihr Besichtigungsprogramm selbst zusammengestellt, die Accademia, einige Kirchen sowie eine Fahrt über Murano, Burano nach Torcello mit einem der Vaporetti. Die Tage waren klar und frostig. Sie hatte großes Glück mit dem Wetter. Gegen Mittag erwärmte die Sonne die Riva degli Schiavoni, auf der Händler in kleinen Buden Postkarten, Zuckerwatte und versilberte Gondeln als Briefbeschwerer anboten. Auf vielen Souvenirs stand in allen Sprachen *Gruß aus Venedig*. Der Glanz der Sonnenstrahlen auf den Wellen der Lagune erzeugte Reflexe, die über die Fassade des Dogenpalastes flackerten.

Doch nach wenigen Tagen vergaß Theresa, was sie besichtigen wollte. Sie schlenderte durch die engen Gassen, über Plätze und schmale Brücken, ohne darauf zu achten, wohin ihr Weg sie führte. Der Gestank nach Fischen, Algen, nach ausgelaufenem Dieselöl und Fäkalien suchte vergeblich nach einem Abzug, und der Putz, der die Mauern wie eine Haut überzog, fiel in großen Placken aufs Straßenpflaster. Die hässlichen Flecken, die er hinterließ, wirkten wie Pockennarben. Das Rufen der Fischhändler, die ihre Ware feilboten, und das Gejohle der Kinder vermischten sich mit dem Trillern der Kanarienvögel, deren Käfige vor den Fenstern in den oberen Stockwerken hingen. Irgendwo schimpfte eine Mutter ihr weinendes Kind. Magere Katzen strichen an den Wänden entlang auf der Suche nach einem Fischschwanz. Für Theresa war dies das eigentliche Venedig, ein Venedig, wie sie es sich in ihren Träumen vorgestellt hatte.

Sie ließ sich treiben und setzte dem Gedränge keinen Widerstand entgegen, doch als es ihr zu viel wurde, rettete sie sich wieder in eine der Seitengassen. Das war die Stadt, in der Marco Polo und Goldoni, Tintoretto und Casanova gelebt hatten und der Napoleon, Richard Wagner und Thomas Mann verfallen waren. Es waren die Überreste der ehemals blühenden Handelsmetropole Shylocks des Juden. Es schien, als ziehe die Dekadenz und der kaum mehr aufzuhaltende Verfall viele Menschen an, die während des Carnevale ihre rauschenden Bälle in den Palazzi feierten, so als gönne ihnen der Tod nur noch eine kurze Frist. Die Kluft zwischen Armut und Reichtum war hier viel größer als irgendwo anders.

Theresa lief am Fischmarkt vorbei und durch das Viertel der armen Leute, die sich in der Düsternis der grauen Häuser und Hinterhöfe ihre Lebensfreude zu erhalten versuchten. In den Kanälen schwammen Plastiktüten, Bananenschalen und schillernde Öllachen. Den Kindern lief der Rotz aus der Nase und die von allzu vielem Pastaessen gewichtigen Frauen zogen ihre Wäsche über die Gassen. Das war das Venedig der Gegenwart. Mit dem der reichen Vergangenheit, den Palästen und kostbaren Kirchen konnte Theresa wenig anfangen, auch wenn am Canale Grande bereits viele Häuser leer standen, durch deren Fensterhöhlen der Wind heulte. Daran, wie das Venedig der Zukunft einmal aussehen würde, wagte sie nicht zu denken.

Die Zeit verging rascher, als sie erwartet hatte. Eine Woche war kurz und doch lang genug, um den Abschied zu fürchten. An den letzten beiden Tagen begann der Karneval. Sie hatte sich eine eng anliegende weiße Maske gekauft und dazu einen Dreispitz, lange, bis zum Ellenbogen reichende Handschuhe, einen Fächer und einen weinroten Pelerinenmantel. Als sie sich so verkleidet im Spiegel ihres Hotelzimmers betrachtete, fand sie sich auf einmal gut aussehend. Ihre unbedeutende Alltagserscheinung, ihre Brille und die von der Arbeit in fensterlosen Räumen grau und schlaff gewordene Haut verbargen sich unter der Verkleidung. Niemand konnte erkennen, ob sich ein Mann oder eine Frau hinter der Maske versteckte und dass sich vom Schleppen der Bücherkisten ihr Rücken gebeugt hatte. Theresa vergaß das alles. Das Kostüm verwandelte sie in einen anderen Menschen. Mit dieser Erkenntnis verließ sie das Hotel.

Auf dem Markusplatz herrschte großes Gedränge. Sie staunte über die vielen verkleideten Menschen, die ihr entgegenkamen: kalkweiß geschminkte Harlekine in Pumphosen, langnasige Dottori in schwarzen Umhängen, tüllverschleierte Damen in weinroten Phantasiekostümen mit Federhüten auf dem Kopf, ähnlich jenen der drei Musketiere, Löwenmasken und anmutige Ballerinen in weißen Tutus. Sie tanzten und lachten, drängten sich in Cafés und Restaurants und posierten in bedeutungsvoller Haltung an Säulen und auf den Treppen der Kirchen. Es dämmerte bereits, als die Tagesausflügler wieder zu ihren Bussen eilten, um heimzufahren. Die vor der Piazzetta haltenden Rapidi waren überfüllt. Doch Theresa hatte nicht vor mit einem Motorboot zu fahren. Sie ließ sich weiter durch die Gassen schieben, und wenn sie einer anderen Maske über den Weg lief, verbeugte sie sich tief oder hielt sich kokett den Fächer vor die Maske.

Dass sie auf einmal nicht mehr allein war, bemerkte sie spät. Ein in einen schwarzen Mantel gehüllter Cavaliere verfolgte sie, holte sie ein und verneigte sich vor ihr.

»Sie sind schön, Signora. Ich liebe Sie!«, flüsterte ihr eine männliche Stimme zu. »Darf ich Sie begleiten?«

Er sprach italienisch. Theresa hatte ihr Misstrauen vergessen. Gegen ihre sonstige Gewohnheit fand sie Spaß an dem Spiel. Mit einem huldvollen Kopfnicken gestattete sie dem fremden Kavalier den Platz neben ihr einzunehmen und sich als ihr Beschützer aufzuspielen. Er begleitete sie an den Kirchen San Salvatore und San Bartolomeo vorbei bis zum Ponte di Rialto. Ihre Verständigung beschränkte sich auf Gesten und wenige Worte. Als sie einer Horde lärmender junger Männer begegneten, ergriff der Fremde sanft ihren Ellenbogen. Die Berührung fuhr wie ein Stromschlag durch ihren Körper. Niemals hatte sie jemand beschützt. Immer war sie es gewesen, bei der die anderen Schutz gesucht hatten. Hier in Venedig, unter der Maske, war alles anders.

»Gondola, Gondola!«, rief ein Gondoliere vom Canale Grande ihnen zu. »Eine Gondel für Casanova und seine schöne Geliebte?«

»Si, grazie!«

Der Fremde reichte Theresa die behandschuhte Hand und half ihr beim Einsteigen. Er achtete darauf, dass sie bequem saß, und legte ihr eine Decke über die Knie. Doch als der Gondoliere in Erwartung eines höheren Trinkgelds ein »O sole mio« anstimmen wollte, schüttelte Theresas Begleiter den Kopf. Sie war dankbar für die Ruhe, mit der das Boot über das Wasser glitt. Die Nacht war längst hereingebrochen. Die Wellen des Canale Grande schmatzten und nagten an den eichenen Säulen, auf denen die Häuser erbaut worden waren. Vor einigen von ihnen schaukelten Motorboote auf und ab, hin und her. In einem Palast wurde ein Fest gefeiert.

Hinter den erleuchteten Fenstern im ersten Stock bewegten sich maskierte Tänzer so, als zelebrierten sie eine Szene in einem Schauspiel der Commedia dell'Arte. Sie glaubte den Dottore an seiner großen Nase zu erkennen, Colombine an ihrer graziösen Gestalt und den Harlekin an seinem Hut und seinen Faxen. Die Schemen der Tänzer drehten sich stumm im Kreis, während sich das aus den Fenstern fallende Licht so lange auf dem bewegten Wasser spiegelte, bis es von der darüber gleitenden Gondel ausgefranst und zerrissen wurde. Theresa lehnte sich leicht an den Körper des Fremden, der seinen Arm um sie legte. Sie kam sich leichtsinnig vor. Niemals in ihrem Leben hatte sie eine ähnliche Sorglosigkeit in sich verspürt. Wenn es nach ihr gegangen wäre, hätte die Fahrt die ganze Nacht über dauern können. Doch vor der Piazzetta stiegen sie aus. Es war spät geworden. Nur wenige Masken bewegten sich noch zwischen Dogenpalast und Campanile. Das Gurren der Tauben war längst verstummt. Unter den Arkaden der Biblioteca spielte ein einsamer Geiger die Barcarole aus *Hoffmanns Erzählungen*. Da nahm der Fremde Theresa in die Arme und tanzte mit ihr über den Platz. Hoch über ihr drehten sich die Sterne, während ihre Füße kaum die Steinplatten berührten. Sie spürte seine Hand auf ihrem Rücken und dass sich ihre beiden Pelerinen im Wirbel des Walzers zu einer einzigen vereinigten.

»Danke!«, sagte sie völlig außer Atem, als der Geiger zu spielen aufhörte und der Fremde den Tanz mit einer tiefen Verbeugung abschloss. Die kalte Nachtluft kühlte ihr erhitztes Gesicht. »Herzlichen Dank, Cavalliere! Mille Grazie!« Während sie das sagte, stürzte sie in die Wirklichkeit zurück. Auf einmal kam sie sich kindisch vor, albern und lächerlich. Was war sie denn unter ihrem Kostüm? Nur eine fünfzigjährige Frau, die ein paar Tage Urlaub in Venedig machte. Und was war denn er? War er ein Gauner, ein Taschendieb oder vielleicht auch ein Heiratsschwindler? Theresas Angst vor der Wahrheit wuchs. Sie musste verschwinden, bevor der Fremde ihr die Maske abnahm, um sie zu küssen.

»Mille grazie, Cavaliere! Arrivederci.« Ohne ihm Zeit für eine Antwort zu lassen, drehte sie sich um und eilte davon, tauchte im Schatten der Arkaden unter, bog hinter dem Uhrturm in die kleine Gasse ein und erreichte mit wenigen Schritten den Eingang ihres Hotels. Es war an der Zeit, überlegte sie später. Was war es denn anderes als ein kurzer romantischer Augenblick, dem unweigerlich die Ernüchterung folgen würde. Hatte sie nicht etwas Ähnliches schon einmal erlebt, damals, als an einem lauen Sommerabend ein junger Musiker Flöte spielte? Nicht noch einmal enttäuscht werden, dachte sie. Nur das nicht. Die Wirklichkeit sah anders aus. Während sie einzuschlafen versuchte, haderte sie mit sich selbst. Du bist feige, warf sie sich vor, aber wenn es Feigheit gewesen war, die sie zu ihrer Flucht veranlasst hatte, dann war es besser so. Man kann eine Maskerade nicht ein Leben lang durchhalten. Doch ohne es sich einzugestehen, wünschte sie sich dabei nichts sehnlicher, als dem Fremden ein zweites Mal zu begegnen und mit ihm zu den Klängen der Barcarole Walzer zu tanzen.

Der nächste Tag war ihr letzter in Venedig. Sie nahm

Abschied und gab sich dem Schmerz hin, die Stadt verlassen und das Abenteuer der vergangenen Nacht vergessen zu müssen.

Und dann machte ihr Venedig noch ein unerwartetes Abschiedsgeschenk. Sie hatte sich in einem der vielen Cafés niedergelassen und einen Cappuccino bestellt, als unter ihrem Tisch ein klägliches Maunzen ertönte und etwas Weiches an ihren Beinen entlangstrich. Sich bückend, entdeckte sie ein kleines halb verhungertes Wesen, ein Katzenkind. Unter seinem grau getigerten, wie von Motten zerfressenen Fell war jede einzelne Rippe zu sehen. Theresa schätzte sein Alter auf einige Wochen und so, wie es aussah, hatte es nur geringe Chancen zu überleben.

In einer ihr selbst nicht verständlichen Regung entschloss sie sich, die kleine Katze mit in ihr Hotel zu nehmen, um ihr dort ein Schälchen Milch vorzusetzen. Mit Wohlgefallen beobachtete sie, wie schnell das Schälchen geleert wurde.

»Na, schmeckt's dir, kleine Prinzessin? Willst du noch mehr?« Aus irgendeinem Grund erinnerte sie die kleine Katze an eine asiatische Prinzessin. Vielleicht waren es die leicht schräg gestellten dunklen Katzenaugen, vielleicht auch die Anmut, mit der sie sich bewegte. Ehe sie sichs versah, taufte Theresa sie Maharani, das sie später zu Rani abkürzte. Am nächsten Morgen packte sie den Inhalt ihrer Reisetasche in zwei Plastiktüten, die ihr das Zimmermädchen besorgte. In die leere Tasche steckte sie die sich heftig wehrende kleine Katze und nahm sie mit, als sie zum Bahnhof fuhr.

Seitdem gehörten der Walzer aus *Hoffmanns Erzählungen* und die Katze, Venedig und das Abenteuer mit dem maskierten Kavalier für immer zusammen. Wenn sie an das eine dachte, kam ihr zwangsläufig auch das andere in den Sinn. Rani, das Licht auf den Wellen der Lagune, Glockenschläge vermischt mit dem Chor der Taubenstimmen und ein paar vom Wind verwehte Walzertakte waren die Geschenke Venedigs, die ihr niemand nehmen konnte.

Und als sie einige Zeit später eine hölzerne Spieldose in einem Spielzeugladen entdeckte, die, wenn man sie aufzog, die Barcarole spielte, kaufte sie sie, ohne lange zu überlegen. Nach Ranis Tod klebte sie ein Foto von ihr auf die Standfläche.

So nahm sie mit der Spieldose auch die Erinnerung an die Katze mit auf die Reise und mit dieser auch die an einen unvergesslichen Aufenthalt in Venedig. Sie packte die Dose in ihren Rucksack. Das Gewicht würde ihr nichts ausmachen.

7

DIE KATZE. AM TAG NACH ihrer Rückkehr trug Theresa die neue Wohnungsgenossin zu einem Tierarzt. Der Arzt schüttelte den Kopf, als er das halb verhungerte Kätzchen untersuchte. »Als ob es nicht schon genug elende Katzen bei uns gäbe«, murmelte er. Er impfte Rani, gab Theresa ein Wurmmittel mit, empfahl ihr eine Diät und ein Vitaminpräparat und meinte, es sei gut, wenn sie sie in einigen Wochen sterilisieren lassen würde. Theresa nahm sich seine Worte zu Herzen. In einem Zoogeschäft kaufte sie alles Notwendige und kehrte in ihre Wohnung zurück.

Rani lebte sich schnell ein. Für sie war der Überlebenskampf beendet. Und als Theresa wieder zur Arbeit gehen musste, gewöhnte sie sich daran, allein in der Wohnung zu bleiben. Das Fenstersims und der große Polstersessel wurden ihre Lieblingsplätze. Wenn Theresa allabendlich ihren Anspruch auf den Sessel anmeldete, dann räumte sie ihn nur widerwillig. Von Anfang an fühlte sich Theresa verantwortlich für sie. Wenn ihre Arbeitszeit in der Bücherei zu Ende war, konnte sie es kaum erwarten heimzukommen. Dann begrüßte Rani sie mit fröhlichem Gemaunze und strich ihr um die Beine.

»Ist ja schon gut«, beruhigte sie Theresa. »Ich lass

dich nicht im Stich. Bin ja schon wieder da.« Es freute sie, dass sie vermisst worden war. Seit dem Tod ihrer Mutter hatte sie niemand mehr zu Hause erwartet. Die Katze gab ihrem Tag Halt. Sie musste gefüttert werden und erwartete Zuwendung. Theresa sagte alle unwichtigen Einladungen ab. Verwundert und traurig stellte sie fest, wie unterschiedlich ihre Familie und die wenigen Freunde darauf reagierten. Niemand konnte verstehen, dass sie eine venezianische Straßenkatze ihnen vorzog.

»Ja, wenn es eine reinrassige Perserkatze wäre, würde ich das eher verstehen«, sagte Dodo. »Aber wer bringt sich schon eine Streunerin aus Venedig mit heim? Mit der wirst du noch dein blaues Wunder erleben!«

»Die hat sicher Würmer und Flöhe«, stellte ihr Schwager Bernd hämisch fest. Und seine Töchter riefen entzückt: »Ach, ist die niedlich! Aber komm mir bloß nicht zu nahe, sonst sind meine Jeans voller Katzenhaare!«

Eine Kollegin aus der Bücherei, die sie ab und zu besucht hatte, entschuldigte ihr Wegbleiben damit, dass sie allergisch auf Katzen reagiere, und eine andere meinte, sie wolle kein solches Vieh in der Wohnung, weil die meisten Katzen die Angewohnheit hätten, ihre Krallen an den Möbeln zu schärfen, und außerdem störe sie der Geruch des Katzenklos. Theresa reagierte mit zunehmender Gleichgültigkeit auf solche Bemerkungen, doch die unausweichliche Folge davon war, dass sie sich immer mehr zurückzog. Sie unterhielt sich mit Rani, lernte ihr Maunzen zu verstehen und liebte den Blick der grünen Augen, denen nichts entging.

»Kleine Prinzessin«, sagte sie oft, während sich Rani schnurrend auf ihrem Schoß zusammenrollte, »du brauchst mich und ich brauche dich.« Ab und zu zog Theresa die kleine Spieldose auf. Sobald sich die Walze in ihrem Inneren zu drehen begann und die ersten Klänge der Barcarole erklangen, lauschte Rani verwundert den Tönen. Die Versuche, die runde Spieldose näher zu untersuchen, hatte sie bald aufgegeben. Es schien für sie ein Geheimnis zu sein, das sie nicht zu ergründen vermochte und an das sie sich schnell gewöhnte.

Sie wuchs zu einer schönen, geschmeidigen Katze heran. Wenn sie mit einem Satz auf den Sessel sprang oder auf leisen Pfoten die Wohnung durchmaß, entzückten Theresa ihre Anmut und ihre Eleganz. Sie war hochbeinig, schlank und ihr grau getigertes Fell glänzte. Die Farbe der Augen ähnelte dem Türkis der Himmel auf den Madonnenbildern in Venedigs Kirchen. Gegenüber fremden Personen war sie misstrauisch. Sie erfand immer neue Möglichkeiten, sich unsichtbar zu machen, huschte unters Bett, sprang auf den Schrank oder verkroch sich in einer halb offenen Schublade. Dort blieb sie so lange, bis sie hörte, dass die Gäste die Wohnung wieder verlassen hatten und Theresa nach ihr rief. Wenn sie die vertraute Stimme vernahm, verließ sie ihr Versteck und schlich, ihr Misstrauen bekämpfend, herbei.

Seitdem die Katze da war, ging Theresa kaum mehr aus. Kein Kino, keine Pizza mehr beim Italiener und keine Einkaufstouren mit Dodo, die ihren Rat beim Kauf eines neuen Kleides brauchte. Theresa zog es nach Hause, wenn ihre Arbeitszeit zu Ende war, weil sie wusste, wie sehr sie dort erwartet wurde. Die Gespräche mit ihren Freunden oder ihrer Familie vermisste sie nicht. Sie hatte ja ihre Bücher.

Von neuem vertiefte sie sich in die alten Geschichten und entdeckte dabei zufällig die abenteuerlichen Reisen Sindbad des Seefahrers in den Märchen aus Tausendundeiner Nacht. Während Rani schnurrend auf ihrem Schoß hockte und die Augen zusammenkniff, las Theresa ihr seine Abenteuer vor:

Eines Tages, als ich sehr vergnügt war, ergriff mich die Lust zu reisen und zu handeln wieder. Ich kaufte Waren, die sich zu einer Seereise eigneten, und schiffte mich auf einem guten Schiffe mit anderen Handelsleuten ein. Nachdem wir uns den Segen Gottes erfleht hatten, lichteten wir die Anker und gingen unter Segel. Wir fuhren von Insel zu Insel, von Land zu Land, von Stadt zu Stadt und machten vorteilhafte Tauschgeschäfte. Eines Tages warf uns das Geschick, nach Gottes Willen, auf eine Insel, die reich an verschiedenen Fruchtgattungen, Blumen, Vögeln, aber so verlassen war, dass wir weder eine Wohnung noch sonst überhaupt ein menschliches Wesen entdecken konnten.

Wie ein Rausch ergriff sie die Lust, es Sindbad gleichzutun. Sie träumte davon, sich mit dem Kaufmann aus Bagdad auf große Fahrt zu begeben, auch wenn es gefährlich war, heftige Stürme ihr Angst einjagten und Schiffbrüche drohten. Sie wollte reisen, möglichst mit einem der bunten Schiffe, die sie als Kind gemalt hatte und von denen ihr Vater nicht wusste, welches Volk sie gebaut haben könnte. Doch alle diese Abenteuer erlebte sie nur in ihrer Phantasie.

Manchmal schlief sie in ihrem Stuhl ein und wachte erst lang nach Mitternacht wieder auf. Dann hatte die Katze ihren Schoß längst verlassen und sich aufs Sofa verkrochen.

In den Jahren, die Rani mit ihr verbrachte, entwickelte sich Theresas Leben zu dem einer Einsiedlerin. Sie verglich es mit einem Bild, das sie einmal in einem Museum gesehen hatte. Es zeigte den heiligen Hieronymus in einer wüsten, einsamen Landschaft, in die er sich zurückgezogen hatte, um den Versuchungen der Welt zu entgehen. Doch er war nicht allein. Ein riesiger Löwe lag zu seinen Füßen. Ein Lebewesen, dachte Theresa, ein Tier mit einem warmen schlagenden Herzen und dazu noch eins aus der Familie der Katzen, genau wie Rani. Wie kann man sich einsam fühlen, wenn ein Tier die Einsamkeit mit einem teilt? Die geschäftige Großstadt mit ihrem allnächtlichen Flackern der Leuchtreklamen und dem ohrenbetäubenden Straßenlärm lehnte sie ab. Oft wünschte sie sich, mit niemandem mehr reden zu müssen. Die meisten Gespräche bestanden sowieso nur aus leeren Worten. Ihr mangelte es an dem Willen, einen Gesprächspartner davon zu überzeugen, dass es außerhalb seiner festgefahrenen Ansichten auch noch eine andere Sicht der Dinge gab. Doch leider war sie gezwungen, während der Arbeitszeit Fragen zu beantworten und Ratschläge zu geben.

»Ich habe einfach keine Lust jemandem zu erklären, dass man ein Urteil über eine Person oder eine Sache erst fällen sollte, wenn man sie von verschiedenen Seiten betrachtet hat, Rani«, sagte sie zu der Katze. »Das kann ich nicht. Am Elend der Welt kann ich doch nichts mehr ändern und daran, dass sich die Menschen ständig in den Haaren liegen, auch nicht.« Sie erwartete keine Antwort. Es genügte ihr völlig, dass die Katze sie aufmerksam anblickte und dem Klang ihrer Stimme lauschte.

An sonnigen Wochenenden holte Theresa ihr Fahrrad aus dem Keller, setzte Rani in einen Deckelkorb, den sie vor der Lenkstange befestigte, und fuhr mit ihr auf der Suche nach einem ruhigen Platz aus der Stadt hinaus. Draußen ließ sie sich am Rand eines Waldes oder am Ufer eines Sees nieder, dort, wo es schön und ruhig war und wo sie die Katze freilassen konnte. Sie war sicher, dass sie in ihrer Nähe blieb, Mäuse jagte, die durch die Zweige fallenden Sonnenstrahlen zu erhaschen versuchte, und wenn sie müde war, sich unter einem Busch schnurrend zusammenrollte.

Ab und zu beobachtete Theresa Rani bei der Jagd nach Vögeln. Nach Katzenart lauernd, duckte sie sich mit angespannten Muskeln tief auf den Boden und verfolgte mit starrem, fast hypnotischem Blick einen Vogel, der nichts ahnend vor ihr an einem Grashalm schaukelte, während er Körner aus einer Rispe pickte. Nur an der nervös sich hin- und herbewegenden Schwanzspitze erkannte Theresa die Spannung des Raubtiers. In diesen Momenten glich sie einem Tiger. Wenn Theresa die Spannung nicht mehr ertrug, griff sie ein. Sie hustete oder räusperte sich, bewegte die Arme oder schnalzte mit der Zunge, bis der Vogel erschreckt hochflatterte und Rani ihre Jagd enttäuscht abbrach. Näherte sich ein Spaziergänger, dann verzog sich die Katze tief ins Gesträuch, besonders dann, wenn er von einem Hund begleitet wurde. Entdeckte sie der Hund, sprang sie auf einen Baum und kam erst wieder auf den Boden zurück, wenn der Fremde mit seinem vierbeinigen Begleiter außer Sichtweite war.

Auf diesen geruhsamen Sonntagsausflügen nahm sich Theresa immer ein Buch mit. Beginnend mit der mittelalterlichen Erzählung von Fortunatus, Goethes Italienreise oder den Büchern Johann Gottlieb Seumes und Adalbert von Chamissos, entdeckte sie auf einmal die Welt Josef Conrads:

Sie saßen schweigend vor dem Feuer. Kein Laut drang aus dem Haus, Stille herrschte um sie her; aber fern auf der Lagune konnten sie die Stimmen der Bootsleute hören, die unregelmäßig und klar über das Wasser hallten. Das Feuer im Vorderteil des Sampan schimmerte schwach herüber, mit seiner schwelenden roten Glut. Dann erlosch es. Die Stimmen verklangen. Land und Wasser schliefen unsichtbar, unbeweglich, stumm. Es schien, nichts sei übrig geblieben auf der Welt als das Glitzern der Sterne, die endlos und müßig durch die schwarze Stille der Nacht zogen.

Sie tauchte in die Geschichten ein und verwandelte sich dabei in einen der Helden des polnischen Kapitäns, in Lord Jim, Allmeyer oder einen einfachen chinesischen Kuli, der während eines schrecklichen Sturms ständig den Tod vor Augen hatte. Das, was diese Männer erlitten, ihre Konflikte, ihre Schuldgefühle und der

Kampf ums nackte Leben, spielte fast immer in einer tropischen Landschaft oder der Weite des Ozeans. In Ausnahmesituationen zeigten die Menschen ihr wahres Gesicht. Böses ließ sich nicht mehr verschleiern. Schuld, Unschuld und Sühne wurden bloßgelegt. Spannungen nicht mehr durch gesellschaftliche Konventionen verdeckt. Theresa erlebte hautnah die Düsternis unter dem Blätterdach des Regenwaldes, in der ihr die drückende Schwüle das Atmen schwer machte.

Erst wenn die Dämmerung das Land verschattete und ein kühler Wind sie frösteln ließ, wachte Theresa aus ihren Träumen auf. Dann lockte sie Rani heran, setzte sie in ihren Korb und kehrte in die Stadt zurück.

Es kam eine Zeit, in der sich Rani maunzend über den Boden rollte, in der ihr die tröstenden Worte und Ablenkungsversuche Theresas nichts mehr bedeuteten, in der ihr Körper nach der Vereinigung mit einem Kater verlangte. Theresa wusste Bescheid. Der Tierarzt hatte es vorausgesagt. Es fiel ihr nicht leicht, der Katze für immer die Möglichkeit zu nehmen, selbst Nachwuchs zu bekommen. Sie wartete so lange, bis sie Ranis Gejammer nicht mehr ertrug. Dann brachte sie sie in die Praxis des Arztes und ließ sie operieren. Nach diesem Eingriff starb das Verlangen in Rani. Sie würde nie neues Leben in sich heranwachsen spüren, keine kleinen Kätzchen, die an ihren Zitzen nuckelten und die sie in der Wohnung hin- und herschleppen musste, wenn sie sich verirrt hätten. Das Leben lief weiter in ruhigen Bahnen.

8

DODO MACHTE DER Schwester Vorhaltungen wegen ihres zurückgezogenen Lebens. Sie sprach nur aus, was viele andere dachten.

»Du wirst wunderlich, Theresa«, sagte sie, »behandelst die Katze wie ein eigenes Kind, sprichst mit ihr wie mit einem Menschen und hältst ihr Maunzen für eine Antwort. Wie kannst du sie so vermenschlichen? Ein Tier ist und bleibt ein Tier. Der Mensch ist ihm überlegen. Er ist die Krone der Schöpfung.«

Theresa schoss das Blut in den Kopf vor Zorn. »Ein Tier ist ein lebendes Wesen, genau wie du und ich. Es fühlt Schmerzen und Hunger ebenso wie Zufriedenheit. Es kann sich nicht wehren und braucht deshalb unseren Schutz.«

»Du treibst es so weit, dass die Leute bald mit dem Finger auf dich zeigen und von dir als der ›Katzentheresa‹ sprechen, wenn sie dich später einmal Rani in einem Kinderwagen durch den Stadtpark schieben sehen.«

»Das ist mir gleich, sollen sie denken, was sie wollen«, entgegnete ihr Theresa widerspenstig und kniff die Lippen zusammen. Ihre Augen funkelten böse.

»Aber Bernd und mir ist das nicht gleich«, sagte

Dodo. »Und meinen Töchtern sicher auch nicht, wenn sie sich entsprechende Bemerkungen ihrer Freunde anhören müssen.«

»Das ist nicht mein Problem.«

Doch so schnell gab Dodo nicht auf: »Theresa, bedenk doch, es gibt so viele elende Menschen auf der Welt, die dringend Hilfe benötigen, dringender als irgendein Tier.«

»Wenn mich ein Mensch um Hilfe bittet, helfe ich ihm, so gut es mir möglich ist«, verteidigte sich Theresa. »Für ein Tier tue ich das auch.«

»Dann darfst du auch keine Fliege töten.«

»Ach, hör auf! Das verstehst du nicht.«

»Aber betrachte dich doch einmal im Spiegel! Du lässt dich gehen, müsstest längst zum Friseur, und eine neue Bluse könntest du dir auch einmal wieder leisten.«

»An meinem Aussehen ist nichts mehr zu verbessern«, widersetzte sich Theresa. »Das ist schad fürs Geld.« Da gab es die Schwester auf.

Diese Art von Streitgesprächen band Theresa noch mehr an die Katze. »Dir ist es gleich, wie ich aussehe«, sagte sie zu ihr und kraulte sie hinter den Ohren. »Du magst mich wie ich bin. Das Geschwätz der Menschen braucht uns nicht zu kümmern.«

Doch als sie sich am Abend im Spiegel betrachtete, musste sie Dodo Recht geben. Die hochgesteckten Haare waren farblos und strähnig. Ihre Brille verbarg zwar die Ringe unter ihren Augen, doch auf beiden Seiten der Nase hatten sich tiefe Falten eingegraben. Ihre Erscheinung war grau und unscheinbar. Doch sie konnte sich nicht dazu entschließen, etwas dagegen zu unternehmen.

»Dir ist es doch sicher gleich, wie ich aussehe, Prinzessin«, sagte sie zu Rani, »ob ich ein gelbes Kleid anhabe oder eine gepunktete Bluse zu einem karierten Rock. Hauptsache ist doch, dass wir uns mögen und niemand uns voneinander trennt.« Die Gespräche mit der Katze nahmen an Intensität zu.

Viele Jahre teilte Rani Theresas Leben. Die Zeit floss sorglos dahin. Theresa fühlte sich ausgeglichen und zufrieden. Auch die Katze schien das freie Leben in Venedigs Gassen nicht zu vermissen. Nur mit Mühe konnte Theresa ihre Schwester davon überzeugen, dass ihr nichts daran lag, anlässlich ihres sechzigsten Geburtstags eine Einladung zu geben. Sie erinnerte sich noch gut an Dodos Partys, zu denen sie früher immer eingeladen worden war. Die Gäste unterhielten sich über den neuesten Klatsch, über ihren letzten Urlaub oder den, der noch vor ihnen lag, und sie stand daneben und wusste nicht, was sie dazu sagen sollte. Sie kam sich wie ein Stück Holz vor, saß allein, weil sie spürte, dass die anderen sie langweilig fanden, und verabschiedete sich bald unter irgendeinem Vorwand. Auch als sie erfuhr, dass ihr Dodo einen Reisegutschein schenken wollte, verhinderte sie es im allerletzten Augenblick.

»Du brauchst dich nicht um Rani zu sorgen«, erklärte Dodo Theresa, weil sie völlig zu Recht vermutete, dass die Katze der Grund war, warum die Schwester nicht wegfahren wollte. »Ich kümmere mich um sie, solange du fort bist.« Doch Theresa wusste, dass sie sich nicht auf Dodo verlassen konnte. Wenn Bernd oder jemand anderer sie zu einem Essen einlud und die Zeit nicht mehr ausreichte, um nach Rani zu sehen, dann verschob sie es einfach auf den nächsten Tag, sich mit dem Gedanken tröstend, dass die Katze nicht in der Lage sein würde, sie zu verraten.

Nein, dachte Theresa, Rani war an ihre täglichen Futterzeiten gewöhnt und an ihre Zuwendungen. Sie konnte und wollte ihre Versorgung nicht anderen überlassen und zu allerletzt Dodo, so gut sie es auch gemeint haben mochte.

Das Ende kam schnell, wie ein Blitz aus heiterem Himmel. An einem Sonntag kehrte sie von einem ihrer Ausflüge heim. Rani hockte im Korb, den Theresa wie immer vorn am Lenker ihres Fahrrads befestigt hatte. Das Gehupe der Autos und die Motorengeräusche störten sie nicht. Manchmal hob sie den Kopf und blickte sich um, doch das kam immer seltener vor.

Theresa hatte Adelbert von Chamissos *Reise um die Welt* gelesen. In Gedanken war sie bei seinem Aufenthalt auf den Philippinen, als die Ampel vor ihr grün aufleuchtete. Ohne auf ihre Umgebung zu achten fuhr sie geradeaus. Auf einmal spürte sie einen gewaltigen Stoß. Der Fahrer eines Lieferwagens hatte sie beim Abbiegen übersehen. Sie geriet aus dem Gleichgewicht und stürzte zu Boden. Kurz bevor ihr Kopf auf den Randstein schlug, hörte sie noch den Schrei der Katze, während das Auto ihr Fahrrad und mit ihm den Korb mitsamt seinem Inhalt unter seinen Reifen zermalmte. Die Katze schrie, jaulte in Todesangst, schrie gellend schrill, hilflos ausgeliefert. Dann brach ihr Schrei unvermittelt ab und Theresa wurde bewusstlos.

Erst viele Stunden später erwachte Theresa aus ihrer Ohnmacht. Dodo saß neben ihrem Bett und beobachtete voll Sorge ihre Rückkehr in die Wirklichkeit. Sie fürchtete sich vor dem, was sie ihrer Schwester sagen musste, hatte Angst vor dem Augenblick der Wahrheit. Unruhig huschten Theresas Hände über die Bettdecke, so als seien sie auf der Suche nach etwas Weichem, Haarigen, etwas, das sich wie ein Fell anfühlte. Ihre Lippen bewegten sich: »Rani?«, flüsterte sie kaum hörbar und dann noch einmal: »Rani? Was ist passiert?«

Dodo legte ihre Hand auf Theresas unruhig flatternde Finger.

»Ich muss dir was sagen«, begann sie vorsichtig. »Es hat keinen Sinn, es dir länger zu verschweigen. Rani ist tot.« Sie hatte erwartet, dass Theresa in Tränen ausbrechen würde, doch die einzige Reaktion war eine fast leichenhafte Starre, die ihr Gesicht überzog.

»Wo ist sie?«

»Die Polizei hat die Abdeckerei verständigt, und die haben sie abgeholt. Glaub mir, sie hat nicht leiden müssen.«

Hast du eine Ahnung, dachte Theresa. Du hast sie nicht schreien gehört. Nicht einmal ihren Körper haben sie mir gelassen. Nicht einmal einen Platz, an dem ich sie besuchen und um sie trauern kann. Sie versank in Lethargie und beantwortete keine Fragen der Ärzte, aß nur wenig von dem, was man ihr vorsetzte, verlangte nichts und ließ alles widerstandslos mit sich geschehen. Auf einmal fiel es ihr leicht, nicht mehr zu reden. Sie brauchte keine Worte mehr zu suchen, brauchte sich nicht mehr zu verteidigen und keine Auskunft über ihr körperliches Befinden zu geben. Fragen, Mitleid und Trost erreichten sie nicht mehr.

Man hatte bei ihr eine schwere Gehirnerschütterung festgestellt, keinen Schädelbruch. Nach zwei Wochen wurden Patienten wie sie gewöhnlich nach Hause geschickt. Doch Theresas Schweigen machte den Ärzten Sorgen. Sie murmelten etwas von Depression, Psychose, Suizidgefahr und verlegten sie auf eine neurologische Station. Doch ihr Interesse war rein wissenschaftlicher Natur. Anteilnahme brachten sie für ihre Patienten nicht auf. Sie stellten Theresa Fragen, die sie als Zumutung betrachtete. Sie kamen ihr wie ein Verhör vor und so, als versuchten sie ihre Seele zu sezieren und sie vor aller Welt bloßzulegen. Das war auch der Grund, warum es ihnen nicht gelang, die unsichtbare Wand, die sie umgab, einzureißen. Was ging die Ärzte ihr Verhältnis zu ihren Eltern und ihre Beziehungen zu Männern an. Über die Liebe zu einem Tier würden sie vermutlich lachen. Ihre arroganten Mienen konnte sie sich gut vorstellen, wenn sie darauf kämen, dass der Verlust Ranis sie schlimmer traf, als es der Verlust ihrer Mutter getan hatte. Für diese Art von Gefühlen hatten sie vermutlich kein Verständnis. Das ging nur sie selbst etwas an.

Nach kurzer Zeit wurde die neurologische Station mit ihren schreienden und orientierungslos herumgeisternden Patienten und den blinkenden Überwachungslichtern über den Betten für sie zu einem Gefängnis, das sie schweigend zu ertragen versuchte.

Eines Tages legte man eine junge Frau zu ihr ins Zimmer. Die Stationsschwester wies ihr ein Schrankfach zu und erklärte ihr den Tagesablauf.

»Essen gibt's um zwölf im Speisesaal«, sagte sie unverbindlich. »Der Arzt kommt später zu Ihnen.« Dann ließ sie die Neue mit Theresa allein.

»Guten Tag«, begrüßte die junge Frau ihre Bettnachbarin. »Ich heiße Edith.«

Anstelle einer Antwort drehte ihr Theresa den Rücken zu. Sie wollte nicht unfreundlich sein, sie wollte nur in Ruhe gelassen werden. Vermutlich wusste Edith Bescheid und die Schwester hatte sie schon auf dem Weg zu ihrem Zimmer darüber informiert, dass sie zu einer Patientin kam, die sich weigerte mit jemandem zu sprechen.

Als der Arzt kam und Edith nach ihren Beschwerden fragte, erfuhr Theresa, ohne dass sie es wollte, dass ihre Bettnachbarin wegen unerträglicher Kopfschmerzen eingeliefert worden war. Ihr Hausarzt hatte ihr empfohlen, sich einer Reihe von Untersuchungen zu unterziehen, um sicher zu sein, dass nicht ein Tumor die Ursache war. Röntgenaufnahmen, Kernspintomographien, Elektrokardio- und Elektroenzephalogramme sollten abklären, mit welchen Mitteln die Schmerzanfälle am besten zu bekämpfen seien. Edith ließ alles geduldig mit sich geschehen. Immer wieder versuchte sie, mit Theresa ins Gespräch zu kommen, doch sie reagierte auf keine

Frage. Erst als sie eines Nachts ihre Bettnachbarin stöhnen hörte und als sie beim schwachen Licht der Nachtlampe beobachtete, wie sie sich verzweifelt im Bett hin und her warf, besiegte das Mitleid mit ihr die Gleichgültigkeit.

»Kann ich etwas für Sie tun?«, fragte sie leise.

»Bitte holen Sie den Arzt!«

Theresa läutete. Zuerst kam die Schwester, dann der Arzt. Edith erhielt eine Injektion. Die Schmerzen ließen nach. Sie schlief bald ein. Nur Theresa lag noch lange wach. Sie betrachtete das von wirren Haaren umgebene junge Gesicht im Nachbarbett, die langen Wimpern über den vom Schmerz geröteten Wangen und die leicht geöffneten Lippen.

Seit dieser Nacht war das Eis zwischen den beiden Frauen gebrochen.

Theresa erfuhr, dass ihre Nachbarin Kunstgeschichte studierte und dass sie an einer Magisterarbeit über den Maler Giotto saß. Edith sprach über Giotto so, als spreche sie über einen nahen Freund. Sie schwärmte von seinen bahnbrechenden Fresken in der Kirche von Assisi, in der er die Perspektive wieder entdeckt hatte. Ihre Eltern waren wohlhabende Geschäftsleute, die es viel lieber gesehen hätten, wenn ihnen ihr einziges Kind im Büro zur Hand gehen würde, anstatt ein so aussichtsloses Fach zu studieren. Doch sie liebte ihr Studium.

Theresa erzählte Edith nur wenig von ihrer Arbeit in der Bücherei. Sie sprach von Rani, dass sie die kleine Katze aus Venedig mit heimgebracht und wie sehr sie sie geliebt hatte. Auch von dem Unfall erzählte sie ihr und dass sie sich Vorwürfe machte, nicht besser auf den Verkehr geachtet zu haben.

»Sie haben sie von dem Auto der Abdeckerei abholen lassen und ihren Körper verbrannt. Ich kann nicht mal ihr Grab besuchen.«

Eines Tages wurde Edith wieder entlassen. Man hatte die Ursache ihrer Schmerzen nicht entdeckt. Sie bekam neue Mittel mit der Versicherung, dass diese bestimmt helfen würden, und man schickte sie heim.

»Auf Wiedersehen«, sagte sie zu Theresa beim Abschied. »Sieh zu, dass du auch bald hier rauskommst, und gib mir Bescheid. Ich besuche dich dann in der Bücherei. Vielleicht habt ihr was über Giotto?«

Da sah Theresa ein, dass sie in diesem Gefängnis nicht länger bleiben konnte.

»Hol mich hier raus!«, sagte sie zu Dodo, als sie das nächste Mal zu Besuch kam.

»Geht's dir schon besser? Glaubst du, dass du es schaffst, allein?«

Die Ärzte entließen sie nur ungern. Sie redeten von Depressionen, die nur mit Medikamenten bekämpft werden könnten, machten die Entlassung von weiteren Kontrolluntersuchungen abhängig und verschrieben Rezepte, die Theresa später in den Papierkorb warf. Die Argumente der Mediziner überzeugten Dodo nicht. Sie ließ nicht locker. Unter der Bedingung, dass Theresa in eine Kur an der Nordsee einwilligte, wurde sie schließlich entlassen.

Bernd und Dodo brachten sie mit dem Auto hin. Der frische Meerwind und stundenlange Spaziergänge durch die Dünen und am Strand entlang erinnerten sie wieder an ihren Urlaub in Irland, obwohl die irische Küste abwechslungsreicher, wilder und die Brandung gewalttätiger gewesen waren. Diese Spaziergänge und die Bücher, die sie in der Kurklinik vorfand, halfen ihr, Distanz zu dem schrecklichen Erlebnis zu bekommen, bei dem Rani den Tod fand. Zeit heilt nicht alles, aber vieles, dachte sie, und so war es.

Als sie nach einigen Wochen mit dem Zug heimfuhr, fühlte sie sich wieder in der Lage, ihrer Arbeit in der Bücherei nachzugehen.

Doch das Leben in ihrer Wohnung war einsam geworden. Niemand begrüßte sie. Niemand verlangte maunzend Futter. Niemand hockte mehr schnurrend auf ihrem Schoß, wenn sie in ihrem Lehnstuhl saß. Sie räumte das Katzenklo in den Keller und die Futterschüssel in das unterste Schrankfach. Und als ihr die Versicherung den Schaden für den Verlust ihres Rads schickte, überwies sie den Betrag an den Tierschutzverein. Sie kaufte sich kein neues Rad, denn die Ausflüge mit ihm würden die alte Wunde immer wieder aufreißen.

Doch irgendwann erinnerte sie sich an die Ausstellungsbesuche mit Julius. Sie entdeckte die Museen und Galerien der Stadt aufs Neue und verbrachte ihre Sonntage damit, sich in die Landschaften der alten niederländischen Maler zu vertiefen. Sie tauchte ein in die Blumenwelt Emil Noldes, die Landschaftsbilder Gabriele Münters und Paula Modersohn-Beckers sowie während einer Sonderausstellung auch in die kubistischen Welten Lionel Feiningers und seiner Zeitgenossen. Wenn sie müde wurde, nahm sie eine Kleinigkeit im Museumsrestaurant zu sich, schlürfte einen Cappuccino und aß ein Sandwich, während sie im Katalog blätterte. Danach sah sie sich einen Videofilm über das Leben des Künstlers an und kehrte zu den Bildern zurück, die ihr den größten Eindruck gemacht hatten. Diese sonntäglichen Besuche lenkten sie ab und minderten allmählich die Trauer um die Katze.

Allein machte es ihr keinen Spaß hinauszufahren und sich an einer schönen Stelle niederzulassen. Allein machte alles viel weniger Freude. Der Schock und die Trauer hatten sie altern lassen.

9

MITTEN IN DER NACHT wachte Theresa mit steifen, wie eingefrorenen Gelenken in ihrem Sessel auf, um sie herum nur leere Wände und verstreut herumliegendes Gepäck. Es war kalt. Die Erinnerung an den Verlust der Katze war ein Alptraum. Sie fühlte sich immer noch einsam. Nach ihrer Rückkehr aus der Kur kümmerte sich Dodo rührend um sie, schickte Bernd oder die Kinder, um ihr Gesellschaft zu leisten. Es fiel Theresa nicht leicht, ihnen zu erklären, dass ihre Fürsorge zwar gut gemeint war, jedoch wenig bewirkte. Niemals konnte ihr Dodo Rani ersetzen. Der Verlust der Katze hatte eine tiefe Narbe hinterlassen.

Von ihrer Wohnung Abschied zu nehmen, fiel ihr erstaunlich leicht. Dass sie den größten Teil ihres Lebens hinter sich ließ, wenn sie sich auf die Reise machte, war ihr bewusst. Doch sie wollte nicht länger hier bleiben und das Leben einer Rentnerin führen. So lange sie noch zur Arbeit gegangen war, hatte sie an warmen Tagen die alten Frauen auf den Bänken im Park sitzen sehen. Sie langweilten sich. Es gab nichts mehr, was ihr Leben spannend machte. Ihre Familien hatten keine Zeit für sie. Sobald ihnen das Gehen schwer fiel, zogen sie in ein

Altersheim und warteten dort auf den Tod. Einige von ihnen betäubten ihren Kummer mit Alkohol, andere spielten Karten oder schimpften über den Verfall der Sitten. Nein, nein, nein, dachte Theresa, das ist nichts für mich.

Kurz nach ihrer Rückkehr von der Nordsee war ihr in der Bücherei ein junger Mann aufgefallen, den sie noch nie gesehen hatte. Er schlenderte lässig an den Regalen entlang, blieb ab und zu stehen, legte den Kopf schief, um einen Titel auf dem Rücken eines Buches besser lesen zu können, ohne die Hände aus den Hosentaschen zu nehmen. Er hatte ein altersloses Gesicht und sie fand, er könnte ebenso gut fünfundzwanzig wie fünfundvierzig Jahre alt sein. Vielleicht war er sogar noch älter. Seine Haut war von der Sonne verbrannt und ausgetrocknet.

»Hast du den schon mal hier gesehen?«, erkundigte sich Theresa leise bei einer Kollegin.

»Nein, noch nie.« Die Kollegin schüttelte den Kopf. »Was der hier will?«

»Wenn er's nicht findet, wird er sich schon rühren.« Nach einer Weile drehte sich der fremde Mann um und näherte sich Theresa. Er trug eine Weste mit vielen Taschen. Es war ein Modell, das von einer Zigarettenmarke angepriesen wurde. Die ausgeblichenen und mit Flicken übersäten Jeans schlotterten um seinen mageren Körper.

»Suchen Sie etwas?«, fragte ihn Theresa. »Kann ich Ihnen helfen?«

Er suchte nach Literatur über verschiedene Länder,

vor allem nach Büchern mit Informationen über Marokko und Indonesien.

»Warum Indonesien?«, wollte Theresa wissen, während sie ihm verschiedene Reiseführer und Bildbände vorlegte.

»Weil man dort viel weniger Geld braucht als hier in Europa«, antwortete der Mann. Er erzählte ihr, dass man in vielen Ländern der Welt billiger leben könnte als hier in Europa. Das träfe vor allem auf Indonesien zu, aber auch auf Marokko und andere Länder. Sie hatten sich damals lange unterhalten und später hatte ihn Theresa zu einem Kaffee eingeladen, weil sie mehr darüber erfahren wollte. Ein wenig konsterniert hatte sie ihn angeblickt, als er zu ihr sagte: »Ich heiße Raoul. Sie können ruhig du zu mir sagen.«

Sie hatte tief Luft geholt und gemurmelt: »Ich bin Theresa.«

Später hatte sie ihn gefragt, ob er denn schon mit seiner Ausbildung fertig sei und wie er seine Reisen finanziere? Darauf hatte er ihr etwas verächtlich erklärt, dass er sich nicht dazu hatte entschließen können, ein Spießer zu werden wie alle Leute hier. Um an Geld zu kommen, kaufe er überall billiges Kunsthandwerk ein, Glasperlen, handgewebte Stoffe, Puppen und noch mehr solches Zeug. Das bekomme er in den Boutiquen hier aus der Hand gerissen. »Manchmal begleite ich auch Touristen durch eine Tempelanlage, und da ich selbst darüber nur wenig weiß, brauche ich einen guten Reiseführer. Man verdient dabei nicht schlecht und von dem Geld kann ich dann wieder eine Weile leben.«

»Und wie lange glaubst du, dass du das durchhältst?«, wollte Theresa wissen.

»Das ist so eine Frage, wie sie nur Spießer stellen können«, hatte er erwidert. Theresa hatte die Kritik eingesteckt und sich nichts anmerken lassen.

Sie hatte sich mit ihm noch ein paarmal in dem Café in der Nähe der Bücherei getroffen, hatte ihn nach Tipps gefragt, wo man günstige Hotels findet und preiswert essen kann und wie man von einer Insel zur anderen kommt.

»Am besten fragt man einen Taxifahrer«, hatte Raoul gesagt. »Die wissen alles und ein paar Worte Englisch verstehen sie auch.«

»Und wohin geht's diesmal?«

»Vielleicht nach Sulawesi«, erklärte er ihr bei ihrem letzten Treffen. »Ich weiß es noch nicht genau. Dort haben die Menschen ihre Behausungen der Form der Schiffe nachgebildet, mit denen sie übers Meer gefahren sind. Für ihre Toten höhlen sie Felswände aus und an Stelle von Grabsteinen bewachen Puppen die Gräber in den Felsen. Außerdem gibt's nur wenige Straßen. Sehr empfehlenswert. Mach's gut! Vielleicht treffen wir uns irgendwann mal wieder!« Über seine locker geäußerten Worte freute sich Theresa, auch wenn ihr bewusst war, dass sie nichts bedeuteten.

Der nächste Morgen war frostig. Raureif hatte sich auf die Äste der Bäume gelegt. Theresa band sich einen Schal um, bevor sie das Haus verließ. Zuerst suchte sie ein Schreibwarengeschäft auf. Sie ließ sich verschiedene

Schulhefte vorlegen, entschied sich dann für eines ohne Linien, das mit einer Spirale zusammengeheftet war, und kaufte noch einen Kugelschreiber, den die Verkäuferin ihr besonders empfahl, weil er angeblich auch auf feuchtem oder fettigem Papier nie versagte. Danach streifte sie planlos durch die Straßen und betrachtete die Auslagen der Geschäfte, die von teuren Luxusartikeln überquollen. Ein Reisebüro warb mit einem bunten Plakat für Urlaubsreisen auf den Seychellen: *Sind Sie reif für die Insel?*, stand in großen weißen Buchstaben über einer palmengesäumten Sandbucht. *Dann verkürzen Sie den Winter durch einen Aufenthalt auf den Seychellen.* Doch Theresa interessierte sich nicht dafür. Sie erstand in einer kleinen Bude ein heißes Würstchen. Während sie die Straße entlangging, nahm sie Abschied von allen Dingen, die sie kannte, ohne sie besonders beachtet zu haben, von den Bäumen im Park und einer Bushaltestelle, von der Bank, dem Papierkorb neben ihr und von einem Zeitungsstand. Ich hab schon so oft Abschied nehmen müssen, überlegte sie, von Vater, von Jakob, später von der Mutter und schließlich von meiner Katze. Das ganze Leben besteht aus aneinander gereihten Abschieden. Es wird langsam Zeit, dass ich mich daran gewöhne.

Sie kehrte in ihre fast leere Wohnung zurück. Das, was ihr auf dem Heimweg eingefallen war, erledigte sie gleich. Sie kramte in ihren Papieren und suchte die Notiz mit der Positionsangabe der Insel, die sie zu finden hoffte. Sie fand sie im Etui des kleinen Feldstechers, setzte sich an den Schreibtisch, den sie für Edith daließ, und schrieb sich die Koordinaten ihrer Insel auf die erste Seite ihres Tagebuchs:

Insel in der Molukkensee, schrieb sie, *with plenty of wood and water, zwischen 1 nördlicher bis 2 südlicher Breite und 125,06 östlicher Länge*.

Auch wenn alle sie für verrückt hielten, sie würde versuchen auf diese Insel zu kommen. Sie war ihr Ziel.

Sie betrachtete ihre Schrift und las sich die Positionsangaben laut vor. Danach zeichnete sie sie in ihre Karte ein, wobei ihr auffiel, dass sich die ungenauen Breitenangaben über den Äquator hinzogen. Ich sollte mir noch einen Kompass zulegen, dachte sie. Vielleicht würde sie so etwas am Flughafen kaufen können.

Wie sie es miteinander verabredet hatten, kam Edith am Abend und brachte ihr Gepäck gleich mit. Theresa wollte ihr vor ihrem Abflug noch einmal alles zeigen und letzte Einzelheiten klären.

Damals hatte Edith Theresa gleich in der Bücherei besucht, nachdem sie sich von der Kur zurückgemeldet hatte.

Aus dem einen Besuch bei ihr wurden viele. Manchmal brachte sie ihr eine Schachtel Kekse mit oder stellte ein paar Blumen auf ihren Arbeitstisch. Die beiden Frauen waren sich sympathisch. Der große Altersunterschied hinderte sie nicht daran, sich zu befreunden. Wenn ich eine Tochter hätte, überlegte Theresa oft, dann hätte sie wie Edith sein sollen. Einmal lud sie Edith zum Essen in ihre Wohnung ein. Während Theresa in der Küche hantierte, bewunderte Edith das Flaschenschiff, das Theresas Vater vor mehr als einem halben Jahrhundert für seine kleine Tochter angefertigt hatte. Die Unterhaltung während des Essens drehte sich anschließend um die Herstellung von Flaschenschiffen und wie man Originale von Fälschungen unterscheiden könne. Danach zeigte Theresa ihrem Gast das Bild mit dem merkwürdigen bunten Boot, das durch ihre kindlichen Träume gegeistert war.

»Wenn ich es betrachte«, erklärte sie ihr, »dann kommt es mir immer so vor, als hätte ich mit so einem Schiff in einem früheren Leben einmal eine Insel entdeckt«.

»Was für eine Insel?«, wollte Edith wissen.

»Es gibt Inseln«, belehrte Theresa sie, »die nur in der Phantasie der Menschen existierten oder ihre Eintragung in die Seekarten nur dem Versehen eines Kapitäns verdanken.«

Edith verlangte mehr darüber zu hören.

Und Theresa erfüllte ihren Wunsch, so gut es ihr möglich war. So erfuhr Edith auch von jener Insel, die es der Freundin angetan hatte, die ein unbekannter Kapitän irgendwann neben einer ungenauen Positionsangabe als *»an island with plenty of wood and water«* in sein Logbuch eintrug. Sie begriff, dass diese Insel zu einer fixen Idee geworden war, die Theresa nicht mehr losließ.

Oft schüttete Edith Theresa ihr Herz über einen Liebhaber aus, der sie gerade verlassen hatte oder einen Mann, der sie besonders interessierte. Theresa hörte ihr einfach zu, unterbrach sie nicht, ließ sie einfach nur reden. Raten konnte und wollte sie ihr nicht. Dazu fühlte sie sich nicht berechtigt. Doch Edith erleichterte es, wenn sie mit jemandem darüber sprechen konnte.

So kam es wie von allein, dass ihr Theresa die Wohnung anbot, als ihr Entschluss feststand, wegzufahren und nach der Insel zu suchen. Da sie nicht wusste, ob ihr das auch wirklich gelang, wollte sie sich die Möglichkeit einer Rückkehr offen halten.

»Vielleicht bleibe ich auch irgendwo auf Java, auf Bali oder Sulawesi und verbringe den Rest meines Lebens dort«, sagte sie. »Nach fünf Jahren kannst du mit der Wohnung und den Möbeln machen, was du willst.«

Edith tat die Trennung von Theresa Leid. Sie versuchte einige Male, sie von dieser Idee abzubringen. »Was willst du allein dort? Du hast keine Bücher, keine Musik …«

»Ich nehme die Spieldose mit.«

»Und was machst du, wenn du krank wirst?«

»Irgendwann müssen wir alle sterben.«

»Du bist verrückt.«

»Das hat meine Schwester auch schon behauptet, damals, als die Katze noch lebte. Die Leute werden mit dem Finger auf dich zeigen und dich ›Katzentheresa‹ nennen, hat sie gesagt.«

»Und was hast du ihr darauf geantwortet?«

»Dass mir das gleich ist.«

10

»ICH HAB WAS FÜR DICH«, sagte Theresa später zu Edith und reichte ihr eine Plastiktüte.

»Was ist das?«

»Ich hab mir gedacht, du könntest das brauchen. Probier's ruhig an!« In der Tüte waren die Pelerine, der Dreispitz, die weiße Maske und der Fächer, Theresas Kostüm, das sie nur einen einzigen Tag lang in Venedig getragen hatte.

»Oh, ist das schön!« Edith warf sich die Pelerine um, setzte den Hut auf und hielt sich die Maske vors Gesicht. Sie drehte und wendete sich vor dem Spiegel, war mal Friedrich der Große, mal Casanova und dann wieder nur Theresa auf dem Markusplatz, während sie zu den Klängen der Barcarole mit einem fremden Kavalier einen Walzer tanzte.

»Ist das wirklich für mich?«

»Natürlich. Was soll ich denn noch damit?«

»Danke, Theresa, danke, danke!«, rief Edith glücklich. »Wie schade, dass ich dir nicht berichten kann, wie viel Erfolg ich in deinem Kostüm gehabt habe.«

»Macht nichts. Ich kann's mir auch so vorstellen.«

Edith musste auf dem alten Sofa schlafen, weil Theresa nur ein Bett besaß. Das Bett ihrer Mutter hatte sie längst weitergeschenkt.

Sie unterhielten sich noch bis lange nach Mitternacht, sprachen über völlig belanglose Dinge in Worten, die gleich wieder vergessen waren, redeten, um die Zeit totzuschlagen, bis ihnen die Augen zufielen.

Wie abgesprochen holte Mechthilds Mann am nächsten Morgen Theresa ab, um sie zum Flugplatz zu bringen.

»Adieu«, sagte Theresa, während sie Edith umarmte. »Tu mir den Gefallen, ruf meine Schwester an und grüße sie von mir. Ich hab's nicht übers Herz gebracht, mich persönlich von ihr zu verabschieden. Ich hätte ihre Tränen nicht ertragen und hätte mitgeweint. Erklär ihr bitte, dass ich alles gut überlegt habe und sehr glücklich über meine Entscheidung bin und dass ich ihr so bald wie möglich einen Brief schreiben werde! Dir schreibe ich natürlich auch. Adieu, mach's gut und lass dich nicht unterkriegen!«

»Du wirst mir fehlen«, sagte Edith. »Ich hoffe, dass alle deine Wünsche in Erfüllung gehen und du deine Insel findest!« Dann drehte sie sich schnell um, weil sie nicht wollte, dass Theresa ihre Tränen sehe.

Es regnete. Die Straßen glänzten vor Nässe. Mechthilds Mann hielt vor dem Hauptgebäude des Flughafens. Theresa zerrte ihren Rucksack und die Tasche aus dem Kofferraum.

»Du verstehst, es lohnt sich nicht, einen Parkplatz zu suchen. Ich muss gleich weiter zur Arbeit.« Theresa verstand alles. Sie bat ihn noch, Mechthild recht herzlich von ihr zu grüßen, dann fuhr er davon.

Alle Menschen waren in Eile. Zeit schien das kostbarste Gut zu sein. Theresa hing sich die Tasche über die Schulter und hob ihren Rucksack auf einen Gepäckwagen. Dann machte sie sich auf die Suche nach einem Abfertigungsschalter.

»Einmal Medan«, bestätigte das Mädchen hinter dem Schalter und blickte auf ihren Bildschirm. »Raucher oder Nichtraucher?«

»Nichtraucher bitte!«

»Wann fliegen Sie zurück?«

»Das weiß ich noch nicht«, sagte Theresa und hob ihre Tasche auf das Gepäckband.

»Einmal Medan. Rückflug bleibt offen.« Sie schob Theresa Ticket und Platzkarte über den Tresen. »Ausgang B, Flugsteig 14.«

»Können Sie mir sagen, ob es hier einen Optiker oder ein Sportgeschäft gibt?« Ein eilig vorbeihastender Passagier deutete wortlos in eine Richtung. Theresa fand sich schnell zurecht. Sie versuchte es zuerst bei dem Optiker und hatte Glück. Der Verkäufer legte ihr mehrere Modelle auf den Tisch. Er konnte kaum seine Verwunderung verbergen, dass eine Frau mit einem Rucksack auf dem Rücken, die seiner Meinung nach die sechzig weit überschritten hatte, einen Kompass verlangte. Theresa suchte sich einen heraus, dessen Handhabung ihr einfach erschien, und bezahlte. Die erstaunten Blicke des Verkäufers beachtete sie nicht. Danach kaufte sie in einem Buchladen noch einen Reiseführer, in dessen Anhang sich eine Hotelliste mit den dazugehörigen Preisen befand, und eine Tageszeitung. Sie hatte noch gut eine Stunde Zeit, bis ihr Flug aufgerufen wurde. Deshalb durchquerte sie die Sicherheitskontrollen, weil sie wusste, dass sich in der Wartehalle gleich neben dem Dutyfreeshop ein kleines Café befand. Dort bestellte sie sich eine Tasse Cappuccino, ließ sich an einem der Tischchen nieder und faltete die Zeitung auseinander. Nachrichten wie immer. Die Schlagzeilen auf der Titelseite informierten die Leser über weltweite Katastrophen in den letzten vierundzwanzig Stunden, Politiker verbreiteten Lügen über ihre Gegenkandidaten bei der nächsten Wahl, der Bundestrainer der Nationalmannschaft war zurückgetreten und wie immer kam die Kultur zu kurz. Sie bestand aus einer auf den ersten Blick wohlwollenden Kritik über den neuen Roman eines bekannten Schriftstellers, der man dennoch entnehmen konnte, wie wenig gut ihn der Kritiker fand, darunter die Besprechung des Auftritts einer Popgruppe, irgendwo hatte jemand ein neues Museum eröffnet, das war alles. Im Lokalteil dann die Meldung, dass ein Vater sein Kind umgebracht hatte, weil ihm das Geschrei auf die Nerven gegangen war, dass eine wichtige Straße gesperrt wurde, ein oder zwei Verkehrsunfälle. Theresa war froh, dass sie das alles hinter sich ließ. Nichts von alledem brauchte sie mehr zu interessieren. Da sie die Sprache in dem Land, in das sie reisen wollte, nicht verstand, konnte sie dort auch keine Zeitung mehr lesen. Sie stand auf und setzte sich auf einen der plastikbezogenen Stühle in der Nähe ihres Flugsteigs.

Eigentlich ist alles aus Plastik hier, dachte sie, aus Plastik, Metall und aus Glas. Die riesigen Fenster erlaubten den Passagieren einen weiten Blick über das Flugfeld. Auf einer der schwarzen Tafeln leuchtete der Name *Medan* auf. Doch das bedeutete noch lange nicht, dass die Passagiere einsteigen sollten.

Medan, überlegte Theresa, Sumatra. Es war der billigste Flug nach Indonesien, der im Augenblick angeboten wurde. Eigentlich hatte sie einen Stand-by-Flug angestrebt, doch das hätte tagelanges Warten bedeutet, immer wieder Hoffnung und Enttäuschung, bis irgendwo ein Platz frei wurde, den die Fluggesellschaft weit unter dem Preis eines normalen Tickets verkaufte. Nein, Theresa hatte sich ausgerechnet, dass sie sich ein gewöhnliches Ticket in der Economyklasse leisten konnte, und hatte eines bestellt. Ein unsicheres Abflugdatum hätte sie nicht ertragen, vielleicht hätte sie gezögert und sich alles doch noch anders überlegt. Nein, das wollte sie nicht und so viel hätte sie dabei auch nicht gespart.

Draußen bugsierte ein gelber Pick-up eine Maschine vor ihren Flugsteig. Die Hektik im Inneren der Wartehalle nahm zu. Lautsprecherdurchsagen baten andere Passagiere zum Einsteigen nach Paris. Das Klickern der Zeichen an der großen Anzeigetafel zeigte neue Flüge an und löschte diejenigen, die schon gestartet waren. Eine Mutter rief ihr Kind zu sich. Mehrere ältere Herren, denen man ansah, dass sie geschäftlich unterwegs waren und Businessclass reisten, standen betont langsam auf und bewegten sich dem Ausgang ihres Flugsteigs zu. Ihren lässigen Schritten nach gehörten sie zu den so genannten Vielfliegern, vielleicht versuchten sie auch nur diesen Eindruck zu erwecken. Modernes Macho-Gehabe, fand Theresa. Eine Gruppe junger Männer in dicksohligen Sportschuhen wartete auf den Aufruf ihres Flugs. Sie waren Theresa schon in der Abfertigungshalle aufgefallen, als sie sich mit prall gefüllten Seesäcken in eine der Schlangen vor den Schaltern einreihten. Sie trugen ausnahmslos verwaschene Jeans und hatten naive Jungengesichter voller Idealismus und Abenteuerlust. Einer von ihnen hatte die langen Haare zu einem Zopf zusammengebunden. Er schien der Leiter der Gruppe zu sein. Theresa hätte gern gewusst, was sie vorhatten, aber sie scheute sich sie anzusprechen. Sie flogen nach Neu-Delhi, fand sie heraus, denn die über dem Ausgang ihres Flugsteigs angebrachte Tafel wies auf den Zielflughafen hin. Einer trug einen irischen Pullover. Er hatte leicht gewellte halblange Haare, ähnlich wie Prinz Eisenherz in den Comic-Heften dargestellt wurde. Als er sich für einen Augenblick umdrehte und in Theresas Richtung blickte, erschrak sie. Es war ihr, als ob Raoul sie ansah. Raoul war nicht unschuldig an ihrem Entschluss gewesen, alles hinter sich zu lassen und sich, wenn auch auf Umwegen, auf die Suche nach ihrer Insel zu machen. *South Latitude from 1° north to 2° south, east Longitude 125° 06'*. Vielleicht war es auch nur eine Art Trotzreaktion, mit der sie ihm beweisen wollte, dass sie keine Spießerin war wie die anderen hier. Irgendwo tief in ihr war ein kleiner Funke aufgeglüht und zu einem Flämmchen aufgelodert. Das wollte sie sich nicht eingestehen.

Als der Flug nach Delhi aufgerufen wurde, drängelten sich die jungen Männer zum Ausgang. Vielleicht fliegen sie weiter nach Nepal zum Trekking? Theresa sah ihnen nach. Heutzutage geht jeder sportliche junge Mann, der etwas auf sich hält, zum Trekken in den Himalaja. Doch sie hatte keine Zeit, sich länger den Kopf darüber zu zerbrechen, weil der Flug nach Medan kurz darauf ebenfalls aufgerufen wurde.

11

DAS GEDRÄNGE BEIM Ausgang, die Suche nach ihrem Platz und das Verstauen der Tasche brachte Theresa glücklich hinter sich. Wenn sie angerempelt wurde, rempelte sie zurück. Die Zeiten, in denen Frauen mit besonderer Rücksicht behandelt wurden, waren längst vorbei. Zwölf Stunden Flug plus sechs Stunden Zeitverschiebung. Während die schwere Maschine an Höhe gewann, lehnte sich Theresa in ihrem Stuhl zurück und schloss die Augen. Mit dem Abheben der Maschine hatte sie ihr vergangenes Leben hinter sich gelassen. Sie hatte sich von allem gelöst. Was sie erwartete, konnte sie nicht wissen, aber sie würde es bewältigen. Sie würde eine Weile durch das Land streifen, nach Java, Kalimantan, vielleicht auch nach Sulawesi, um die Häuser zu sehen, die wie Schiffe aussahen, und schließlich würde sie die Insel finden, auf der sie bis zum Ende ihres Lebens bleiben wollte. Sie war ganz sicher. Sie fühlte sich wie ein Luftballon, der sich der Anziehungskraft der Erde entzog und irgendwohin taumelte. Das hatte sie gewollt. Darauf hatte sie gewartet.

Zwei Stunden Tageslicht reichten fast bis Athen. Hinter ihnen wurde die Sonne vom Horizont verschluckt. Sie flogen der Nacht entgegen, nur begleitet von der bleichen, auf dem Rücken liegenden Mondsichel. Die Dunkelheit legte sich auf die trojanischen Ruinen.

Über dem Ägäischen Meer servierte der Steward das Abendessen. Als Vorspeise gab es Shrimpssalat, danach Entencurry mit Reis und Gemüse, anschließend ein Dessert und zum Abschluss Käse. Die Lichter Istanbuls kamen Theresa wie eine Schafherde vor, von denen sich einige Tiere verlaufen zu haben schienen. Neben ihr saß ein dicker Mann, der ihr, ohne dass sie ihn dazu aufforderte, erzählte, er fliege jedes Jahr irgendwohin in die Tropen, um der Kälte in Europa zu entgehen. Etwas später wurde das Deckenlicht gelöscht und der Mann verstummte. Leinwände wurden herabgelassen und nach einigen Werbespots begann ein belangloser Film. Die Liebesgeschichte zwischen einer dummen Blondine und ihrem verkorksten Liebhaber interessierte Theresa nicht. Sie blies ihr Nackenkissen auf und löschte die Leselampe. Dann bedeckte sie ihr Gesicht mit einem Seidentuch, damit sie niemand beobachten konnte, während sie schlief.

Theresas Schlaf war unruhig. Auf dem Gang bewegten sich Passagiere hin und her. Ein kleines Kind weinte. Seine Mutter versuchte es zu beruhigen. Der dicke Mann auf dem Nachbarsitz schnarchte. Immer wieder wachte Theresa auf und blickte hinaus. Indien blieb hinter ihnen zurück und Thailand. Sie studierte die Leuchttafel vor sich, auf der ein kleines Flugzeug die Position markierte. Die Maschine lag ruhig in der Luft. Theresa schlief wieder ein.

Es war noch Nacht, als sie endgültig erwachte und auf die Toilette ging. Sie putzte sich die Zähne, machte sich frisch und kehrte auf ihren Platz zurück. Ein heller Streifen im Osten kündigte die Sonne an. Die Sonne bedeutete den Beginn eines neuen Tages und für Theresa war dieser neue Tag zugleich der Beginn einer neuen Zukunft. Der helle Streifen wurde breiter. Er verschluckte die Sterne, verfärbte sich orange, weiter oben violett. Die abgrundtiefe Schwärze unter dem Flugzeug wurde durch helle fedrige Wolken aufgelöst. Nach einer Weile entdeckte sie tief unter sich das mit Schaumkronen durchsetzte Meer, in dem ab und zu hell umrandete Inseln schwammen. Sie erinnerten Theresa an die Weihnachtskringel, die ihre Mutter in der Adventszeit immer gebacken hatte. Atolle, zwischen ihnen die Heckwelle eines Schiffes. Waren das die sagenhaften Inseln Waqwaq, die vor tausend Jahren von Al-Mas'ûdî beschrieben worden waren?

»Wir haben unsere Flughöhe bereits wieder verlassen und befinden uns im Anflug auf Medan«, sagte die Lautsprecherstimme. »Der Himmel dort ist leicht bewölkt. Die Temperatur 29° Celsius. Gegen Abend ist Regen zu erwarten. Wenn die Lichter über Ihren Sitzen aufleuchten, schnallen Sie sich bitte wieder an, stellen die Sitze senkrecht und löschen Ihre Zigaretten. Nach der Landung bitten wir Sie angeschnallt zu bleiben, bis die Maschine zum Stehen gekommen ist. Der Kapitän und seine Mannschaft haben sich gefreut Sie an Bord begrüßen zu können. Wir hoffen, Sie hatten einen guten Flug.«

12

DIE HITZE TRAF THERESA unvorbereitet. Als sie die Gangway betrat, die auf das Flugfeld hinunterführte, prallte sie gegen eine Wand aus heißer Luft, die ihr das Atmen schwer machte. Sie hatte versäumt, sich im Flugzeug umzukleiden, und sich nur gewundert, dass die Toiletten ständig belegt waren. Während sie über den glühenden Asphalt auf den Eingang des Flughafens zulief, spürte sie, wie die Kleider an ihr zu kleben begannen. Die Hitze verfolgte sie. Es war unmöglich, ihr zu entgehen. Sie fühlte sich ihr ausgeliefert. Die an der Decke angebrachten Ventilatoren im Inneren des Flughafens brachten nur wenig Kühlung. Erst musste sie Pass- und Zollformalitäten hinter sich bringen, bevor sie sich umziehen konnte. Das Einreiseformular hatte sie schon während des Fluges ausgefüllt. In die Spalte, in die sie ihren Aufenthaltsort eintragen sollte, hatte sie den Namen irgendeines Hotels geschrieben, den sie ihrem Reiseführer entnahm. »Bukittinggi«, schrieb sie in Blockbuchstaben, »Bamboo House«, einfach nur weil ihr der Name gefiel und weil sie hoffte, dass niemand kontrollieren würde, ob sie wirklich dort abgestiegen war. Die Frage, wie lange sie im Land zu bleiben gedenke, beantwortete sie mit »vier Wochen«. »Vier Wochen«

erschienen ihr unauffällig. Wenn sie ihre Insel gefunden hätte, würde niemand mehr nach ihr fragen.

Sie wartete, bis ihr Rucksack auf dem Gepäckband erschien, wehrte einen aufdringlichen Gepäckträger ab, der ihr die Tasche abzunehmen versuchte, und zog sich in der Toilette um. An einem Wechselschalter tauschte sie ein paar Dollars gegen die Landeswährung und wunderte sich, warum sie die einzige Person war, die dort bedient werden wollte. Als sie am anderen Tag erfuhr, dass die Geldwechsler in der Stadt einen viel günstigeren Umtauschkurs boten, war das ihre erste Enttäuschung.

Noch hatte die Sonne ihren höchsten Punkt nicht erreicht, als Theresa das Flughafengebäude verließ. Viele Passagiere warteten darauf, abgeholt zu werden, oder fuhren mit einem Bus in die Stadt. Raoul hatte ihr geraten sich am Beginn ihrer Reise von einem Taxi in ein Mittelklassehotel bringen zu lassen. Später könne sie dann Sammeltaxis oder Rikschas benutzen und in preiswerten Gästehäusern logieren, die er »Losmen« nannte. Mit ein paar Brocken Englisch komme sie überall durch, hatte er gemeint.

Theresa hielt sich an seinen Rat, doch sie war viel zu müde, um zu protestieren, als sie der Fahrer vor einem vornehmen Luxushotel absetzte. Ein prächtiges Entree, Teppiche, Diener. Sie nahm sich vor, nur eine Nacht hier zu bleiben. Kaum angekommen in ihrem Zimmer, warf sie sich aufs Bett und schlief ein. Sie wachte erst wieder auf, als es donnerte. Draußen rauschte Regen nieder. Er fiel in Schnüren vom Himmel, tropfte von den

Dächern, prasselte auf die Markisen und verwandelte Straßen und Plätze in große Seen. Regenzeit, dachte sie. Für die Menschen hier ein Geschenk der Götter. Abflusskanäle schien es nicht zu geben, und wenn doch, dann liefen sie über. Theresa beschloss zu warten, bis das Gewitter vorbei war, und sich dann auf die Suche nach einem Restaurant zu machen. Sie kramte ihr Schreibheft aus dem Rucksack.

Ich bin müde, schrieb sie, *auf was habe ich mich nur eingelassen. Ich bin müde und fühle mich einsam. Was trieb mich zu diesem Entschluss? Abenteuerlust oder was sonst? Ist das hier das Paradies der Palmen und weißen Strände, der Riesenmuscheln und Segelschiffe, so, wie ich es in meinen Träumen sah? Und die Insel? Gibt es sie überhaupt? Oder geht's mir mit ihr wie mit St. Brendans Insel der Seligen, an die sich kaum jemand erinnern kann und die vermutlich nur in den Köpfen einiger irischer Mönche existierte. Vielleicht entsprang meine Insel ebenso der Phantasie eines vom Rum benebelten Kapitäns, der eine Wolke für Land hielt und es gleich in sein Logbuch und seine Seekarte eintrug. Vielleicht war es nur eine Sandbank gewesen, die das Meer längst wieder zurückgeholt hatte?*

»Today we discover an island with plenty of wood and water. South latidude from 1° north to 2° south. East longitude 125° 06'.« Bedeutete das nicht, dass ein Schiff dort geankert haben musste, damit die Mannschaft alles in Ruhe erkunden konnte?

Theresa schöpfte neue Hoffnung. Sie holte ihre Landkarte heraus. Die angegebene Position befand sich weit im Osten des riesigen Inselstaates, nördlich der kleinen Sundainseln, irgendwo in der Molukkensee. Die Neugier stärkte ihren Willen, die Suche nach ihrer Insel nicht so schnell aufzugeben.

Sie hatte Hunger. Das war ein gutes Zeichen. Als der Regen nachließ, machte sie sich auf die Suche nach einem Restaurant, wählte das erstbeste und ließ sich von einem Kellner einen Tisch zuweisen. Doch als sie Worte wie »Gado Gado«, »Udang Karan«, »Semangka« und »Nasi Putih‹ auf der Karte las, stellte sie sich vor, dass es ebenso Schlangengulasch wie gebratener Affenschenkel oder Hundeschnitzel bedeuten könnte. Entnervt bestellte sie schließlich Spaghetti.

»Nix Spaghetti!« Der Kellner schüttelte den Kopf. »Mie-goreng?« Und weil sich Theresa keinen Rat wusste und ihr Hunger keine langen Diskussionen zuließ, nickte sie.

»Trinken?«

»Wasser.«

»No mixed fruit juice mit Eis? Schmeckt besser. Ein bisschen süß.«

Theresa war mit dem Vorschlag des Kellners einverstanden.

Während sie auf ihr Essen wartete, versuchte sie sich an das Gefühl des Alleinseins zu gewöhnen. Auch zu Hause hatte sie ihr Leben allein gelebt, doch in der vertrauten Umgebung war es ihr weniger zu Bewusstsein gekommen, als es das in einem fremden Land tat, dessen Sprache sie nicht verstand. Zu Hause war sie in der Menge untergegangen. Ihre graue, unbedeutende Erscheinung hatte sie unsichtbar gemacht. Hier fiel sie auf, hier war sie die Exotin. Ständig bildete sie sich ein, beobachtet zu werden, und kam sich vor, als säße sie auf einer Bühne. Das machte ihre Bewegungen steif und unbeholfen. Ich muss mich erst daran gewöhnen, dachte sie, dann wird es besser.

Das Sich-daran-Gewöhnen fing damit an, die Leute an den Nachbartischen nicht zu beachten, die zu ihr hinübersahen, die Köpfe zusammensteckten und zu tuscheln begannen. Viel später lernte sie, ihren Blicken nicht auszuweichen, sie ihrerseits zu beobachten oder gelangweilt über sie hinwegzusehen.

Überrascht stellte sie fest, dass Mie-goreng nichts anderes als feine Nudeln bedeutete, die der Koch zusammen mit Zwiebeln, Gemüse und kleinen Krabben in einer Pfanne angebraten hatte. Auch der Fruchtsaft war köstlich erfrischend. Gestärkt und erfüllt von neuem Mut, kehrte sie in ihr Hotel zurück.

Den Entschluss, in ein preiswerteres Hotel umzuziehen, gab Theresa am nächsten Morgen auf. Es lohnte sich nicht, länger in dieser Stadt zu bleiben. Zwei oder drei Tage würden ihr genügen. Medan war heiß und von zum Teil verkommener Modernität. Im Zentrum zeugten einige Häuser noch von der ehemaligen Kolonialmacht. Arbeitslose Jugendliche lungerten auf den Straßen herum und boten den Passanten billige Uhren an oder bunte Baseballkappen. Theresa zog es in den Osten nach Java, Bali oder Sulawesi, wo die Menschen die Form ihrer Häuser den Schiffen nachbauten, mit denen sie von China, Vietnam oder von sonst wo übers Meer gefahren waren. So hatte es Raoul ihr erzählt. In ihrem

Reiseführer hatte sie gelesen, dass es außerhalb der Stadt einen großen Busbahnhof gab, von dem aus Expressbusse über den Transsumatra-Highway nach Jakarta fuhren. Zwei oder drei Tage, je nach dem Zustand der Straße, würden sie für die gesamte Strecke benötigen. Der Fahrpreis betrug fünfzigtausend Rupiahs.

Theresa packte ihre Sachen wieder ein, und als ihr die kleine Spieldose in die Hände fiel, zog sie sie auf. Die Walze begann sich zu drehen. Die Barcarole erklang. Für einen kurzen Augenblick tanzte sie wieder in den Armen des fremden Kavaliers über den Marcusplatz. Doch sie wischte die Erinnerung beiseite und steckte die Dose in die Tasche zurück, wo sie noch eine Weile weiterspielte und schließlich verklang.

Als sie die Rechnung bezahlte, stellte sie erschrocken fest, wie sehr ihre kleine Barschaft zusammengeschmolzen war. Sie nahm sich vor, Hotels dieser Art in Zukunft zu meiden. Vor dem Hotelportal hielt sie ein Sammeltaxi an, zwängte sich mit Rucksack und Reisetasche hinein und ließ sich schwer atmend auf die schmale Bank in seinem Inneren fallen. Den Rucksack nahm sie auf den Schoß. Die Reisetasche hielt sie mit den Beinen fest. Nach wenigen Haltestellen musste sie in ein anderes Taxi umsteigen. Dort hockte sie sich neben eine dicke Frau, die gerade vom Markt kam und die den Korb mit ihren Einkäufen auf ihren Knien balancierte. Auf der gegenüberliegenden Bank drängten sich drei kleine muslimische Mädchen kichernd zusammen. Zum Schluss sprang noch ein Mann auf das Trittbrett an der Rückseite des schwer beladenen Gefährts und klammerte sich am Dach fest. Das Taxi hielt überall, gerade so, wie es die Fahrgäste wünschten. Sie drückten einfach einen Knopf über der Einstiegstür oder klopften an die Scheibe zur Fahrerkabine und sofort fuhr der Chauffeur an die Seite und wartete, bis sein Fahrgast ausgestiegen war. Wer mitfahren wollte, stellte sich einfach auf die Straße und winkte. Die offiziellen Haltestellen schien kaum jemand zu benützen.

Sieben Kilometer sind eine weite Strecke neben schwitzenden Nachbarn. Doch als Theresa sich darüber klar wurde, dass sie selbst ebenso schwitzte, änderte sich ihre Einstellung und sie gab sich der Hitze, dem Gerüttel, den Stopps und der unverhofften und wagemutigen Überholtaktik des Fahrers ergeben hin.

Der Busbahnhof war ein großer eingezäunter Platz mit mehreren überdachten Bahnsteigen. Als Theresa mit ihrem Rucksack und der Reisetasche als Letzte das Sammeltaxi verließ, stand nur ein einziger riesiger Bus an einem der Bahnsteige.

»Nach Jakarta?«, fragte sie einen Mann am Tor und deutete auf das Ungetüm.

Der Mann nickte und hielt ihr ein Bündel Fahrkarten hin.

»Ticket to Jakarta?« Theresa kaufte ihm ein Ticket ab. Sie verzichtete auf eine Unterbrechung der Fahrt, weil sie dann wieder irgendwo hätte übernachten müssen. Das war ihr zu teuer. Sie wollte so rasch wie möglich nach Jakarta und dort zur Filiale ihrer Bank. Und außerdem lag Jakarta näher an der Molukkensee. Das machte ihr die Entscheidung leicht.

13

DER BUS KAM VON DER Nordspitze Sumatras, von Banda Aceh. Die fremden Namen klangen geheimnisvoll. In Medan hielt er zwei Stunden, damit der Chauffeur essen und sich ein wenig ausruhen konnte. Theresa fand einen Fensterplatz. Sie verstaute den Rucksack im Gepäckfach über ihrem Kopf zwischen einem Hühnerkäfig und einem Sack voller Reis. Die Tasche klemmte sie unter ihren Sitz. Es dauerte eine Weile, bis der Fahrer erschien. Bald waren alle Sitze besetzt. Sogar im Mittelgang hockten die Fahrgäste auf Kisten und Koffern. Eine Frau gab ihrem Kind noch schnell die Brust. Theresa sah ihr dabei zu, beobachtete, wie dem Kind die Milch aus den Mundwinkeln rann und wie es die kleinen Händchen in das Fleisch der Mutter krallte.

Der Fahrer startete den Motor und fuhr los. Über Haarnadelkurven ging es in die Berge. Reisterrassen säumten die Straße, weiter oben auch Teeplantagen. Wenn das schwere Gefährt durch ein Schlagloch fuhr, hob es die Fahrgäste von ihren Sitzen. Theresas Rucksack drohte herunterzufallen. Ein alter Mann half ihr dabei, ihn wieder zu verstauen. Weiter hinten begann ein Kind zu schreien, einem anderen wurde schlecht. Es musste sich übergeben.

In den Bergen wurde es kühler. Der Fahrer legte eine Kassette ein und sofort dröhnte laute Musik über die Köpfe der Fahrgäste. Sumatra-Pop, dachte Theresa. Sie hätte gern etwas in ihrem Heft notiert, doch das Gerüttel ließ es nicht zu.

Gegen Mittag begann es wieder zu regnen. Das Laub glänzte, als sei es lackiert. Unter den Kronen der Bäume gediehen Kaffeesträucher und dort, wo der Wald zurückwich, Gemüse, Maniok und Erdnüsse.

»Parapat!«, rief der Fahrer ins Mikrofon. Zwischen den Häusern war ein See zu erkennen. Theresa fand, dass er den Seen aus den Bergen zu Hause sehr ähnlich war. Der Bus hielt und die Leute vertraten sich die Füße. Eine Frau bot Bananen und Kokosnüsse an, eine andere Fladenbrot. Einige Fahrgäste stiegen aus, andere ein. Neben Theresa ließ sich ein junger Mann nieder, der sofort in ihr ein Opfer gefunden zu haben glaubte, um seine spärlichen Englischkenntnisse auszuprobieren.

»Das ist das Toba-See«, erklärte er ihr.

»Aha«, sagte Theresa und verkniff sich zu lachen.

»Dort wohnen Batakleute. Sind Fischer, früher auch Menschenfresser.«

Es dauerte ziemlich lange, bis das Gespräch zwischen ihnen erstarb.

Theresa zog ihr Heft aus der Tasche. Doch bevor sie beginnen konnte zu schreiben, fuhr der Bus wieder los. Der See blieb hinter ihnen zurück. Reisland. Bauern pflügten mit ihren Wasserbüffeln den schlammigen Boden. Die Landschaft war bergig, aber die Hügel waren fast überall abgeholzt. Sie veränderte sich zusehends, je weiter sie nach Süden kamen. Gestrüpp und dazwischen einige kümmerliche Eukalyptusbäume säumten die Straße. Hinter den Büschen versteckten sich auf Pfählen errichtete Häuser. Die offenen Veranden erinnerten Theresa an die Plantagen der holländischen Kolonisatoren, die ihr von vergilbten Fotos bekannt waren. Entgegenkommende Busse und Lastwagen machten dem Fahrer das Leben schwer. Oft kamen sie nur knapp aneinander vorbei. Sumatra-Highway. Die schmale, von vielen Schlaglöchern durchsetzte Straße machte ihrem Namen wenig Ehre. Als die Sonne unterging, sang ein Mann auf der Rückbank laut Suren aus dem Koran. Andere fielen in seinen Gesang ein. Es war ihr Abendgebet. Während der Fahrt mussten sie auf die Verneigung gen Mekka verzichten. Der Bus bog bei einer Tankstelle ein. An einem Kiosk verkaufte eine Frau kleine Pappschälchen mit Suppe. Die Suppe war scharf. Sie brannte in der Kehle und Theresa brauchte zwei Flaschen Limonade, um den Brand wieder zu löschen. Danach machte sie Bekanntschaft mit einer Toilette, wie sie in allen orientalischen Ländern zu finden waren: ein Loch im Boden, zwei Tritte daneben, an der Wand ein Griff, ein Wasserbecken mit einer Schöpfkelle, alles ziemlich schmutzig.

Später, während sie sich unter einem Baum ausruhte, notierte sie:

Die Leute hier sind freundlich und hilfsbereit, die uns eigene, ständige Hektik ist ihnen unbekannt. Sie nehmen alles gelassen hin und kommen mir wie große Kinder vor. Meine Mitfahrer sind ein zufällig zusammengewürfelter

Haufen. Die Fahrt ist anstrengender, als ich erwartet hatte, aber wenn man sie als ein Abenteuer betrachtet, hält man es aus.

Eine Hupe erklang. Die Fahrgäste strömten aus allen Ecken herbei, die Fahrt ging weiter. Dunkelheit hing zwischen den Bäumen. Erst wenn der Fahrer glaubte, es käme ihm ein anderes Fahrzeug entgegen, schaltete er die Scheinwerfer ein. Sonst fuhr er ohne Licht durch die Nacht, wich den Karren der Bauern aus, die von ihren Feldern heimkehrten, und den Menschen, die ihrem Haus zustrebten. Die Nacht verbarg vor Theresa den Abgrund an ihrer Seite. An das Auf und Ab der Straße, an Schlaglochgerüttel und das Hin und Her der scharfen Kurven gewöhnte sie sich allmählich. Sie döste ein, spürte im Halbschlaf, dass der Englisch sprechende junge Mann ausstieg und ein anderer seinen Platz einnahm, wachte einmal auf, weil der Fahrer scharf abbremste und ein Kind zu schreien begann, das sich offenbar den Kopf angestoßen hatte. Sie ließ sich widerstandslos hin- und herschaukeln und fing mit dem Rücken die harten Stöße der Schlaglöcher auf. Als der Bus wieder einmal anhielt, sah sie zum Fenster hinaus. Sie standen vor einer kleinen Moschee, die von altem Regenwald umgeben war. Der Fahrer und mit ihm alle anderen Männer stiegen aus und eilten in das Gebäude, um ihr Morgengebet zu verrichten.

Als Theresa in der Ferne ihr »Allahu akbar. La allah illa' allah!« vernahm, schrieb sie in ihr Heft:

Der islamische Glaube verlangt von seinen Anhängern unter anderem fünfmal am Tag zu ihrem Gott zu beten und einmal im Leben eine Pilgerfahrt nach Mekka zu unternehmen. Fünfmal am Tag werden sie an Allah erinnert und verneigen sich vor ihm. Im Christentum gehen die Leute höchstens einmal in der Woche in ihre Kirche. Das ist ein gewaltiger Unterschied. Ich selbst nahm das letzte Mal bei meiner Konfirmation an einem Gottesdienst teil. Nach dem, was im letzten Krieg geschah, habe ich meinen Glauben an einen gerechten und mildtätigen Gott verloren. Heute beneide ich diejenigen, die ihn sich bewahrt haben. Das Einzige, was mich bei manchen Moslems stört, ist ihr Fanatismus. Fanatismus macht blind. Er setzt die moralischen Grundsätze der Gesellschaft außer Kraft. Die Menschen vergessen sich selbst und vollbringen Taten, die sie bei kühler Betrachtung nicht gutheißen würden. Doch Fanatismus gibt es auch bei den Christen.

Der an- und abschwellende Chor verstummte nach einer Weile, die Männer verließen die Moschee und kletterten wieder in den Bus. Danach ging es weiter. Die Straße wand sich einen Hang hoch und auf der anderen Seite wieder hinunter. Von oben hatte Theresa einen Blick über die Berge, die mit einem grünen Pelz aus alten Bäumen überzogen waren. An einigen Stellen säumte ein dichter Wald den Straßenrand, uralte Kapokbäume, von ihren Brettwurzeln gestützt, und Kokospalmen über lichtem Untergrund. In den Haarnadelkurven drehte sich die grüne Wand einmal links, dann wieder rechts vor Theresas Augen und machte sie schwindlig. Der Fahrer schien unter Zeitdruck zu stehen. Rücksichtslos raste er die Straße hinauf und hinunter, bremste, wich großen Lastzügen aus, geriet mit seinem Gefährt aufs Bankett, schleuderte zurück und erreichte gerade noch die zerrissene Asphaltdecke des Highways. Kaum zwei große Autos passten nebeneinander und auf Theresas Seite fiel die Böschung steil ab zu einem Fluss, der die Straße auf langen Strecken begleitete. Theresa kam es vor, als habe der Fahrer gewettet, dass er noch vor dem Mittagessen Bukittinggi erreichen würde. Mitten im Wald kamen sie durch eine Siedlung, die aus vielen hundert Bretterbuden bestand. Wie Spielhäuser sahen die Hütten aus. Kleine Jungen winkten dem Fahrer anzuhalten. Einer von ihnen setzte sich auf den Platz neben Theresa. Er erzählte ihr in stockendem Englisch, dass sie alle Schüler an einer riesigen Koranschule seien und dass er seine Hütte selbst gebaut habe. »My home is my castle« habe er mit roter Farbe an die Außenwand geschrieben. Viele Jahre lebe er schon dort. Er wasche seine Wäsche selbst und koche für sich. Die Mädchen hätten es besser. Sie wohnten in einem festen Gebäude. Er sei gerade dreizehn und müsse noch ein Jahr dort bleiben. Dann wolle er auf eine Universität, am liebsten auf die in der Hauptstadt Jakarta. Auch er war offensichtlich glücklich seine Sprachkenntnisse testen zu können.

Dort, wo der Äquator die Insel Sumatra kreuzt, machten sie eine Pause. Fliegende Händler boten den Fahrgästen T-Shirts an, Bananen und Ananas. Zwei oder drei Männer stiegen ein. Einer von ihnen war ein Bonbonverkäufer. Ein anderer verteilte ein Bündel Brennholz im Gang. Ein leerer Sarg wurde auf das Dach gehoben und festgebunden.

Bukittinggi lag im Hochland. Theresa empfand die Kühle als äußerst angenehm. Sie kaufte sich etwas zu essen. Fahrerwechsel. Ein neuer Chauffeur klemmte sich auf den Sitz hinter dem Steuerrad. Der Bus fuhr weiter. Der Highway durchquerte Kaffee- und Kakaoplantagen. Sie kamen durch Siedlungen, deren Häuser geschwungene Firste hatten. Theresa erinnerten sie an die Illustration in einem Märchenbuch. Die Wände waren bemalt und oft auch mit Schnitzereien verziert. Teakholzpflanzungen versperrten den Blick auf die Landschaft. Einer der neuen Fahrgäste stand auf und zauberte. Er holte einen Papagei aus dem Zylinder, ließ bunte Tücher verschwinden und zog sie einem kleinen Jungen wieder aus der Nase. »Selamat dalang«, krächzte der Papagei und brachte die Leute zum Lachen.

»Was heißt das?«, fragte Theresa den Jungen auf dem Nebensitz.

»Herzlich willkommen!«, erklärte ihr der Koranschüler.

Der Zauberer verblüffte die Leute mit Kartenkunststücken. Er ließ einen Geldschein verschwinden und holte ihn sich wieder zurück. Später ging sein Hut von Hand zu Hand und jeder Fahrgast warf eine Münze hinein. Der Chauffeur zündete sich mit einer Hand eine Zigarette an, mit der anderen schob er eine Kassette in den Recorder. Ein Fahrgast sprang auf und schmetterte im Duett mit dem Sänger.

Theresa sah auf die Uhr: In Padang würden sie die Hälfte der Strecke hinter sich haben. Sie fühlte sich durchgeschüttelt und schmutzig. Jeder einzelne Knochen tat ihr weh. Aufstehen konnte sie nicht, weil ihr das Brennholz im Weg war. Sie überlegte, ob sie in Padang aussteigen und mit einem Schiff weiterfahren sollte. Doch nach einem Blick in ihren Brustbeutel verwarf sie den Plan.

Wieder wand sich die Straße an einem Hang hoch, wieder wurde es Nacht und der Bus hielt an einer Moschee. Theresa nahm alles gleichgültig hin. Auch den Gestank nach Schweiß und Hühnerdreck, nach Stinkfrüchten und schmutzigen Windeln. Sie döste und ließ sich durchschütteln, fing die Stöße, wenn das Gefährt durch ein Schlagloch fuhr, widerstandslos auf.

Mitten in der Nacht begann der Bus plötzlich zu schlingern. Der Fahrer hielt an, stieg aus und stellte fest, dass ein Reifen geplatzt war. Theresa zwängte sich ebenfalls ins Freie. Sie lief ein Stück die Straße entlang. Tief atmend blieb sie stehen und versuchte den Wind zu hören, der die Blätter der Bäume aneinander rieb, doch der Wind schwieg. Er hatte der Hitze Platz gemacht, die zwischen den Ästen hing. Aus der Stille des Waldes drangen Stimmen. Sie klangen fremdartig, schienen aus der Erde zu kommen, dann wieder von hoch oben aus den Baumkronen. Es keckerte, pfiff, bellte, jaulte, unterbrochen von dumpfen Trompetensignalen und dem an- und abschwellenden Zirpen der Baumzikaden, einmal fern, dann wieder so nah, dass Theresa erschreckt zusammenfuhr. Waren es Affen, Vögel der Nacht, waren es Frösche oder maunzende Raubkatzen? Sie gab es bald auf, die Laute auseinander zu halten, und lauschte ihnen nur, wie man einem Chor zuhört, der einen Kanon singt, einem Chor der Geister des Waldes. Die sie umgebende Welt schlug über ihr zusammen. Das Gefühl der Verlassenheit überwältigte sie und brachte sie zum Weinen.

Nach einer Weile drehte sie sich um und lief an dem havarierten Bus vorbei in die andere Richtung. Das Gerede der Menschen blieb hinter ihr zurück. Da wurde der Wald selbst zu einem lebenden Wesen. Ein Wesen mit einem schlagenden Herzen, das ächzend ein- und ausatmete und das sich in der Finsternis verbarg, weil es so hässlich war.

Inzwischen bemühte sich der Fahrer unter Mithilfe einiger Männer den Reifen zu wechseln. Die übrigen Fahrgäste sahen ihnen dabei zu. Die Männer mussten den Sarg auf dem Dach losbinden, den neuen Reifen herunterholen und den alten oben wieder festzurren, und das alles im Licht von zwei Taschenlampen. Das erschwerte die Arbeit, doch die Fahrgäste ließen die Pause mit großem Gleichmut über sich ergehen, so als seien sie es gewöhnt. Ab und zu zerschnitten Scheinwerfer die Finsternis, dann sprang alles zur Seite, um den Weg freizumachen. Das Scheinwerferlicht geisterte wie ein Irrlicht durch die Stämme. Es eilte einem Auto voraus, huschte vorbei und verlosch wieder hinter der nächsten Kurve.

Der Busfahrer hupte zum Zeichen, dass sein Wagen abfahrtsbereit sei. Es dämmerte bereits. Die Fahrgäste stiegen ein. Doch nach kurzer Zeit hielt er wieder an einer Moschee. Der unfreiwillige Aufenthalt würde die Ankunft an der Fährstation um mehrere Stunden verzögern, überlegte Theresa. Doch das war ihr gleich. Niemand erwartete sie. Der Bus würde sie nach Jakarta bringen. Nur das war wichtig.

Auf dem Weg dorthin durchquerten sie sumpfiges Tiefland. Weiß glühend wölbte sich der Himmel über den Feldern. Kautschuk- und Mahagoniplantagen säumten den Straßenrand. Kleine Häuser auf Stelzen versteckten sich hinter Bananenstauden. Gegen Mittag braute sich über dem Wald ein Gewitter zusammen. Wolken türmten sich zu riesigen Pilzen auf, doch der alles erlösende Regen ließ auf sich warten.

Der Fahrer legte nur noch kurze Stopps ein. Sie waren spät dran. Das brachte den Fahrplan durcheinander. Einmal stieg ein kleiner Junge ein, der einen Blinden führte. Bereitwillig machten ihnen die Leute Platz, damit sie sich hinsetzen konnten. Der Mann mit dem Brennholz hatte den Bus längst wieder verlassen.

Noch eine Nacht auf dem schmalen Sitz. Es war die dritte. Am nächsten Morgen war der Himmel klar. Sie näherten sich abermals einer Stadt.

»Bandar Lampung«, rief der Fahrer. »Wir halten nur kurz.«

Er wurde von seiner jungen Frau erwartet. Ein anderer Chauffeur löste ihn ab. Theresa kaufte an einem Stand ein halbes Dutzend Fleischspieße und hoffte, es sei Lamm- und kein Hundefleisch. Dazu trank sie eine Flasche Cola. Das machte sie munter. Bis zum Fährhafen weiter südlich war es noch weit. Dort hatten sie endlich das Meer vor sich und in der Ferne den schmalen Strich der Küste von Java.

Über dem Horizont blähten sich die Wolken. Ein

Tourist zeigte seiner Frau die Silhouette des Krakatau, der bei seinem großen Ausbruch teils im Meer versunken und zu einem anderen Teil aus dem Meer wieder aufgetaucht war. Sechsunddreißigtausend Menschen wurden damals getötet, hörte Theresa ihn sagen. Das bedeutete sechsunddreißigtausendfaches Leid.

Sintflutartiger Regen scheuchte Theresa in einen Aufenthaltsraum. Sie kaufte sich eine Tasse Tee.

Hoffentlich ist es meiner Insel nicht genauso ergangen wie dem Vulkan Krakatau. Ich weiß nicht, was ich dann tun soll, schrieb sie niedergeschlagen in ihr Heft. *Die Fahrt war schlimm. Zu viel für meine alten Knochen. Das, was ich mir erhofft hatte, habe ich bis jetzt nicht gefunden. Alles ist anders, bitterer, schmutziger, armseliger, nicht nur die Bretterbuden am Rand der Städte, sondern auch die Mietskasernen mit ihrem abblätternden Verputz. Bisher habe ich weder einen Sandstrand entdeckt noch ein buntes Schiff, so wie auf den Werbeplakaten, oder wie ich es als Kind immer wieder in meine Hefte gemalt hatte. Von allem, was ich auf der Fahrt sah, von den Bergen und dem Hochland mit seinen Teeplantagen, von den Häusern auf Stelzen und den Bananensträuchern in ihren Gärten, den Menschen und ihren Märkten, von alledem wird mir nur der Wald im Sumpfland in Erinnerung bleiben. Dieser Wald mit seinen Geisterstimmen, die aus der Dunkelheit kamen und wieder in ihr verstummten, während der Wind zwischen seinen Ästen eingeschlafen war. Er wird es sein, an den ich immer denken werde, wenn ich einmal auf meiner Insel lebe.*

Es regnete immer noch, als die Fähre die Insel Java erreichte. Die Fahrer der Fahrradrikschas hatten sich

Pelerinen übergezogen. Ihre Fahrgäste hockten in einer Kabine. Die Pferde vor den wartenden Kutschen am Hafen standen bis über die Fesseln im Wasser. Nach Jakarta führte eine gute Straße. Der Bus brauchte zwei Stunden. Theresa stieg aus. Sie war vorläufig am Ziel und winkte einen Rikschafahrer herbei.

»Zentrum City«, sagte sie. »Hotel, klein. Am besten Guesthouse oder Losmen!« Sie handelte den Preis aus, den ihr das Reisehandbuch empfahl. Der Fahrer nickte und brachte sie dann zu einem einfachen Hotel in der Innenstadt. Als Theresa ihn bezahlen wollte, verlangte er das Dreifache des ausgemachten Preises. Sie einigten sich auf das Doppelte. Sie war zu müde, um lange zu feilschen.

14

DAS GELLENDE RUFEN eines Muezzins weckte sie am nächsten Morgen. In der Nähe ihres Hotels musste sich eine Moschee befinden. Wie ein Echo ertönten die Schreie der anderen Gebetsausrufer, Allah preisend und die Gläubigen an ihr Morgengebet erinnernd. Theresa stand auf. Sie duschte, zog sich eine leichte Bluse an und machte sich dann auf die Suche nach dem Frühstücksraum. Sie hatte Hunger.

Das Frühstück war reichhaltig. Es gab Mie Goreng und Croissants, Toastbrot, Gemüseeintopf, Bratwürstchen und zum Trinken Orangensaft, Tee oder Kaffee. Theresa nahm sich von allem, denn das Frühstück war im Zimmerpreis inbegriffen. Sie setzte sich an einen Tisch am Fenster, wischte ein paar Krümel zur Seite und sah sich um.

Das Hotel schien ein Treffpunkt für Leute zu sein wie Raoul. Traveller hatte er sie genannt. Vor einigen Jahrzehnten nannte man sie noch Hippies. Sie selbst bezeichneten sich gern als Globetrotter. Vorwiegend Europäer, Amerikaner und Australier besetzten die Tische, die Männer in Jeans oder Bermudashorts, die Frauen trugen oft bis zum Knöchel reichende Röcke oder bunte Sarongs und ein farbig bedrucktes T-Shirt. Es ging munter zu. Viele kannten sich und planten gemeinsame Unternehmungen. Theresa, die es gewöhnt war, sich abseits zu halten, beobachtete alles mit einer gewissen Neugier. Dass sie die einzige ältere Touristin war, schien ihr nicht aufzufallen. Die anderen beachteten sie wenig. Sie waren viel zu viel mit sich selbst beschäftigt.

Als ein junges Pärchen den Frühstücksraum betrat, waren alle Tische bereits besetzt. Sie fragten Theresa, ob sie sich zu ihr setzen dürften. Sie hatte nichts dagegen. Wie sich rasch herausstellte, waren es Landsleute von ihr. Sie waren seit Monaten unterwegs, hatten sich in Thailand, Burma, Vietnam und Malaysia herumgetrieben, Tempel besichtigt, waren über Märkte gebummelt und hatten an schönen Stränden gebadet. Sie waren per Anhalter gefahren, mit der Eisenbahn, mit Autobussen und oft auch mit kleinen Dampfern, die den Verkehr an der Küste und von Insel zu Insel regelten. Für Indonesien wollten sie sich viel Zeit nehmen. Das Mädchen hieß Bea. Ihre dauergewellten Haare kräuselten sich um ein kleines Gesicht. Die schmale Nase über dem lächelnden Mund und die lebhaften Augen hinter der Brille verrieten Neugier und Intelligenz. Sie erzählte, dass sie vor einem halben Jahr ihr Abitur gemacht hatte und vor Beginn ihres Studiums ein wenig von der Welt sehen wollte. Ihren Freund Richy hatte sie erst auf der Reise kennen gelernt. Er hatte ihr mit einem Stück Schnur ausgeholfen, als bei der Zollkontrolle am Flughafen von Bangkok der Griff ihrer Reisetasche riss. Richy hatte seine Haare hinten zu einem Zopf zusammengebunden. Er gehörte zu den Männern, die trotz mehrmaligen

Rasierens am Tag immer einen Schatten im Gesicht behielten. Sein T-Shirt mit dem Aufdruck »Save the Planet« war nicht mehr ganz sauber, was ihm gleichgültig zu sein schien. Er und Bea waren sich sympathisch gewesen und der Entschluss, gemeinsam weiterzureisen, war schnell gefasst. Richy war der Sohn eines Lehrerehepaars, das sich in einer kleinen Stadt niedergelassen hatte. Als er seinen Eltern mitteilte, er wolle nach Südostasien, weil es dort warm war und er gehört hätte, dass die Mädchen dort besonders hübsch seien, hatten sie entsetzt reagiert. Sie versagten ihm jegliche Unterstützung. Deshalb hatte er eine Weile in einer Autowerkstatt gearbeitet, um so viel zusammenzusparen, dass es ihm eine Zeit lang reichte. Erfreut hatte er festgestellt, dass er viel weniger Geld brauchte, als er berechnet hatte.

»Hier lebt man billig. Du kannst für umgerechnet drei Mark zu Abend essen«, erklärte er Theresa, »und wenn du nur wenig Hunger hast, kaufst du dir einfach Obst auf dem Markt.«

Bei dem ungewohnten Du zuckte Theresa zusammen. Sie hatte sich auch zu Hause nur schwer daran gewöhnen können, wenn Menschen, die sie eben erst kennen gelernt hatte, einfach Du zu ihr sagten. Sie hatte immer darauf geachtet, Distanz zu bewahren. Doch hier musste sie die Gesetze der jungen Leute akzeptieren, wenn sie nicht wollte, dass alle sie als alte, verknöcherte Jungfer einstuften.

»Wie heißt du eigentlich?«, fragte Richy sie.

»Theresa. Mein ganzes Leben lang wollte ich etwas

von der Welt sehen, aber ich musste warten bis zu meiner Pensionierung.«

»Und was bist du von Beruf?«

»Ich war in einer Bücherei beschäftigt.« Sie wechselte das Thema, wollte wissen, was die beiden so vorhatten und wie lange sie in Jakarta zu bleiben gedachten. So erfuhr sie, dass Jakarta eine Metropole war, die viele Landbewohner anzog. Sie kamen hierher, weil sie glaubten, nur hier reich werden zu können. Dass der größte Teil von ihnen in den Slums landete, die sich wie Krebsgeschwüre überall in der Stadt ausbreiteten, in Buden, die im günstigsten Fall aus Brettern und Wellblech, im ungünstigsten aus Pappe bestanden, in Zelten am Rand von Abwasserkanälen, zwischen schreienden Kindern, Fieberkranken und Ganoven, nicht zu reden von Schmutz und Gestank, der sich vor allem an heißen Tagen über allem ausbreitete.

»Aber es hat einen wunderbaren Segelschiffhafen«, sagte Richy, »dort ankern die alten Bugi-Segler, die Praus und Fischkutter, deren Besitzer ihren Fang auf dem nahen Fischmarkt verkaufen.«

Segelschiffe, dachte Theresa und glaubte den Geruch von fauligem Seetang und Salzwasser in ihrer Nase zu spüren. Segelschiffe! Die Erinnerung an ihren Vater stieg in ihr hoch. Sie ließ sich von Bea erklären, wie man dorthin komme und stand auf. »Aber zuerst muss ich noch auf die Bank«, erklärte sie beim Abschied. »Könnt ihr mir noch ein einfaches Restaurant hier in der Nähe empfehlen?« Richy nannte ihr einen Chinesen in der Lalla Aksa. Das Essen sei gut und billig und man brauchte es nicht mit Stäbchen zu essen. Theresa bedankte sich für den Rat und verließ das Frühstückszimmer.

Sie tauchte ein in das Leben der Stadt, fühlte sich überwältigt und taub vom Lärm der Autos und vom Rufen der Schlepper, die dafür bezahlt wurden, Kunden in die Geschäfte zu locken. Handwerker arbeiteten in zur Straße hin offenen Werkstätten, Schneider, Schuster, Installateure. Sie überquerte einen riesigen Platz, in dessen Mitte ein prunkvolles Denkmal stand. Auf der anderen Seite kam sie an einer Bank vorbei, doch es war nicht die Bank, die sie suchte. In einem Kaufhaus wurden billige Sachen verkauft, Plastikgeschirr, Kleider aus Baumwolle und Perlon, Taschen und Schuhe aus Lederimitaten. Alles beleuchtet durch grelles bläuliches Neonlicht. Bettler hockten vor einer Moschee, weil sie wussten, dass es eine der fünf Pflichten jedes Moslems war, Almosen zu spenden. Straßenhändler boten Bonbons und Luftballons an.

In der Bank, in der sie von zu Hause aus ein Konto eröffnet hatte, legte sie ihren Pass vor. Das Mädchen hinter dem Tresen suchte in einem Computer ihren Namen und ihre Unterschrift. Dann fragte sie Theresa, wie viel sie abheben wolle. Theresa verlangte die Rente für einen Monat. Sie musste ziemlich lange auf die Auszahlung warten. Das Geld verstaute sie in ihrem Brustbeutel, dann verließ sie die Bank und der Straßenlärm schlug abermals über ihr zusammen. Sie bat den Fahrer einer Motorradrikscha, sie zum Hafen zu bringen.

»Sunda Kelapa«, sagte er und »ist weit, kostet viel.«

»Wie viel?«, wollte Theresa wissen.

»Zehntausend Rupiahs.«

Sie rechnete sich aus, dass zehntausend Rupiahs in ihrer heimischen Währung etwa zwei Mark fünfzig wären, nickte dem Fahrer zu und stieg ein. Wild hupend, andere Fahrer mal links, dann wieder rechts überholend und ihnen mit der Faust drohend, wenn sie sich darüber beschwerten, raste der Fahrer davon. Rotes Licht an den Ampeln interessierte ihn nicht. Kam ihm ein Auto in die Quere, bremste er abrupt, sodass Theresa nach vorn geschleudert wurde. Sie klammerte sich fest und sehnte das Ende der Fahrt herbei. Am Ziel angelangt konnte sich der Fahrer nicht mehr an den ausgemachten Preis erinnern. Das hatte sie nicht anders erwartet. Wortlos reichte sie ihm einen Zehntausendrupiahschein und stieg aus. Das, was er hinter ihr herschrie, prallte an ihr ab. Sie verstand es nicht und sie versuchte sich einzureden, dass es nicht ihr galt.

Sunda Kelapa, der Segelschiffhafen. Obwohl sie nie am Meer gewohnt hatte und es nur von ihren Aufenthalten in Irland und Venedig her kannte, fühlte sich Theresa gleich in ihrem Element. In einem früheren Leben muss ich einmal ein Fischer gewesen sein, überlegte sie. Männer beluden und entluden ihre Schiffe, Holz aus Kalimantan, Reis von den kleinen Sundainseln, Säcke mit Gewürzen von den Molukken und natürlich jede Menge Fische. Die Masten zerteilten den Himmel in viele kleine unregelmäßige Felder. Taue schwangen von Rah zu Rah. An anderen wurden die Segel gerefft. Der Geruch nach Fischen und Salz, nach

Tang und Teer, Theresa saugte ihn tief ein. Das war ein Teil ihres Traums. Sie war sicher, dass die Fahrt zu ihrer Insel nur mit einem dieser Schiffe zu bewältigen war. Nicht mit einem Motorboot, nicht mit einer Fähre. Die Schiffskörper waren aus Holz. Sie hatten einen Aufbau im hinteren Teil auf Deck, in dem der Eigner mit seiner Familie wohnte, solange er unterwegs war. Theresa erinnerten sie an die alten Handelsschiffe der Holländer, mächtig und sicher. Mit ihnen war es gut, auf große Fahrt zu gehen.

Weit draußen lag ein anderes Boot. Eines, das über und über bunt bemalt war. Theresa durchfuhr es wie ein Blitz. War das nicht das Schiff ihrer kindlichen Träume, das Schiff, das sie wieder und wieder mit Buntstiften in ihre Schulhefte gemalt hatte und von dem ihr Vater nicht wusste, wohin es gehörte? Große runde Augen am Bug, über ihnen eine Sonne. Den bauchigen Teil zierte über die gesamte Länge ein drachenähnliches Ungeheuer. Über der Wasserlinie befand sich eine rote Welle, die sich kurz vor dem Heck in einer Volute überschlug, zwischen alledem Blumenornamente, stilisierte Rosen, Frangipani- und Hibiskusblüten. Auch der einzige Mast war bunt bemalt. Sie blickte sich um und suchte jemanden, den sie nach der Herkunft des Bootes fragen konnte. Den Polizisten dort? Nein, der konnte sicher kein Englisch, dann vielleicht den Jungen mit dem Fahrrad? Er sah intelligent aus, ging vielleicht auf eine höhere Schule. Sie fasste sich ein Herz.

»Kannst du mir sagen, was das für ein Schiff ist?«, fragte sie und deutete auf den bunten Kutter. Der Junge sah sie verständnislos an. Er folgte der Richtung ihrer Augen und erkannte das Schiff in der Ferne.

»Madura!«, sagte er und dann noch einmal: »Madura!«

Theresa wusste nicht, was das Wort bedeutete. War es der Name des Schiffes oder nur der Schiffstyp? War es der Name des Besitzers oder der des Hafens, den es ansteuerte?

»Madura?«, wiederholte sie und sah den Jungen fragend an.

»Madura«, bestätigte er. Dann fuhr er davon und ließ Theresa allein auf der Mole zurück.

Sie war wie benebelt. Madura. Sie konnte es immer noch nicht verstehen. Es war keine Geistererscheinung. Ihr Traumschiff existierte wirklich. War es ein Zeichen, dass sie mit ihm ihre Insel erreichen würde?

Am Sammeltaxistand fragte sie nach einem Wagen, der sie bis zu dem großen Platz mit dem Denkmal bringen könnte. Es gab viele, die dorthin fuhren. Theresa stieg in eines von ihnen ein. Von dem Platz war es nicht mehr weit bis zu ihrem Hotel und um die Ecke gab es das chinesische Lokal, das ihr Bea empfohlen hatte. Theresa war hungrig.

15

AN DIESEM ABEND BESTELLTE sie ein Gericht, das ganz oben auf der Karte stand. Verwundert stellte sie fest, dass es mit Teig überbackene Garnelen waren mit einer süßsauren Soße, und dass es köstlich schmeckte. Danach kehrte sie in ihr Hotel zurück.

Das kann kein Zufall sein, schrieb sie in ihr Heft. *Gab es dieses Schiff nur einmal oder gehörte der Besitzer zu einem Volk, das seine Schiffe immer so bemalte, um sie aus der Ferne von anderen Booten zu unterscheiden? Aus dem Aufbau am Heck könnte man schließen, dass er viele Monate auf See verbrachte, ohne einen Hafen anzulaufen. Vielleicht hatte er gar keinen festen Wohnsitz und hauste sein Leben lang mit seiner Familie auf dem Meer, fing Fische oder Schildkröten, die er im nächsten Hafen losschlug. Für das Geld, das er einnahm, könnte er Reis kaufen und Zucker, Mais und Paprika. Mehr würde er nicht zum Leben brauchen. Doch was bedeutet »Madura«?*

Der geheimnisvolle Name ließ sie nicht los.

Als sie am nächsten Morgen das Frühstückszimmer betrat, waren Bea und Richy schon da. Sie erzählten von den Museen, die sie besucht hatten, vom Puppenmuseum und von dem für Malerei. Sie hatten sich auf dem Markt eine Stinkfrucht gekauft und gleich gegessen, denn es war verboten, mit ihr das Hotel zu betreten.

»Warum?«, wollte Theresa wissen.

Richy lachte. »Weil sie fürchterlich schlecht riecht«, sagte er.

»Nach was?«

»Nach Kloake. Aber sie schmeckt gut und macht satt«.

»Und was hast du gemacht?«, fragte Bea.

»Ich war am Hafen.«

»War's schön?«

»Ja.« Theresa brachte es nicht fertig, ihnen von dem Schiff zu erzählen, das sie entdeckt hatte und das ihr seit ihrer Kinderzeit bekannt war. Sie würden es nicht verstehen und sie vielleicht auslachen.

Später führte sie ihr erster Weg in das Kaufhaus. Sie erstand Buntstifte, um das Schiff in ihr Heft zu malen. Dann suchte sie ein Sammeltaxi, dass sie zum Hafen bringen würde. Sie wollte sich den Kutter unbedingt noch einmal ansehen und vielleicht fand sie auch jemanden, der ihr eine genauere Auskunft über seine Herkunft geben könnte.

Es war weg. Die Stelle, wo es gelegen hatte, war leer. Sie ließ sich mit einem Sampan durch das Hafenbecken rudern, um sich ganz genau zu vergewissern und sich selbst davon zu überzeugen, dass es sich nicht hinter einem der größeren Schoner verbarg. Auch als sie dem Bootsmann bedeutete, so weit wie möglich hinauszufahren, war nichts von dem bunten Schiff zu sehen. Es war und blieb verschwunden. Enttäuscht kehrte sie zur

Anlegestelle des Sampans zurück, bezahlte und fuhr heim.

Sie holte ihr Heft heraus und versuchte das Schiff, dem sie insgeheim den Namen *Madura* gegeben hatte, so zu zeichnen, wie sie es in Erinnerung hatte. Gleich hinter dem Vordersteven die gelbe Sonne, unter ihr die großen Augen und der Drachenkörper über die gesamte Bootslänge. Dann die rote stilisierte Welle, die in einer weit geschwungenen Volute endete, dazwischen die Blumen, Rosen-, Hibiskus- und Frangipaniblüten. Das Segel hatte sie nicht gesehen. Es hing gerefft an einer Rahe. Sie verbesserte hier und da, vervollständigte Einzelheiten, riss schließlich das Blatt heraus und fing noch einmal von vorne an, um eine saubere Zeichnung zu erhalten. Als sie zufrieden mit ihrem Bild war, schrieb sie *Madura* darunter und das Datum des gestrigen Tages mit dem Zusatz *Segelschiffhafen von Jakarta.*

Als sie wieder hinausgehen wollte, regnete es. Die meisten Passanten hatten Schirme aufgespannt. Die Ärmeren von ihnen hielten sich eine Zeitung oder ein großes Bananenblatt über den Kopf, manche auch einen leeren Sisalsack. Die Rikschafahrer breiteten Planen über ihre Fahrgäste, um das Spritzwasser von ihnen abzuhalten. Es dämmerte schon. Theresa eilte um die Ecke zu ihrem chinesischen Lokal. Obwohl es noch verhältnismäßig früh war, waren alle Tische bereits besetzt. Sie wollte schon wieder gehen, als plötzlich ihr Name gerufen wurde. Es waren Bea und Richy, die sich hierher geflüchtet hatten. Sie zwängte sich zwischen den Tischen durch und setzte sich zu ihnen.

»Wo warst du heute?«, fragte Bea.

»Ach irgendwo kreuz und quer in der Stadt.« Theresa wollte ihnen nicht sagen, dass sie noch einmal am Hafen gewesen war.

»Macht es Spaß, so allein?«

Sie überlegte nur kurz. »Ich bin's gewöhnt allein zu sein«, erklärte sie. »Mir macht's nichts aus und außerdem gibt's viel zu sehen.«

»Wir wollen morgen nach Yokya. Hast du Lust mitzufahren?«

»Yokya?«, fragte Theresa verständnislos.

»Yokyakarta, mit dem Zug.«

»In welcher Richtung liegt das?«

»Südöstlich von hier.«

Alles war Theresa recht, wenn es nach Osten ging, alles. Sie gestand es sich nur ungern ein, aber eine geheimnisvolle Unruhe hatte von ihr Besitz ergriffen, seit sie das bunte Schiff im Hafen gesehen hatte: Madura. Sie musste wissen, woher es gekommen war.

Die Stimme des Muezzins hallte über die Dächer von Jakarta. Theresa stand auf. Sie traf sich mit Richy und Bea im Büro der kleinen Pension, wo sie ihre Rechnung bezahlten. Lange vor Abfahrt des Zugs waren sie am Bahnhof. Richy hatte gehört, dass man in den Zügen nach Bandung, Yokya und Surabaya nur schwer einen Platz bekommen würde, vor allem in den Wagen dritter Klasse. Die Fahrkarten kaufen, dann der Kampf um Plätze zwischen Vogelkäfigen, schreienden kleinen Kindern, alten Frauen und prallen Reissäcken: Theresa rann der Schweiß vom Gesicht, als der Zug endlich losfuhr. Sie hatte schon bald einen frei gewordenen Fensterplatz erobert. Richy und Bea saßen in der Nähe. Obwohl es noch früh am Tag war, wurde es schon wieder heiß. Der Himmel bezog sich mit Schleierwolken. Gegen Mittag würde es regnen. Die Eisenbahnlinie durchquerte die Stadt und die Elendssiedlungen an ihrem Rand. Industrieanlagen begrenzten den Horizont. Später im Flachland huschten Reisfelder vor den Abteilfenstern vorbei. Die Bauern ernteten und pflanzten zu gleicher Zeit. Für sie gab es keine Unterschiede zwischen den Jahreszeiten. Ein Mann fuhr mit einem hoch beladenen Büffelgespann auf einer Straße, die neben den Gleisen herlief. Kinder hüteten Enten auf den abgeernteten Feldern. Bananenstauden und vereinzelt auch Palmen überschatteten die kleinen Häuser. Als sie in die Berge kamen, durchquerte der Zug riesige Teeplantagen. Teakholzbäume wachten über Kaffeesträuchern, ab und zu ein Erdnussfeld oder ein eingezäunter Garten voller Taropflanzen. Sie hielten an vielen Stationen. Leute stiegen aus, andere wieder ein. Es war ein ständiges Kommen und Gehen auf den Gängen. Auf den Bahnsteigen boten Frauen den Reisenden Nasi-goreng, das sie auf einem Blatt servierten, Bananen, Ananas, Kokosnüsse und Getränke an. Ob sie gute Geschäfte machten, konnte Theresa nicht erkennen.

Dunst verschleierte die Sicht. Die Lokomotive quälte sich an immer steiler werdenden, von Erosionsrinnen durchsetzten Hängen entlang. In Bandung begann es zu regnen. Sie hatten eine halbe Stunde Aufenthalt. Theresa bat Bea auf ihr Gepäck aufzupassen. Dann stieg sie aus, spannte ihren Regenschirm auf und ging ein wenig auf dem Bahnsteig hin und her. Als sie wieder einstieg, hatte eine Mutter mit einem kleinen Kind den Platz neben ihr eingenommen. Das Kind versteckte den Kopf an ihrer Schulter. Theresa trug eine Brille. Das Spiegeln der Gläser war ihm unheimlich. Die Frau lächelte sie entschuldigend an. Es war ein kleiner Junge, zwei, vielleicht drei Jahre alt. Nach einer Weile drehte er seinen Kopf in Theresas Richtung und riskierte einen Blick. Theresa tat, als ob sie es nicht bemerke. Dann wühlte sie in ihrer Tasche, bis ihre Hand die kleine Spieldose fand. Sie holte sie heraus und zog sie auf. Die Walze begann sich zu drehen, die Barcarole erklang. Da konnte sich das Kind nicht mehr bezähmen. Es hob den Kopf und lauschte, flüsterte seiner Mutter ein paar Worte ins Ohr, doch die schüttelte den Kopf. Es lächelte und juchzte, als ihm Theresa die Dose ans Ohr hielt. Und als sich die Walze nach einer Weile langsamer zu drehen begann und die Musik zu Ende ging, bettelte es mit den Augen um eine Wiederholung des Wunders.

Theresa bedauerte sehr, sich nicht mit ihm und seiner Mutter verständigen zu können, aber sie war glücklich, dass die Spieldose eine Verbindung zwischen ihnen herstellte. Und als sie hochsah, entdeckte sie, dass sich die anderen Passagiere aus ihrem Abteil hinter der Mutter drängten und ihr über die Schulter sahen. Die Spieldose musste ihnen wie Zauberei erscheinen, ein rundes magisches Ding aus Holz, das ein Lied erklingen ließ. Sie konnten sich nicht erklären, wie das kam, und alles

Unerklärliche war Magie. Theresa machte die Erfahrung, dass Musik besser als alle Worte eine Verbindung zwischen ihnen herzustellen vermochte.

Das Gerüttel des Zuges wiegte sie in den Schlaf. In wachen Momenten blickte sie aus dem Fenster, beobachtete Frauen, die in einem Fluss neben der Bahnlinie Wäsche wuschen, und bestaunte die blühenden Fuchsienhecken am Hang. Mit Bea und Richy konnte sie sich nicht unterhalten. Sie saßen zu weit weg. Einmal, als sie zu ihnen hinübersah, entdeckte sie, dass Bea den Kopf an Richys Schulter lehnte. Es war eine Geste tiefen Vertrauens. Richy hatte seinen Arm um sie gelegt und hielt sie fest. Theresa fühlte so etwas wie Neid in sich aufsteigen. Wie gern hätte sie, als sie jung war, den Kopf an Jakobs Schulter gelehnt, wie gern hätte sie seinen Arm gespürt und sich beschützen lassen. Doch Jakob hatte ihre Bedürfnisse nicht erkannt, er war immer zurückhaltend gewesen, und sie war zu scheu, um ihm zu zeigen, wie sehr sie sich nach Zärtlichkeit sehnte. Sie kramte ihr Heft heraus und versuchte zu schreiben. Doch ohne feste Unterlage war es unmöglich. Ihre Hand huschte zitternd über das Blatt und brachte nur ein wildes Krikelkrakel zustande. Maisfelder, Reisfelder und Teeplantagen wechselten sich ab. Es gab kaum ein zusammenhängendes Waldgebiet. Alles, was früher einmal Wald gewesen war, war abgeholzt worden und anschließend besiedelt. An einigen Stellen brannte es. In den überschwemmten Feldern stakten Reiher auf der Suche nach Fröschen. Neben der Bahnlinie flatterten Möwen hoch. Nebelkrähen wühlten in Abfallhaufen. Theresa döste wieder ein. Sie merkte nicht, dass es immer weiterregnete. Wie eine Wand strömte das Wasser über die Außenseite der Fenster. In den Abteilen wurde es stickig feucht. Sie zählte nicht, wie oft der Zug hielt, und bemerkte nicht, wie die Nacht hereinbrach, unvermittelt und plötzlich, wie immer in den Tropen. Kurz vor Mitternacht erreichte der Zug Yokya.

Bea rüttelte sie wach. »Aussteigen! Wir sind da.«

Es war ein Glück, dass Richy die Adresse einer preiswerten Pension notiert hatte. Irgendjemand hatte sie ihm empfohlen. Theresa schulterte ihren Rucksack und stolperte hinter den beiden her. Sie ließ Richy die Verhandlung mit der Pensionswirtin führen, nahm alles, wie es kam, quälte sich eine schmale Treppe hoch in ihre Kammer und warf sich, so wie sie war, auf ihr Lager, ohne sich auszuziehen.

16

SIE SCHLIEF LANGE. Als sie das Frühstückszimmer betrat, waren Bea und Richy nicht zu sehen. Theresa erkundigte sich nach ihnen, aber die Wirtin zuckte nur mit den Schultern und erklärte ihr, sie könne nicht auf jeden Gast achten, vielleicht wären sie schon weggegangen. Enttäuscht machte sich Theresa allein auf den Weg. Sie kam sich verlassen vor, wie ein lästiges Anhängsel für die beiden, die lieber mit sich allein sein wollten. Wieder fühlte sie sich in die Zeit zurückversetzt, in der sie mit Dodo und ihren Freunden zum Baden gefahren war. Schon damals war sie sich ausgestoßen vorgekommen, wie jemand, den man mitnahm, weil er einem Leid tat. Schließlich war sie viel älter als Richy und Bea, die ihre Gegenwart als eine Störung ihrer noch jungen Beziehung empfanden.

Ziellos lief sie durch die Straßen, achtete weder auf Rikschafahrer, die sie zum Einsteigen einluden, noch auf die Männer, die sie in Restaurants oder Souvenirläden locken wollten. Bis sie auf einmal ein prächtiges Tor erreichte, vor dem ein paar Touristen auf Einlass warteten. Sie hörte das Wort »Alter Sultanspalast«, doch sie verspürte keine Lust hineinzugehen, betrachtete nur durch die Gitterstäbe großzügige, nach allen Seiten hin offene Pavillons und lauschte den Klängen eines fernen Orchesters.

Sie ging weiter, immer entlang der hohen Mauer, die den Palast umgab, und kam zu einem Markt, auf dem Vögel und andere Tiere verkauft wurden. In engen Käfigen vegetierten sie mit zerrupftem Gefieder und oft schon halb tot dahin; Bienenfresser, Nektarvögel, zwei kleine Falken, eine Blauracke in ihrem schillernden Federkleid, Schamadrosseln, Kanarienvögel und Wellensittiche, dazwischen eine riesige Fledermaus und ein trauriges Äffchen. Es gab Kampfhähne und verschiedene kleine Tauben und Wachteln. Theresa kam sich so hilflos vor. Sie war voller Trauer über dieses Elend, für das die Händler keine Gefühle aufbrachten. Es waren Lebewesen und keine Dinge wie Stoffe oder Silberschmuck, mit deren Verkauf sie Geld verdienten. Vorbei an dem Lustgarten des Palastes mit seinen leeren Wasserbecken flüchtete sie sich in eine schmale Gasse, in der sie tief atmend stehen blieb, um sich ein wenig zu erholen.

Es begann zu regnen. Sie spannte ihren Schirm auf und ging langsam weiter. Neben einem Eingang hing ein Plakat, das eine Schattenfigur zeigte. Theresa wusste, dass diese Wayang-Kulit-Puppen die Helden indonesischer Schattenspiele waren. Und weil es stärker zu regnen begann, zögerte sie nicht länger und betrat die Werkstatt.

Der Besitzer, der in ihr eine mögliche Käuferin einer seiner Figuren sah, überfiel sie mit einem Schwall von Erklärungen. Die aus Leder geschnittenen und bemalten Puppen wurden seit Jahrhunderten in festgelegten Formen hergestellt. Fast alle waren Helden des hinduistischen Ramayana- oder Mahabharata-Epos. Einzelne Szenen wurden wieder und wieder gespielt, unterbrochen von Pausen, in denen der Dalang ein blattförmiges Gebilde in die Mitte der Leinwand steckte. Es sollte einen Lebensbaum symbolisieren. In seinem Geäst tummelten sich scherenschnittartig Vögel, Affen, Tiger und im unteren Teil befand sich ein von Schlangen bewachtes Tor. Dieser Lebensbaum habe die Kraft, den Puppen eine Seele einzuhauchen, erklärte ihr der Puppenmacher. Die mythischen Akte des Ramayana wurden fast immer von dörflichen Szenen aufgelockert, bei denen ein Possenreißer die Hauptperson spielte. Die Form der Puppen lag seit Urzeiten fest. Die künstlerische Freiheit, sie individuell zu gestalten und zu bemalen, hatten die Puppenmacher nicht.

Theresa war entzückt und verzaubert. Die an Stäben zu bewegenden Figuren erschienen ihr fremdartig. Sie hatten groteske Profile, ihre Stirnen gingen in einer Linie in die Nasen über. Der bizarre Kopfschmuck war vielfach durchbrochen. Theresa erfuhr, dass die guten Charaktere immer von der rechten Seite auftraten und die bösen von links.

Der Puppenmacher lud sie ein, ihm in einen verdunkelten Raum zu folgen, in dem schon einige Zuschauer saßen und auf eine Aufführung warteten. Vor einer Leinwand hatte ein Gamelanorchester Aufstellung genommen. Es bestand aus verschiedenen Gongspielern, einem Mann, der mit einem Schlegel auf ein Xylophon schlug, und einem Trommler. Später sah sie, dass noch zwei Sängerinnen dazugehörten. Hinter der Leinwand flackerte eine Öllampe. Kaum hatte sich Theresa in der Dunkelheit einen Platz gesucht, begann das Gamelanorchester mit einem Vorspiel. Sie entdeckte bald, dass jede Figur durch eine eigene Melodie eingeführt und begleitet wurde. Der Spieler verband die verschiedenen Szenen mit einem rezitativähnlichen Kommentar. Obwohl sie die Sprache nicht verstand, bewunderte Theresa, wie effektvoll er seine Puppen führte und sowohl Schärfe als auch Unschärfe dramaturgisch einsetzte. Hielt er die jeweilige Hauptperson flach, an die Leinwand gepresst, waren ihr Umriss scharf und die Ornamente ihres Kostüms genau zu erkennen. Die Nebenfiguren, die nicht unmittelbar in die Handlung einbezogen waren, agierten in einem gewissen Abstand zur Leinwand, sodass ihre Umrisse verschwammen. Ein wahres Feuerwerk an Dialogen und Gesängen wurde von einem einzigen Spieler bewältigt, der mehrere Figuren gleichzeitig bewegen konnte. Er war ein Meister im Verstellen der Stimme, grölte, piepste, sang, lachte, weinte, sprach heiser wie ein alter Mann, konnte kläffen wie ein Hund und krähen wie ein Hahn. Dadurch erweckte er bei seinen Zuschauern den Eindruck, als habe jede Figur einen eigenen Sprecher. Hanuman, der Affenkönig, und Sitah, die Gemahlin des Prinzen Rama, waren sofort zu unterscheiden. Für die Zuschauer wurde der Dalang zu einem gottähnlichen Wesen, der seinen Puppen Leben einhauchte und ein religiöses Ritual zelebrierte.

Leider dauerte die Vorführung kaum eine Stunde. Es war klar, dass der Besitzer des Ladens anschließend von seinen Zuschauern erwartete, dass sie ihm die Figuren abkauften. Verwirrt und verzaubert ging Theresa in den Laden zurück. Sie hatte nicht vor, sich mit einer dieser Figuren zu belasten, da sie sich nicht fähig fühlte, ihr wie ein Dalang Leben einzuhauchen. Doch dann entdeckte sie plötzlich eine andere Art von Figuren. Sie waren aus Holz geschnitzt und ebenfalls mit Stäben zu bewegen. Sie waren nicht dafür geeignet, hinter einer von einem Öllicht beleuchteten Leinwand aufzutreten, sondern wurden sicher von ihrem Spieler über einer Spielleiste bewegt. Ein Verkäufer zeigte ihr, wie man sie in den Händen halten musste. Sie lernte, dass der Stab, der ihren Körper trug, zwischen zwei dicht nebeneinander liegende Stämme einer Bananenstaude gesteckt wurde, damit man seine Hände freihatte, um ihre Arme und mit ihnen den Kopf anmutig hin- und herzubewegen. Dann konnten die Figuren auf einmal tanzen, den Kopf gegen die Richtung des Oberkörpers nach links und rechts drehen, und wenn sie nicht mehr gebraucht wurden, steckte sie der Spieler zur Seite und holte eine andere Puppe hervor. Da gab es ebenso Prinz Rama wie Prinzessin Sitah, aber es gab noch einen anderen Prinzen, der Theresas Entzücken weckte.

»Das ist Menak, ein junger arabischer Prinz, ein Raja und Held, der eigentlich Amir Hamzah heißt. Er zieht für seinen Vater in den Kampf, um einer Räuberbande die gestohlene Beute abzujagen. Er kämpft mit einem König des Nachbarreichs und gegen seine Brüder, die ihm den Thron streitig zu machen versuchen«, erklärte ihr der Verkäufer.

Theresa hörte ihm nur mit halbem Ohr zu. Sie bewunderte den schlanken, in die Länge gezogenen Körper des Prinzen und sein Gewand, das aus Batikstoff gemacht worden war, die blaue Seidenschärpe, die anmutigen, an langen Stäben befestigten Hände und den Turban, der durch einen in Gold gefassten grünen Stein über der Stirn zusammengehalten wurde. Von der schmalen langen Nase ausgehend, wölbten sich nach beiden Seiten die Augenbrauen ähnlich den gefiederten Ästen einer Palme. Die halblangen Haare, die eng anliegenden Ohren, alles zeugte von königlicher Rasse. Die Augen waren schmal und mandelförmig, mit dunkler Pupille. Theresa durchfuhr es wie ein Blitz. Katzenaugen sahen sie an, Augen wie Rani sie gehabt hatte. Sie erkundigte sich nach dem Preis. Der Preis war hoch. Der Verkäufer erkannte, dass die Kundin angebissen hatte. Theresa versuchte zu handeln. Der Verkäufer fragte den Besitzer des Ladens, doch der ließ ihr kaum etwas nach. Desinteresse vortäuschend, betrachtete Theresa andere Puppen, kehrte aber schon bald zu ihrem Raja zurück.

»Ich nehme ihn«, sagte sie kurz entschlossen. »Verpacken Sie ihn!«

Sie handelte wie unter Zwang und kaufte sich gegen ihren Willen eine Wayang-Golek-Figur, weil sie ihr nicht hatte widerstehen können und vor allem auch, weil ihre Augen sie an ihre Katze erinnerten. Der Verkäufer reichte ihr ein längliches Paket und sie bezahlte.

Danach verließ sie das Geschäft und versank wieder in der Hitze, die sich zwischen den Häusern staute. Sie entschloss sich zu ihrer Pension zurückzukehren. Bea und Richy waren noch nicht aufgetaucht. Theresa ging auf ihr Zimmer und packte die Puppe aus. Sie nahm sie in die Hand, wie der Verkäufer es ihr gezeigt hatte, und stellte sich vor den Spiegel, der über dem Waschbecken hing. Während sie die Arme des Prinzen hin- und herbewegte, redete sie mit ihm.

»Raja«, sagte sie leise. »Du gehörst jetzt zu mir. Jetzt habe ich endlich jemanden gefunden, mit dem ich mich unterhalten kann. Hoffentlich hältst du es mit mir aus?« Einer Eingebung folgend, holte sie die Spieldose aus der Tasche, zog sie auf und wartete, bis der Walzer aus Hoffmanns Erzählungen erklang. Sie nahm die Figur in die Hand und tanzte mit ihr durchs Zimmer. Es war wie ein Traum. Das Zimmer verwandelte sich in den Markusplatz während des Karneval. Die Tauben umflatterten den Campanile und alle Menschen waren fröhlich. Sie drehte sich im Kreis, hob die Stäbe und bewegte sie zur Seite, bewunderte entzückt die tänzerische Anmut der Figur, die anmutige Wendung ihres Kopfes und wie willig sie den Bewegungen ihrer Hände folgte.

»Raja, Raja«, sang sie leise vor sich hin. Es war ihr gleich, dass er nur aus einem Stück Holz und etwas Stoff bestand. Für sie war er ein lebendiges Wesen, ein Wesen mit einer Seele.

Als die Musik verklang, blieb sie vor dem Spiegel stehen. Sie hielt die Puppe in Augenhöhe und betrachtete sich.

»Lach mich nicht aus«, sagte sie. »Ich weiß, dass ich alt bin, alt und ein wenig närrisch. Die Zeiten, einen jungen Mann wie dich zu begeistern, sind längst vorbei.

Damit musst du dich abfinden. Aber du kannst mir Gesellschaft leisten und mit mir tanzen, so wie ich damals mit meinem Kavalier über die Piazza San Marco tanzte.«

17

HEUTE WAR EIN *glücklicher Tag. Ich hab mir einen Prinzen gekauft, der tanzen kann. Auch wenn er bloß aus Holz ist und sein Gewand mit einer blauen Schärpe zusammengehalten wird, auch wenn seine Hände an Stäbe gebunden sind, besitzt er doch eine Seele wie Rani. Natürlich hat er kein weiches warmes Fell wie sie, natürlich kann er sich nicht schnurrend auf meinem Schoß zusammenrollen oder um Futter betteln, aber Rani ist in ihm, da bin ich sicher.*

Erfüllt von diesem Erlebnis, legte Theresa sich auf ihr Bett und hörte dem Rauschen des Regens zu, der fast immer am Mittag einsetzte. Ihre Gedanken kreisten um Prinz Menak. Sie verdrängten diejenigen an das bunte Schiff und das Rätsel um das Wort »Madura«. Yokya lag nicht am Meer. Es gab keinen Hafen, in dem sie sich nach dem Verbleib des Schiffes erkundigen konnte. Auch die Suche nach ihrer Insel hatte keine Eile. Der Regen wiegte sie in den Schlaf.

An diesem Tag sah sie Bea und Richy nicht mehr. Sie vermisste sie auch nicht. Sie aß in einem kleinen Lokal in der Nähe und kehrte gleich wieder in die Pension zurück. Doch am nächsten Morgen wurde sie durch ein Klopfen an ihrer Tür geweckt. Es war Bea.

»Wir machen einen Ausflug. Kommst du mit?«

»Wohin?«

»Zum Borobodur.«

»Was ist das?«

»Ein berühmter buddhistischer Stupa.«

Theresa überlegte. Sie musste den Raja allein zurücklassen. Konnte sie das? Aber der Raja war keine Katze, die Futter brauchte. Er kam ohne ihre Zuwendung aus. Sie bat Bea zu warten, bis sie sich angezogen und gefrühstückt hätte. Bea war einverstanden und verschwand. Während des Frühstücks erklärte sie Theresa, dass Richy herausgefunden hätte, wo die Minibusse abfuhren, die sie zu dem weit vor der Stadt liegenden Stupa bringen könnten. Sie gingen zu einer Haltestelle, handelten den Fahrpreis aus und stiegen ein. Wieder bildete sich Theresa ein, dass die beiden sie nur aus Höflichkeit mitnahmen. Es war eine Fremdheit zwischen ihnen, die vorher nicht da gewesen war und an der sie sich unschuldig fühlte. Sie nahm sich vor, ihnen nichts von dem Kauf der Puppe zu erzählen. Sie würden nicht verstehen, wofür sie so viel Geld ausgegeben hatte und wie sehr die Figur sie an ihre Katze erinnerte. Es war besser, nicht darüber zu sprechen.

Die Sonne prallte senkrecht auf den riesigen steinernen Berg. Theresa erklomm langsam Terrasse um Terrasse, betrachtete die Reliefs, die das Leben Buddhas darstellten, und die großen Figuren, die gelassen aufs Land hinausschauten. Buddha schien in tiefer Meditation versunken, die personifizierte Weisheit. Dass der Aufbau des Stupa das Universum symbolisierte, war ihr gleich.

Sie ließ nur die Steine auf sich wirken und spürte die tiefe Religiosität, die die Menschen vor vielen Jahrhunderten dazu bewogen hatte, sie unter gewaltigen Anstrengungen zum Lob ihres Gottes aufzurichten.

Noch bevor der mittägliche Regen einsetzte, kehrten die drei in die Stadt zurück. Theresa legte sich schlafen. Bea und Richy wollten sich einen neuen Regenschirm kaufen, weil sie den alten irgendwo stehen gelassen hatten.

Erst als ihr die Wirtin am nächsten Tag einen Brief übergab, begriff sie, wie sehr sie sie gestört haben musste.

Theresa, schrieb Bea. *Wir haben Freunde getroffen, die uns zwei Plätze in ihrem Auto anboten. Wir können mit ihnen bis Bali mitfahren. Ich wusste es schon gestern, war aber zu feige, um es dir zu sagen. Tut mir Leid. Schön war's mit dir. Vielleicht treffen wir uns irgendwann irgendwo wieder. Servus, Bea und Richy.*

18

WIEDER EIN ABSCHIED. Einer von vielen. Theresa hatte sich gerade an Bea und Richy gewöhnt, doch in ihrem Glück, Reisegefährten gefunden zu haben, hatte sie nicht bemerkt, dass ihre Gegenwart störte. Sie überwand die Enttäuschung nur schwer und nahm sich vor, noch ein paar Tage in der Stadt zu bleiben und sich umzusehen, bevor sie sich auf den Weg nach Osten machte. Sie holte die Besichtigung des Sultanspalastes nach, schlenderte vorbei an den nach allen Seiten offenen Pavillons und durch gepflegte Innenhöfe. Sie lauschte einem Gamelanorchester, das für einen Auftritt übte, lief kreuz und quer durch die Stadt, über den Markt und vorbei an Spielhallen, Reiseagenturen, Kaufhäusern und Souvenirläden. Die verregneten Nachmittage verbrachte sie meistens auf ihrem Zimmer, wo sie sich mit dem Raja beschäftigte, schlief oder die Spieldose laufen ließ. Da sie sich nicht überall auf Englisch verständigen konnte, entschloss sie sich dazu, ein paar Worte Indonesisch zu lernen. Selamat datang hieß »herzlich willkommen« und selamat pagi »guten Morgen«, das wusste sie schon. Terimah kasih bedeutete »vielen Dank«. Ein Dorf hieß kampung, eine Stadt koti und eine Insel pulau. Danach lernte sie Zahlen: nol, satu, dua, tiga, empat … Als Theresa nach einigen Tagen Yokyakarta verließ, war es ihr möglich, auf Indonesisch nach dem Weg zu einer Bushaltestelle zu fragen oder auf dem Markt einzukaufen und etwas zu handeln. Wenn man sie nicht verstand, kehrte sie zu ihrer Zeichensprache zurück.

Als sie Yokyakarta schließlich verließ, fuhr sie mit Bussen kreuz und quer durch Java. Per Anhalter zu fahren getraute sie sich nicht. Immer wieder kam sie an Vogelmärkten vorbei. Sie litt mit den eingesperrten Vögeln, die zum Leben den Himmel brauchten. Schließlich kaufte sie einen von ihnen, um ihn gleich darauf freizulassen, obwohl sie befürchtete, dass er mit seiner neu gewonnen Freiheit nichts mehr anfangen konnte.

Mit den Kindern, die sie anstarrten, wenn sie sich müde irgendwo niederließ, verstand sie sich schnell. Sie brauchte nur ihre Spieldose hervorzuholen und sie aufzuziehen, dann kamen sie näher und umringten sie. Manchmal nahm sie auch ihre Brille ab und hielt sie so gegen die Sonne, dass sich die Strahlen in einem winzigen glutheißen Punkt bündelten. Sie hielt diesen Punkt auf ein Stück Papier, bis es zu rauchen begann, was die Kinder offenbar für Zauberei hielten. Den größten Jubel erntete sie jedoch, wenn sie den Raja aus der Tasche zog und ihn zur Musik aus der Spieldose Walzer tanzen ließ. Je häufiger sie das tat, umso geschickter lernte sie, ihn zu bewegen, ihn graziös seine Arme heben und den Kopf wenden zu lassen, und das alles im Walzertakt. »Eins, zwei, drei, eins, zwei, drei – satu, dua, tiga …«

An den langen einsamen Abenden notierte sie ihre Erlebnisse in das Heft. *Das Land ist schön und die Leute freundlich und gelassen. Leider kann ich mich mit ihnen immer noch nicht verständigen. Ich erlebe an jedem Tag etwas Neues, Aufregendes. Die Hitze setzt mir oft ziemlich zu. Wenn ich erschöpft und müde bin, wird das Gefühl der Verlassenheit stärker, vor allem inmitten von Menschen. Auf meiner Insel wird alles sicher besser. Ich bin froh über meine Entscheidung hierher zu fahren.*

Wenn sie das Bedürfnis hatte mit irgendjemandem zu reden, holte sie den Raja aus der Tasche.

»Hör mir zu, Raja«, sagte sie zu ihm, »auch wenn du mir nicht antworten kannst. Ich hab mein Land verlassen, um meine Insel zu suchen. Dir haben sie deinen Palast genommen. Reich sind wir beide nicht, aber wir haben uns gegenseitig und ich hoffe sehr, dass du mir beistehst, meine Insel zu finden.« Danach zog sie die Spieldose auf und walzte mit ihm durch ihr Zimmer.

Sie kam in ein Gebirge, in dem es viele noch tätige Vulkane gab, und bestieg einen von ihnen. Sie genoss den Aufgang der Sonne von seinem Kraterrand aus. Und als sie in den Krater hinuntersah, fand sie, dass er ein ebenso rauchendes Loch war, wie dasjenige, das sie mit ihrer Brille in das Papier brennen ließ, wenn sie den Kindern etwas vorzauberte. Nur viel, viel größer. Es ging tief in die Erde hinein. Auf dem Rückweg kam sie an einem Hindutempel vorbei, der unbewohnt schien. Vielleicht hatten sich die Mönche aber nur zurückgezogen, um in ihrer Einsamkeit den Göttern zu opfern und zu meditieren. Hindus verbrennen ihre Toten, hatte ihr jemand erzählt. Sie laden alle Verwandten ein und feiern ein rauschendes Fest.

Was geschieht mit uns nach unserem Tod, notierte sie am Abend. *Der Körper ist unwichtig geworden. Ob er verbrannt wird oder begraben, den Geiern vorgeworfen oder im Meer versenkt, ist gleich. Doch wohin zieht sich die Seele zurück, das, was ein Wesen lebendig sein lässt? Wird sie in einen anderen Körper schlüpfen? Das habe ich mich schon gefragt, als wir Mutter beerdigt haben. Wir haben nur ihre Hülle in die Erde gelegt, einen Körper, den die Seele bereits verlassen hatte. Doch wo befindet sie sich jetzt? Wo? Im Himmel? In der Hölle? Im Körper eines Tieres, einer Pflanze oder eines kleinen Kindes? Das würde ich gern wissen, doch auf diese Frage gibt's keine Antwort.*

Abends, als Theresa darauf wartete, einschlafen zu können, lauschte sie den Geräuschen der Nacht. Ein Hund bellte in der Ferne, ein Kind weinte, vor dem Haus wurde ein Motorrad gestartet, zwei Männer stritten sich. Nach Mitternacht wurde es meistens still. Es war eine Stille, die wehtat.

Sie erinnerte sich an Bea und Richy. Wo mochten sie jetzt sein? Immer noch auf Bali? Theresa kam es wie eine halbe Ewigkeit vor, seit sie sich getrennt hatten. Trotzdem würde sie gern wissen, wie es den beiden erging. Liebten sie sich oder stritten sie sich? Waren sie noch beieinander oder hatten sie sich schon wieder getrennt? Theresa wusste von Edith, dass schnelle Bindungen und schnelle Trennungen heute üblich waren. Das war anders als in ihrer Jugend. Vielleicht hatten Bea und Richy sie auch nur für eine komische alte Frau gehalten, die ihre Jugend nachzuholen versuchte. War sie wirklich alt und komisch? Hätten sie die Leute in ihrer Stadt, wenn Rani noch am Leben wäre, wirklich Katzentheresa genannt, so wie Dodo es voraussagte? Und wenn nicht Katzentheresa, dann vielleicht Puppentheresa? Der Name war austauschbar. Vielleicht hätte man sie auch für eine Stadtstreicherin gehalten. Und was war sie jetzt? Eine Weltstreicherin, eine Reisende, eine Heimatlose. Was trieb sie hierher? War es die Suche nach einer Insel oder die Flucht vor sich selbst?

Kurz vor Surabaya sah sie das Meer wieder, das sie im Hafen von Jakarta verlassen hatte. Das erinnerte sie an das bunte Schiff, das am nächsten Tag verschwunden war. Das Meer glänzte im Sonnenlicht wie flüssiges Silber. Ein Horizont war nicht zu erkennen. Die endlose Wasserfläche ging ohne erkennbare Grenzen in den Himmel über.

Sie stieg in einer Stadt aus, von der man ihr erzählte, dass es dort einen schönen Segelschiffhafen gebe. Ihr Herz klopfte schneller, als sie am Ende einer schmalen, leicht abwärts führenden Straße ein Gewirr aus Masten und Rahen entdeckte. Viele von ihnen waren Lastensegler aus Sulawesi, so wie sie diese von Jakarta her kannte. Doch weiter hinten waren die Schiffe bunt wie das Schiff ihrer Kinderzeit und keins war wie das andere. Eines war mit einem Vogel bemalt, das andere mit einer Schlange, wieder ein anderes mit einem Hai und dazwischen Hibiskusblüten, wellenförmige Streifen und Punkte. Mit dem Rucksack auf dem Rücken und der Tasche in der Hand lief Theresa die Kaimauer entlang.

Schiff lag neben Schiff, die Decks unaufgeräumt. Männer hockten am Kai und flickten Netze. Andere entluden ihr Boot, entknoteten Taue, besserten den Anstrich aus. Sie blickten Theresa finster entgegen. Sie war eine Fremde, die hier nichts zu suchen hatte. Die meisten von ihnen trugen Bärte, die in langen Wochen auf See gewachsen zu sein schienen. Der Schnitt ihrer Gesichter unterschied sich von dem der Leute, die sie bisher auf Java kennen gelernt hatte. Es waren Fremde von einer anderen Insel, einem anderen Land, vielleicht auch von einem anderen Stern.

»Woher kommen Sie?«, fragte sie einen Mann. Er war der Einzige, der ein wenig freundlicher schien.

»Ha!«, erwiderte der und zuckte verständnislos mit den Schultern.

»Kann ich Ihnen helfen?«, sprach sie ein Junge an.

»Woher kommen diese Schiffe?«, wiederholte Theresa ihre Frage auf Englisch.

»Pulau Madura«, erklärte ihr der Junge. »Die Männer sind Maduresen.«

Pulau Madura. Jetzt verstand es Theresa: Madura war eine Insel irgendwo in der Ferne. Darauf hätte sie selbst kommen können. Die Männer waren Fischer, Schildkrötenfänger, vielleicht auch Piraten, wahrscheinlich wusste es niemand genau. Sie bedauerte, dass die Lösung so einfach war und dass sie nicht selbst darauf gekommen war. Aber da war immer noch das Geheimnis des Schiffes, das sie als Kind in ihr Schulheft gemalt hatte. Vielleicht war sie in einem früheren Leben auf so einem Schiff gefahren? Sie schüttelte den Kopf über diesen verrückten Einfall und verdrängte den Gedanken. Es war Zufall, nichts anderes. Madura. Dieses Rätsel war gelöst, aber vielleicht wollte ihr das Schicksal damit sagen, dass sie nur mit so einem Boot ihre Insel in der Molukkensee finden würde?

Theresa wäre gern noch ein bisschen länger hier geblieben. Sie hätte sich eine Unterkunft in der Nähe des Hafens gesucht und am nächsten Tag weitere Erkundigungen eingeholt. Aber ihr Geld ging zu Ende. Sie musste nach Surabaya auf eine Bank und von dort wollte sie dann mit der Fähre nach Bali übersetzen. Ein wenig niedergeschlagen und doch glücklich kehrte sie zu der Bushaltestelle zurück. Enttäuscht musste sie feststellen, dass an diesem Tag kein Bus mehr fuhr. Sie fragte in einem Laden, wo man sie an einen Mann verwies, der sie mit seinem Lieferwagen mitnehmen könnte. Nach Surabaya war es nicht mehr weit. Sie erreichten es mitten in der Nacht.

19

GLEICH AM NÄCHSTEN Morgen suchte Theresa auf ihrer Karte die Insel Madura. Sie brauchte lang, entzifferte die Namen der Inseln im Osten von Bali, aber es waren so schrecklich viele und die Schrift war so klein, dass sie sie kaum erkennen konnte. Sie suchte bei Sulawesi und in der Molukkensee nach ihr. Schließlich entdeckte sie sie ganz in der Nähe, von Surabaya nur durch einen schmalen Meeresarm getrennt. Sie überlegte, ob sie zurück zu dem kleinen Hafen fahren sollte, in dem sie die bunten Schiffe gesehen hatte, doch vielleicht würde es ihr wieder so ergehen wie in Jakarta, vielleicht hatten sie dann alle in der Nacht ihre Segel gehisst und waren weg. Später erwog sie, ob sie ihren Reiseplan ändern und der Insel Madura einen Besuch abstatten sollte. Aber Madura war nicht ihr Ziel, und die Heimat der wilden Männer interessierte sie nicht. Sie gestand sich nicht ein, dass ihr diese Fischer Angst eingeflößt hatten. Es lag ihr nichts daran, sie näher kennen zu lernen. Die namenlose Insel, die sie suchte, lag in der Molukkensee, nördlich oder südlich des Äquators unweit des 125. Längengrads und nicht hier im Süden bei Java. Wenn es ihr Schicksal war, mit einem dieser Schiffe die unbekannte Insel zu erreichen, dann würde es sich auch woanders erfüllen. Theresa schob den Gedanken, sich Madura anzusehen, wieder von sich.

Es dauerte einige Tage, bis ihr die Bank das Geld auszahlte. Sie mussten sich erst in Jakarta nach ihrem Kontostand erkundigen. In der Zwischenzeit brachte Theresa ihre Sachen in Ordnung, die eine Wäsche dringend nötig hatten, und am letzten Abend schrieb sie einen Brief an Edith:

Liebe Edith, wie du siehst, lebe ich noch. Es gefällt mir gut hier. Obwohl es fast jeden Tag ein Gewitter gibt, ist es immer sehr heiß. Die Menschen sind freundlich und heiter. Sie lächeln oft und dann bilde ich mir ein, dass sie mich mögen. Ich bin schon auf einem Vulkan gewesen, aus dem es geraucht hat. Außerdem habe ich viele Tempel gesehen. Es gibt die erstaunlichsten Früchte hier auf dem Markt zu kaufen. Die Stinkfrucht darf man weder in ein Hotel noch in ein öffentliches Verkehrsmittel mitnehmen. Sie riecht entsetzlich. Es gibt eine Frucht, die Sternfrucht heißt, und eine, deren Haut geschuppt ist wie die Haut eines Reptils, und dann natürlich köstliche Mangostinos, Papayas, Melonen, Bananen, die hier oft in einem Teigmantel gebacken werden. Ich habe mir eine Puppe gekauft, eine Art Marionette. Sie wird nicht an Fäden bewegt, sondern mit Stäben, die an ihren Händen befestigt sind. Ihr Körper endet in einer Art Griff, den der Puppenspieler zwischen zwei Bananenstämme steckt, wenn er die Hände freihaben will zum Bewegen der Arme. Ich habe die Puppe »Raja« getauft, weil ihre Augen den Augen von Rani gleichen. Raja kommt von Maharaja und bedeutet »Prinz«.

Es kommt schon vor, dass ich mich manchmal ein wenig

einsam fühle, aber das vergeht schnell wieder. Hoffentlich fühlst du dich wohl in der Wohnung. Du brauchst keine Angst zu haben, dass ich noch einmal einen Anspruch auf sie erhebe. Mein nächstes Ziel ist die Insel Bali. Ihre Schönheit wird sehr gelobt. Mal sehen, ob es mir dort gefällt.

Sie las, was sie geschrieben hatte und fand es nichts sagend und ein wenig kindisch. Daraufhin zerriss sie das Blatt in viele kleine Stücke und warf es weg.

Am nächsten Morgen holte sie ihr Geld auf der Bank ab. Sie erkundigte sich, wie sie am schnellsten nach Bali komme, und entschloss sich für den Bus bis Denpasar. Der Bus fuhr auf einer Küstenstraße nach Süden, vorbei an der kleinen Stadt mit dem Segelschiffhafen und weiter nach Banyuwagi. Unbeweglich lag die Wasserfläche unter der Hitzeglocke des frühen Nachmittags. Theresa stellte sich an die Reling und ließ sich vom Fahrtwind kühlen. Das waren Augenblicke stillen Glücks, Augenblicke, die sie in vollen Zügen genoss und die sie für vieles entschädigten, das sie während dieser Reise auf sich nahm, für Staub, Schweiß und den Anblick der Bettler, denen es gleichgültig war, ob ein politischer Umsturz oder eine Naturkatastrophe über sie hereinbrach, denn sie hatten nichts mehr, das sie verlieren konnten.

Das alles war nicht mehr wichtig, solange sie sich auf dem Meer befand, solange der Fahrtwind ihre Kleider trocknete, vor ihr die Berge von Bali auftauchten, während in ihrem Rücken die Silhouette eines Vulkans im Dunst verschwand. Sie dachte nicht an das, was hinter ihr lag oder was ihr die Zukunft bringen würde. Sie war zufrieden mit der Gegenwart.

An diesem Tag blieb das Gewitter aus. Sie erreichten den balinesischen Fährhafen bei Dämmerung. Die Fahrgäste stiegen rasch wieder in den Bus. Der Fahrer hatte es eilig. Noch vor Mitternacht wollte er Denpasar erreichen. Wieder eine Küstenstraße. Die linke Seite begrenzte eine undurchdringliche aus wildem Gesträuch und uralten Bäumen bestehende Wand, auf der rechten blitzte das Meer durch die Stämme. Affen hockten auf dem Bankett und versuchten die Autofahrer aufzuhalten und von ihnen Erdnüsse zu erbetteln. Doch der Busfahrer drückte so lange auf die Hupe, bis die Tiere den Weg freigaben.

Als er in einem kleinen Dorf anhielt, weil er etwas zu trinken brauchte, stieg Theresa kurz entschlossen aus. Es war schön hier und warm. Zum Strand waren es nur ein paar Schritte. Fischerboote dümpelten auf dem Wasser. Ihre Ausleger waren wie Spinnenbeine. Sie zog die Schuhe aus. Der Sand tat ihren Füßen gut. Ab und zu kam eine Welle und überspülte sie. Sie lief am Strand entlang. Als es dunkel wurde, suchte sie sich einen Platz unter einer Palme, blies ihre Luftmatratze auf, schob sich die Reisetasche unter das Genick und versuchte zu schlafen. Doch die Gedanken, die ihr durch den Kopf gingen, ließen das nicht zu. Was würde sie in diesem Moment tun, wenn sie zu Hause geblieben wäre? Würde sie tagsüber im Stadtpark spazieren gehen und sich zwischen den anderen alten Frauen auf einer Bank ausruhen? Oder vielleicht eine Konditorei besuchen und sich ein Stück Sahnetorte bestellen? Natürlich würde sie lesen und dazwischen in eine Ausstellung gehen. Aber war das alles? Ging es ihr hier nicht viel besser? Über diesem Gedanken schlief sie ein.

Es war das erste Mal, dass Theresa im Freien übernachtete. Mitten in der Nacht wachte sie auf. War es das Rauschen der Brandung, das sie geweckt hatte? Wie damals, bei ihrem Aufenthalt an der irischen Küste, empfand sie die rhythmisch auf den Strand rollenden Wellen abwechselnd als gewalttätig und dann wieder als sanft, aber von einer anderen Sanftheit als derjenigen Ranis. Vielleicht hatte sie auch von Jakob geträumt und hatte im Traum dem Spiel seiner Flöte gelauscht? Doch im Moment des Erwachens war alles schon wieder vergessen. Sie legte sich auf den Rücken und betrachtete die Sterne. So klar und ohne Dunst waren sie zu Hause nie zu sehen gewesen. Der Himmel wölbte sich über ihr wie ein riesiges Sieb, samtschwarz mit winzigen Löchern. Zwischen ihnen schwebte die Sichel des Mondes wie eine Gondel im Takt der Brandung und des Windes. Er rieb die Blätter der Palmen so aneinander, dass es sich anhörte, als wisperten und tuschelten sie. Kleine dunkle Tiere huschten am Strand entlang. Draußen auf dem Meer zündeten die Fischer auf ihren Booten Karbidlampen an. Die Lichter bewegten sich kaum, blieben fast an einer Stelle stehen, einige nah, die anderen fern.

Theresa wusste später nicht mehr, wie lange sie wach gelegen und wann sie wieder eingeschlafen war. Sie wachte auf, weil sie etwas an der Nase kitzelte, glaubte, es sei eine Mücke, schlug mit der Hand danach, aber es ließ sich nicht vertreiben. Ein Kichern veranlasste sie, die Augen aufzuschlagen. Um sie herum standen Kinder. Ein Junge hielt einen Grashalm in der Hand. Als die Kinder sahen, dass Theresa wach war, wichen sie erschrocken ein Stück zurück.

»Selamat pagi«, sagte sie und stand auf. Sie presste die Luft aus der Matratze, suchte ihre Sachen zusammen, schulterte den Rucksack, nahm die Tasche in die Hand und ging, gefolgt von der Kinderschar, zum Dorf zurück. Sie bedeutete einer Frau, dass sie Hunger hatte, und bat sie um eine Banane oder eine Kokosnuss. Die Frau schickte ein kleines Mädchen los. Es rannte davon und kam nach kurzer Zeit mit einer Ananas in der Hand zurück. Als Theresa die Frucht bezahlen wollte, winkte die Frau lächelnd ab. Theresa versuchte ihr einen Geldschein aufzudrängen. Doch die Frau nahm ihn nicht an.

»Tidak, Ma'am«, sagte sie und schüttelte den Kopf. »Geschenk.«

»Terimah kasih«, erwiderte Theresa.

Die Ananas schmeckte süß und aromatisch. Ihr Saft rann Theresa übers Kinn und über die Hände. Später fragte sie nach einer Bushaltestelle, aber es gab keine in diesem Dorf, dafür aber eine einfache Tankstation. Sie bräuchte nur zu warten, bis ein Auto Benzin tankte, und den Fahrer bitten, sie mitzunehmen.

Sie brauchte nicht lange zu warten und fand schon bald einen leeren Lastwagen, dessen Fahrer nach Denpasar wollte. Er half ihr beim Besteigen der Ladefläche. Sie hockte sich auf ihren Rucksack und hielt sich an einer der Seitenwände fest, als das Auto losfuhr. Der Wald blieb hinter ihnen zurück. Auf der einen Seite stieg das

Gelände leicht an. Die Hänge waren mit Nelkenbäumen bepflanzt. Ihre Besitzer trockneten die Nelken am Straßenrand. Auf der anderen Seite gleißte das Meer in der Sonne. Gegen Mittag wurde es sehr heiß, heißer, als es Theresa bisher erlebt hatte. Auch der Fahrtwind verschaffte ihr kaum Kühlung. Überschwemmte Reisfelder säumten die Straße. Frauen pflanzten die jungen Schösslinge ins Wasser. Sie hatten sich ihre kleinen Kinder auf den Rücken gebunden, bückten sich und richteten sich auf und bückten sich wieder und die Kinder auf ihren Rücken schaukelten auf und ab, auf und ab. Neben den Frauen stakten weiße Reiher durch den Sumpf. Der Himmel bezog sich mit einem feinen Schleier.

Als sie das Meer aus den Augen verlor, weil der Fahrer auf die Hauptstraße nach Denpasar einbog, klopfte Theresa auf die Rückwand der Fahrerkabine als Zeichen, dass sie aussteigen wolle.

Das Meer. Theresa hatte es gerade gefunden. Sie wollte es nicht schon wieder verlassen. Sie hielt einen Kleinbus an, der an der Küste entlangfuhr. Der Fahrer nahm Theresa mit bis zu einem kleinen Ort, in dem sie sich eine Unterkunft suchte. Obwohl sie die Nacht am Strand in bester Erinnerung hatte, hatte sie keine Lust sie zu wiederholen. Es gab zu viele Menschen, das machte sie unsicher. Sie nahm sich vor, einige Zeit hier zu bleiben, da war es besser, ihr Gepäck in einer Kammer einzuschließen. Sie konnte sich freier bewegen ohne ihren Rucksack und ihre Tasche.

20

ES DAUERTE EINE WEILE, bis sie sich an die große Hitze am Strand gewöhnte. Mittags war es unmöglich, barfuß zu gehen. Der heiße Sand verbrannte die Fußsohlen. Auf einmal verspürte sie Lust, es den Kindern gleichzutun und sich im Wasser abzukühlen. Doch leider hatte sie keinen Badeanzug dabei. Daran, wann sie das letzte Mal zum Schwimmen gegangen war, konnte sie sich kaum noch erinnern. War es mit Jakob oder mit Julius gewesen, mit Rani bestimmt nicht, weil die Katze Wasser verabscheute. Theresa nahm all ihren Mut zusammen und ging in ein großes Kaufhaus. Es war eines von jener Sorte, in der kein Tourist etwas kaufen würde. Touristen kauften im Allgemeinen das, was sie haben wollten, in teuren Boutiquen. Es war ihr unangenehm, einen Badeanzug für sich zu verlangen. Doch die Verkäuferin schien nichts Besonderes dabei zu finden. Sie reichte ihr verschiedene Modelle und empfahl ihr sie anzuprobieren. Theresa folgte ihrem Rat und ging in eine Kabine. Sie zog einen Badeanzug nach dem anderen an und betrachtete sich in einem großen Spiegel, sah ihren faltigen Hals, den verkrümmten Rücken, die von Zellulitis befallene Haut ihrer Beine und fand sich entsetzlich unscheinbar. Doch dann fiel ihr wieder ein, dass diese Unscheinbarkeit auch einen Vorteil hatte. Sie wirkte wie eine Tarnkappe. Ihre Haut war weiß. Sie war noch nie der Sonne ausgesetzt gewesen. Theresa entschied sich für einen längst aus der Mode gekommenen Badeanzug. Es war ein schwarzer Ladenhüter, dessen Preis schon mehrmals herabgesetzt worden war. Dazu erstand sie noch eine passende Badekappe. Als sie das Kaufhaus verließ, trug sie den neuen Anzug unter den Kleidern. Ihre Unterwäsche hatte sie in einer Plastiktüte verstaut.

Wasser auf ihrer Haut. Es kühlte und umschloss sie wie eine Hülle. Die Wellen schaukelten sie sanft hin und her. Sie wagte sich weiter hinein, weiter in die Nähe der Brandung. Auf einmal türmte sich eine riesige Wand aus Schaum vor ihr auf, zog ihr die Füße weg und brach über ihrem Kopf zusammen. Die ungeheure Kraft überwältigte sie. Sie schluckte, schlug mit den Armen um sich und kämpfte sich nach oben, prustete, spuckte, kam auf die Knie und schließlich wieder auf die Beine. Doch da lief das Wasser wieder ab und riss sie abermals um. Sie versuchte dem Sog zu widerstehen, schaffte es nur halb und schlitterte mit dem Rücken über einen Stein. In der Pause, in der sich das Meer besann, bis es zu einem neuen Schlag ausholte, gelang es Theresa, den Strand zu erreichen, wo sie schwer atmend erst einmal liegen blieb. Sie fühlte sich besiegt. In Zukunft wollte sie vorsichtiger sein.

Trotz dieses ersten, schmerzhaften Erlebnisses ließ sich Theresa nicht davon abhalten, immer wieder an den Strand und ins Wasser zu gehen. Oft war sie schon da, wenn die Sonne aufging, und blieb, bis sie am Abend im Meer wieder unterging. Sie kaufte sich Früchte bei einer der Frauen am Strand, Ananas, Mango oder eine Kokosnuss. Mehr brauchte sie nicht zum Leben. Gegen Mittag, wenn die Hitze unerträglich wurde, spannte sie ihren Schirm auf oder suchte sich einen Platz unter einer Palme. Sie konnte sich nichts Schöneres vorstellen, als hier zu sitzen und aufs Meer zu schauen, das sie auf seltsame Weise leidenschaftlich liebte und dem sie immer mehr verfiel. Es war eine andere Liebe als diejenige, die sie vor vielen Jahren für Jakob empfand und auch nicht mit der zärtlichen Zuneigung für Rani zu vergleichen. Es atmete mit seinen Wellen, konnte sanft, aber auch zornig sein wie jedes andere lebende Wesen, konnte Leben gebären, es in seinem Schoß bewahren und wieder töten und schien doch unbegreiflich in seiner Größe und Unendlichkeit. Sie verglich seinen Anblick mit einer Kirche, die sie besuchte, um dort zu beten. Dass es vor langer Zeit Männer gab, die dieser Weite verfielen und es unerträglich fanden, nicht zu erforschen, was dahinter lag, konnte sie gut verstehen. Davon hatte sie bereits in ihrer Kindheit geträumt, damals, als sie dem Vater half, seine Flaschenschiffe zu bauen. Und sie erinnerte sich an einen Satz, den sie in einem Buch von Jules Verne gelesen hatte:

»Ah«, rief ich aus. »Jetzt begreife ich das Leben des Mannes! Er hat sich ganz für sich selbst eine Welt geschaffen, die ihm erstaunliche Wunder bietet.«

Es betraf Kapitän Nemo, der sich entschlossen hatte, den Rest seines Lebens auf dem Meer zu verbringen.

Die Sonne färbte Theresas Haut braun und trocknete sie aus. Sie grub Falten in ihr Gesicht und ritzte Krähenfüße in ihre Augenwinkel. Mit der Zeit wurde ihr Gesicht so runzlig wie die Schale eines schrumpelnden Apfels. Sie magerte ab. Ihre Hüft- und Schultergelenke traten deutlich hervor. Das alles beobachtete sie, wenn sie sich in einem Spiegel oder in der Glasscheibe eines Schaufensters betrachtete, aber es machte ihr nichts aus. Sie fühlte sich leicht und gut.

Bald kannte sie die Strandkinder beim Namen und entzückte sie, indem sie die Spieldose laufen ließ oder ihre Brille als Brennglas benützte. Zum Dank dafür brachten sie ihr Muscheln oder boten ihr bunte Ketten an, obwohl sie ihnen nie etwas abkaufte. Am Abend aß sie meistens in einem der Restaurants an der Straße.

Immer wieder fällt mir auf, dass die Menschen hier heiter sind und ohne die Hektik, die bei uns zu Hause das Leben beherrscht, schrieb sie in ihr Tagebuch. *Natürlich gibt es auch Diebe unter ihnen, liebenswürdige Gauner, die die Touristen bestehlen. Sie glauben, dass sie ihre Armut dazu berechtigt, den Reichen einen Teil ihres Reichtums abzunehmen. Tag für Tag bringen die Frauen den Göttern Opfer dar. Es sind kleine aus Palmblättern geflochtene Tabletts, die sie mit Blumen dekorieren. Ich kann oft nicht erkennen, was an den Plätzen, an denen sie ihre Opfergaben abstellen, heilig sein soll. Es können Mauern sein, Feldsteine, die Wurzel eines Baums, eine Ecke am Straßenrand genauso wie eine Steinplastik in einem Garten. Diese Steinplastiken werden oft mit einer gelben Schärpe bekleidet.*

Mir gefällt es hier. Die Suche nach meiner Insel hat Zeit.

Wenn ich genug vom Baden im Meer habe, will ich mich weiter umsehen. Ich komme mit wenig Geld aus und fühle mich rundum zufrieden.

Wenn sie jedoch das Bedürfnis verspürte, sich mit jemandem zu unterhalten, holte sie die Puppe aus ihrer Reisetasche. Sie nahm den Stock, den der lange Sarong verdeckte, in die linke Hand und die beiden Stäbe, die ihre Hände bewegten, in die rechte. Zärtlich betrachtete sie die feine Nase, die Lippen, die ernst, doch nicht traurig waren, und die schmalen dunklen Augen unter den Mondsichelwimpern, die sie an ihre Katze erinnerten.

»Es gefällt mir hier, Raja«, sagte sie zu ihm. »Befinde ich mich wirklich hier auf den Inseln Waqwaq, den sagenhaften, in der Weite des Ozeans liegenden Inseln, von denen die arabischen Reisenden berichteten? Ich bin überzeugt davon, dass sie es sind. Ihr seid schrecklich arm und der Hunger lässt euch manchmal nicht schlafen, aber in Wahrheit seid ihr reicher als wir. Euer Reichtum liegt in eurem Herzen. Lasst ihn euch bloß nicht nehmen!« Danach tanzte sie einen Walzer mit ihm.

In dieser Zeit dachte sie kaum noch an Bea und Richy. Auch ihr venezianisches Abenteuer verblasste allmählich. Sie unternahm keinen Versuch mehr Edith oder Dodo eine Nachricht zu senden. Stattdessen konnte sie nicht genug davon bekommen, die Schönheit des Ozeans mit seinen wechselnden Farben, seinem Geruch nach Salz und Tang, mit seiner gewalttätigen Brandung und den Muscheln, Schnecken und Korallen, die sie auf ihren Strandgängen sammelte, zu genießen. Wie viele Wochen, vielleicht auch Monate sie am Meer verbrachte, konnte sie nicht sagen. Sie zählte die Tage nicht. Die Zeit spielte keine Rolle mehr.

Als sie sich schließlich von dieser Küste verabschiedete, nahm sie sich fest vor, bald wieder ans Meer zurückzukehren.

Sie reiste kreuz und quer durch die Insel, besichtigte Tempel und ruhte sich an ihren Wasserbecken aus, bestieg keuchend einen Vulkan und wanderte über die Reisterrassen, in denen der Wind die Ähren bewegte. Bananenstauden mit ihren riesigen Blättern, Baumfarne und Palmen vermittelten ihr den Eindruck sich im Paradies zu befinden. Ein Wasserfall stürzte von einem Felsen in die Tiefe und versprühte auf seinem Weg tausende kleiner Tröpfchen. Theresa badete in einem uralten, von steinernen Göttern bewachten Becken, das von heißen Quellen gespeist wurde.

Sie fand einen Fischer, der sie frühmorgens mit aufs Meer hinausnahm, und sah Delphinen zu, die im Wasser spielten, lieh sich eine Taucherbrille und betrachtete das Leben in einem Korallenriff. Überall, wo sie eine Unterkunft fand, waren die Häuser in schattigen Gärten gebaut und bestanden nur aus einer auf Stelzen ruhenden Plattform unter einem weiten Dach aus Binsen. Niemand hatte Angst vor fremden Eindringlingen. Diese Gärten waren fast immer von einer Mauer umgeben. Der Blick in ihr Inneres wurde zum Schutz vor Geistern ebenfalls durch eine Mauer verwehrt. In einem Dorf besuchte sie ein Schattentheater. Theresa verstand nicht, was der Dalang sprach, nicht, was er spielte, hörte nur der Musik zu und beobachtete dabei die Mienen der Zuschauer. Die Kinder drängten sich vor der Leinwand. Sie jubelten laut, wenn sich zwei der Figuren prügelten. Aber es gab nicht nur Kinder, sondern auch ältere Leute, denn das Theater war eine Unterhaltung für alle Dorfbewohner. Der Dalang wusste offenbar sehr gut, wie man Spannung erzeugte. Er lachte und sang, kreischte und flüsterte, wie es sein Spiel erforderte. Seine Figuren waren fein ziseliert, erinnerten Theresa an Spitzen, an die Silhouetten, die sie als Kind ausgeschnitten hatte und die sie und ihre Schulfreundinnen sich gegenseitig in ihre Poesiealben klebten.

Zwischen diesem Schattenspiel und dem in Yokyakarta besteht ein großer Unterschied, notierte sie. *Dort hatte es kommerzielle Gründe und diente dem Verkauf der Puppen, doch hier war es Unterhaltung und Belustigung der Dorfbewohner, die weder einen Fernsehapparat noch ein Kino kennen. Wie lange werden diese Theater noch leben? Wann werden auch sie ein Opfer der modernen Zeit?*

In einem Tempel wurde ein Fest gefeiert. Ein Priester führte eine Prozession an. Gongs und Zimbeln begleiteten das Ritual. Frauen in purpurroten, weißen, orange-, rosa- und lilafarbenen Gewändern balancierten Türme aus Früchten und Blumen auf ihren Köpfen. Männer und Kinder zogen durch die Höfe und um die Wasserbecken. Bunte Schirme spendeten ihnen Schatten. Im größten Becken sprudelte eine Unterwasserquelle und wirbelte schwarzen Vulkansand auf. Ein Becken weiter stiegen Männer und Frauen über steile Treppen ins Wasser, durchwateten es und verließen es wieder.

Wie anmutig bewegen sich die Frauen in ihren Sarongs. Wie weiblich sehen sie aus mit den Blüten im Haar, schrieb sie später in ihr Heft. *Die Götter haben die Blüten dazu geschaffen, dass sich Frauen mit ihnen schmücken. Die bunten, mit goldenen Fäden durchwirkten Stoffe ihrer Kleider, die Tücher, die sich die Männer um den Kopf winden, das alles ist ein festlicher Anblick. Auch die Bewegung ihrer Hände ist voll Grazie, immer im Einklang mit denen der Körper, und die gelassenen, fast tänzerischen Schritte zeugen von der Würde des Anlasses. Ich lasse das Leben an mir vorbeiziehen, als sei es ein Wunder.*

21

SIE WAR IM WESTEN Balis gelandet. Im Süden hatte sie das Meer wieder entdeckt. Im Norden beobachtete sie das Spiel der Delphine und das Leben in einem Korallenriff. Doch als sie die Sonne im Osten aus dem Wasser aufsteigen sah, erinnerte sie das wieder an ihre namenlose Insel.

An island with plenty of wood and water. Latitude from 1° north to 2° south, east Longitude 125° 06'.

Sie legte den Kompass auf ihre Karte. Östlich der Insel Bali, unweit von Lombok, verlief der einhundertsechzehnte Längengrad und nördlich der achte Grad südlicher Breite. Sie musste nach Nordosten, nach Sulawesi. Die Küste dort grenzte an die Molukkenssee. In einem Reisebüro sagte man ihr, dass alle zwei Wochen ein Dampfer von Lombok nach Ujung Pandang, der Hauptstadt Sulawesis, abgehe und dass der Fahrpreis in der einfachsten Klasse sechsundsiebzigtausend Rupiahs koste.

Theresa zählte ihr Geld. Sie hatte wenig gebraucht, hatte von Obst gelebt und von Nasi-goreng, dem Reisgericht, das alle aßen, und sie hatte sich dabei gefühlt wie in einem heiteren Traum, den sie nie geträumt hatte. Das, was ihr blieb, reichte für die Überfahrt mit dem

Dampfer und für die Tage, bis ihr die Bank neues Geld ausbezahlte. Sie nahm die Fähre nach Lombok und kaufte sich ein Ticket für das Schiff, das zwei Tage später nach Sulawesi abging.

Die Überfahrt war ruhig. Sie spürte die sanfte Dünung in ihren Knien, auf und ab, auf und ab. Silbrig glänzende Fische flogen über die Wasseroberfläche. Wenn es zu regnen begann, zog sich Theresa unter das Dach des oberen Decks zurück und lauschte dem Stampfen der schweren Dieselmotoren. Sie betrachtete mit ihrem Fernglas das Meer im Nordosten. Inseln ragten wie riesige Ungeheuer aus dem Wasser, Wale, Meeresschildkröten, Leguane mit gezacktem Rückenschild und Oktopusse mit ihren Tentakeln. Das Abendlicht tauchte die Inseln in blaue Schatten. Andere ragten hoch hinaus und endeten in einem spitzen Kegel, aus dem eine Rauchfahne aufstieg. Wieder andere veränderten ständig ihre Form, waren zuerst flach, wuchsen dann hoch in den Himmel und lösten sich beim Näherkommen des Schiffes ganz auf. Das waren Wolken. Tausende von Inseln gehörten zu diesem Staat. Da müsste doch eine für sie dabei sein. Eine, die nicht mehr gebraucht wurde oder irgendwann vergessen worden war, eine kleine, auf der ein paar Bäume Schatten spendeten, mit einer Süßwasserquelle. Mit etwas Glück würde sie eines Tages durch ihr Fernglas diese Insel entdecken. Da war sie ganz sicher. Sie träumte davon, dort an Land zu gehen und sie in Besitz zu nehmen. Eine Hütte würde sie sich bauen müssen, eine Hütte aus den Blättern der Palmen ringsum. Sie würde von Kokosnüssen leben und von

Ananas, von Schildkröten- oder Vogeleiern, die sie am Strand aufsammelte, und vielleicht auch von kleinen Krabben und Fischen, die im flachen Wasser leicht zu fangen sein würden. Verhungern würde sie nicht. Sie hätte ihr Ziel erreicht. Der Lauf der Sonne würde ihren Tag begleiten und bei Nacht der Lauf des Mondes. Flimmernde Sterne würden ihr Gesellschaft leisten. Nein, sie wäre nicht allein dort. Sie hätte den Raja dabei und die kleine Spieldose und außerdem ihre Erinnerungen.

Rot wie eine aufgeschnittene Blutorange ging die Sonne zwischen schwarzen Gewitterwolken unter. Sie glühte, loderte auf, kämpfte um ihr Überleben und musste sich doch am Ende geschlagen geben.

Ujung Pandang, das war das alte Makassar, das sie aus den Büchern Josef Conrads kannte. Bordwand an Bordwand ankerten die Lastenschoner der Bugis im Hafen. Er schien sich seit vielen hunderten von Jahren nicht verändert zu haben.

Obwohl sich Theresa nicht lange in dieser Stadt aufhalten wollte, brauchte sie Geld. Die Filiale in Ujung Pandang musste zuerst die Zentrale in Jakarta verständigen und nach ihrem Kontostand fragen. Die Erlaubnis zur Auszahlung würde nach Sulawesi weitergegeben, wo man ihr das Geld erst gegen die Vorlage ihres Passes und die Leistung mehrerer Unterschriften geben würde. Die Prozedur wurde zum Ritual. Theresa kannte sie inzwischen. Verzögerungen mit eingerechnet konnte das ein paar Tage dauern. Sie suchte sich ein kleines Travellerhotel im Zentrum der Stadt. Inzwischen hatte sie sich schon daran gewöhnt, dass sie überall angestarrt wurde. Jedes Mal, wenn sie ein Lokal betrat, geriet sie in einen Zwiespalt. Sie hatte zwei Möglichkeiten, konnte sich entweder mit dem Rücken an eine Wand setzen, die anderen Gäste beobachten und, wenn ihr das zu langweilig wurde, die Geckos an der Decke zählen. Sie konnte aber auch dem Restaurantbetrieb den Rücken zukehren und sich in ihr Reisehandbuch vertiefen. Sie hoffte immer noch, dass ihre Unscheinbarkeit sie für die übrigen Gäste unsichtbar werden ließ, aber das war bisher nicht eingetroffen. Wenn sich die Leute darüber wunderten, warum sie allein unterwegs war, musste ihr das gleich sein.

An diesem ersten Abend auf Sulawesi aß sie in einem chinesischen Restaurant, und während sie auf den Fisch in süßsaurer Soße wartete, las sie in ihrem Handbuch über die Torajas nach, die vor undenklich langer Zeit mit ihren Schiffen von irgendwoher aus dem Norden gekommen waren, vom chinesischen Festland, vielleicht auch von Vietnam oder von sonst woher aus Indochina. Ihren Häusern hatten sie die Form ihrer Schiffe gegeben und ihre Toten beerdigten sie meistens in Felswänden und stellten Puppen als Wächter vor jedes Grab. Auf einmal spürte sie eine Hand auf ihrer Schulter.

»Hallo Theresa«, sagte eine Stimme in ihrem Rücken. »Hab ich mir's doch gedacht.« Sie zuckte zusammen.

»Raoul?«, sagte sie noch etwas unsicher und drehte sich um.

Es war Raoul, wirklich und wahrhaftig, er war es. Theresa stockte der Atem.

Von seiner Hand ging wohlige Wärme aus. Sie freute sich und versuchte zugleich ihre Freude vor ihm zu verbergen.

Er setzte sich zu ihr und begann zu erzählen. Sein Bericht war lang und nicht immer ganz verständlich. Manchmal verlor er den Faden, dann übersprang er einiges, suchte irgendwo einen neuen Anschluss und knüpfte schließlich einen Knoten, der ihm den Fortgang der Handlung erleichterte. Er war erst vor ein paar Tagen in Ujung Pandang angekommen, hatte sich die ganze Zeit in Java und Kalimantan herumgetrieben und eine Zeit lang in Jakarta im Gefängnis gesessen, weil sein Pass abgelaufen war. Das sagte er, doch irgendetwas warnte Theresa davor, ihm alles zu glauben. Es dauerte eine Weile, bis die Botschaft ihm einen neuen ausstellte, berichtete er. Danach hatte er kein Geld mehr und musste einen Job als Kellner auf einem Schiff annehmen, das zwischen den Inseln Flores, Sumbawa und Lombok kreuzte. Alles, was Theresa seiner Erzählung entnahm, war, dass er bisher keine Arbeit als Reiseleiter gefunden hatte und sich deswegen sein Geld durch Gelegenheitsjobs verdienen musste. Doch das sollte sich ändern, hoffte er. Kürzlich habe ihm ein Freund, der in einer Reiseagentur arbeitete, einen Job im Torajaland zugesagt und nun sei er auf dem Weg dorthin. Er deutete an, dass die Beziehung mit einer jungen Französin seine Entscheidung verzögert habe, doch das sei nun vorbei. Theresa hörte ihm zu, während sie ihren Fisch verzehrte und merkte erst spät, dass Raoul nur hungrig auf ihren Teller starrte.

»Isst du nichts?«, fragte sie ihn.

»Ein paar Bananen sind genug.«

Da kam ihr, dass er kein Geld hatte, sich etwas zu bestellen. Sie überlegte. Bis ihr die Bank ihr Geld auszahlte, würde es für sie beide reichen.

»Was willst du? Ich lade dich ein.«

Er bestellte sich eine doppelte Portion Nasi-goreng und eine Cola.

»Und was machst du?«, fragte er sie, während sie bezahlte. Theresa berichtete ihm, wie es ihr bisher ergangen war, erzählte von dem bunten Schiff, das sie im Hafen von Jakarta entdeckt hatte und das sie an die Schiffe ihrer Kindheit erinnerte, von dem Rätsel des Wortes »Madura«, das sich auf so einfache Weise von allein gelöst hatte und wie sehr sie über ihre eigene Dummheit lachen musste. Sie erzählte ihm von der Begegnung mit den Puppenspielern und von der Ersteigung des Vulkans, doch als sie merkte, dass ihn das alles nur wenig interessierte, schloss sie schnell: »Jetzt bin ich auf dem Weg nach Norden. Vielleicht gibt's in Manado ein Schiff, dass mich zu meiner Insel bringt.«

»Ah ja, die Insel! Bist du immer noch auf der Suche nach ihr?«

Theresa sah ihn verwundert an. »Deshalb bin ich doch hier.«

»Und du glaubst immer noch, dass sie existiert und nicht nur fälschlich in eine Karte eingezeichnet wurde?«

»Da bin ich sicher.«

Als sie auf die Straße traten, fragte sie ihn nach seinem Hotel.

»Mein Hotel ist ein offener Sampan im Hafen. Der Besitzer hat mir erlaubt dort zu schlafen, solange er ihn nicht braucht.«

Theresa kehrte in ihre Unterkunft zurück. Es kam ihr vor, als habe ihr Leben einen neuen Sinn bekommen. Ihr Verstand mahnte sie zur Vorsicht, doch ihr Gefühl brachte ihn zum Schweigen. Raoul und sie hatten beschlossen zusammen ins Torajaland zu fahren. Der Job, den man ihm in Aussicht gestellt hatte, bestand darin, Touristen auf ausgedehnten Wanderungen zu den Dörfern und Gräbern der Torajas zu begleiten. Er versuchte gerade, genügend Rupiahs zusammenzubekommen, um sich eine Busfahrkarte nach Rantepao zu kaufen. Es sei eine lange Fahrt. Sie könne bis zehn Stunden dauern. Per Anhalter oder mit Sammeltaxis sei das sehr mühsam. Er schlug ihr vor zusammen zu fahren. Bis sie ihr Geld erhielt, würde er sich weiter im Yachthafen nützlich machen. Er würde für die reichen Besitzer der großen Segelyachten, Amerikaner oder Australier, Proviantfässer schleppen, Taue entwirren, die Außenwände ihrer Boote mit einem frischen Anstrich versehen und Segel flicken. Als Lohn bekam er dafür ein paar Rupiahs. Manchmal schenkte ihm ein Hochseeangler auch einen Fisch, weil sein einziges Interesse darin bestand, sich mit seiner Beute fotografieren zu lassen. Mit etwas Glück nahm ihm ein Restaurantbesitzer den Fisch ab. Das waren wieder ein paar Rupiahs. Es war ihm bewusst, dass das alles illegal war, weil er den Einheimischen ihre Einkünfte wegnahm, und dass er sich nicht erwischen lassen durfte.

An diesem Abend schrieb Theresa in ihr Heft:

Ich habe Raoul wieder getroffen. Raoul, den Globetrotter, den Gammler, den Traveller, der mich auf die Idee gebracht hatte, auf diese Reise zu gehen und mein Leben nachzuholen. Wir wollen zusammen weiterreisen. Bis Rantepao im Hochland, vielleicht kann ich ihn auch dazu überreden, mich bis nach Manado zu begleiten.

Den Raja ließ sie an diesem Abend in ihrer Reisetasche. Im Augenblick verspürte sie kein Bedürfnis sich mit ihm zu unterhalten.

22

AM NÄCHSTEN MORGEN wusch sich Theresa die Haare. Sie waren schon wieder zu lang, doch bisher hatte ihr nichts daran gelegen, zu einem Friseur zu gehen und sie schneiden zu lassen. Sie stellte sich vor den Spiegel und band sie mit einem Gummi am Hinterkopf zusammen. Dass sie allmählich grau wurden, nahm sie hin. Die Haare anderer Frauen in ihrem Alter waren oft schon ganz weiß. An Färben dachte sie nicht. Das kam ihr wie Betrug vor. Sie blickte an sich herunter. Die Jeans, in denen sie unterwegs war, wurden immer unansehnlicher. Das Gespräch, das sie vor vielen Jahren mit Dodo geführt hatte, fiel ihr wieder ein. »… lässt dich gehen, könntest mal wieder deine Haare schneiden lassen, und eine neue Bluse würde auch nicht schaden. Katzentheresa.« – »Es ist mir gleich, was die Leute von mir denken!«, hatte sie damals geantwortet. Doch auf einmal war es ihr nicht mehr gleich. Rasch fasste sie den Entschluss, sich einen bunten Batikstoff zu kaufen, den sie sich wie die Frauen hier um die Hüften schlingen konnte. Einen Sarong.

Aber sie musste warten, bis ihr die Bank das Geld auszahlte. Vorher ging es nicht.

Am nächsten Tag lief sie völlig planlos durch die

Stadt, kaufte sich am Markt zwei Mangos, ein Dutzend Mangostinos sowie ein Büschel Bananen und fand sich auf einmal am Hafen wieder. An der Mole hatten zwei Frachter festgemacht, neben ihnen einige Fischkutter und weiter hinten zahlreiche große Yachten, vornehm weiß, die Decks aus glänzendem Mahagoniholz, deren Namen mit großen Buchstaben am Bug standen. Sie hießen *Meereskönigin*, *Sturmvogel* oder *Tahiti II*.

Raoul überwachte das Tanken von Dieselöl an einer von ihnen. Der Schweiß lief ihm in Strömen übers Gesicht. Seine Hände waren ölverschmiert. Er schien wenig erfreut, Theresa zu sehen, und als sie es bemerkte, bereute sie sofort, ihn gesucht zu haben.

»Ich habe Früchte gekauft«, rief sie. »Willst du nicht eine Pause machen?« Doch Raoul schüttelte nur wütend den Kopf, wendete sich ab und verschwand im Bauch des Schiffes.

»Das war ein Fehler«, erklärte sie Raja, als sie ihn am Abend aus der Tasche holte. »So etwas passiert mir kein zweites Mal. Das verspreche ich dir!« Der Raja hörte ihr stumm zu.

Theresa aß ein paar Bananen und die Hälfte der Mangostinos. Dann legte sie sich auf ihr Bett und schlief ein.

Erst als es an ihre Zimmertür klopfte, schrak sie wieder hoch. Es war Raoul. Der Hunger hatte ihn an die Früchte erinnert, die ihm Theresa am Hafen angeboten hatte. Sie aßen sie gemeinsam auf, unterhielten sich eine Weile über das Wetter und verabredeten sich dann für den nächsten Abend vor einem Fischlokal.

Theresa bekam ihr Geld. Sie ging wie jeden Morgen zur Bank, um zu fragen, da nickte ihr der Beamte lächelnd zu. Die Bank in Jakarta hatte den verlangten Betrag angewiesen. Sie brauchte fast den ganzen Morgen, um einen geeigneten Stoff zu finden, den sie sich als Sarong um die Hüften binden konnte. Bei dem einen gefiel ihr das Muster nicht, bei dem anderen die Farben, bei vielen fand sie die Stoffqualität schlecht. Sie stellte die Geduld der Verkäuferinnen auf eine schwere Probe, bis sie sich schließlich entschied. Wie man den Sarong so um die knochigen Hüften schlang, dass er nicht rutschen konnte, ließ sie sich zeigen, und wie man sich mit ihm bewegte. Sie übte den ganzen Nachmittag, erst vor dem Spiegel und später auch auf der Straße.

Noch vor Sonnenuntergang traf sie sich mit Raoul vor dem verabredeten Lokal und sie suchten sich einen Platz im Freien.

»Der Sarong steht dir«, sagte Raoul beiläufig. »Du solltest ihn öfter tragen.« Darüber freute sie sich. Sie aßen Garnelen, tranken Wein und unterhielten sich darüber, wie anmutig sich die Menschen hier in ihren Sarongs bewegten, während die Sonne die Wellen rotgolden färbte und das schwarze, ungleichmäßige Netz der Masten und Rahen den Himmel in kleine Felder aufteilte. In sanften Stößen fächelte ihnen der Meerwind Kühlung zu. Raouls Gegenwart machte Theresa unempfindlich gegen die Blicke der anderen, die sie wohl für Mutter und Sohn hielten. Als Theresa die Rechnung für beide bezahlte, schien sich dieser Eindruck zu bestätigen.

Sie hatten beschlossen am nächsten Morgen mit dem Bus ins Torajaland zu fahren.

Die Fahrt dauerte mehr als zehn Stunden. Es ging zuerst am Meer entlang in nördlicher Richtung. Das Gebirge an ihrer rechten Seite hüllte sich noch in Wolken.

An den Mündungen der Flüsse arbeiteten Bootsbauer an großen Schiffen. Sie bauten wie vor hunderten von Jahren Lastensegler aus Holz mit den traditionellen, den holländischen Koggen nachempfundenen Aufbauten am Heck. Die Zimmerleute legten den Kiel ans Ufer, von wo aus sie das fertige Schiff leicht ins Wasser gleiten lassen konnten. Manche waren bis auf die Masten und Segel beinahe fertig. Bei anderen ragten erst die Spanten wie ein Skelett in die Höhe. Alles war Handarbeit, solide ineinander gefügt, sodass sie den heftigsten Stürmen trotzen konnten.

Theresa wäre gern ausgestiegen und hätte der Arbeit zugesehen, um sie mit derjenigen zu vergleichen, die ihr Vater für seine Schiffsmodelle angewandt hatte.

Doch der Bus fuhr weiter. Das Meer blieb hinter ihm zurück. Es ging auf kurvenreicher Strecke durch wuchernde tropische Vegetation in die Berge. Raoul schlief ein. Sein Kopf sank langsam auf Theresas Schulter, schwer und schmerzhaft. Sie wagte es nicht, sich zu bewegen, um ihn nicht aufzuwecken. Die Versuchung, ihm über die Haare zu streichen, war groß. Theresa war voller Mitgefühl. Sie hätte gern für ihn gesorgt, ihm die Wäsche gewaschen, Knöpfe angenäht und darauf geachtet, dass er regelmäßig aß. Aber er würde ihre Fürsorge ablehnen, da war sie sicher.

An den Haltestellen kaufte sich der Fahrer etwas zu trinken und rauchte eine Zigarette. Wachte Raoul durch den plötzlichen Halt auf, stand auch Theresa auf, stieg aus und holte tief Atem, sog den süßen Duft der Blüten tief in sich hinein. Die schwüle Hitze der Ebene lag hinter ihnen. Kurve um Kurve ging es bergan, bis sich die Dämmerung zwischen den Ästen breit machte, wo sie allmählich in Dunkelheit überging. Raouls durch den Schlaf entspannter Körper schwankte in den Kurven hin und her, drohte oft in den Mittelgang des Fahrzeugs zu kippen oder fiel auf Theresa, je nachdem, wie schnell der Fahrer eine Kurve nahm. Am späten Abend erreichten sie ihr Ziel, ein kleines Städtchen mitten im Land der Torajas, deren Siedlungen sich zwischen Bergen und Wäldern verbargen. Erschöpft und durchgeschüttelt verließen sie den Bus und suchten sich eine einfache Unterkunft. Als der Wirt sie zusammen in ein Zimmer legen wollte, wehrte Theresa ab. Raoul sah sie erstaunt an. Theresa war klar, dass er nichts dabei gefunden hätte, mit ihr in ein Doppelzimmer zu gehen, denn das hätte sie bezahlt. Doch sie sagte entschieden Nein, das wolle sie nicht, ohne nähere Gründe zu nennen.

Viel zu müde, um noch etwas zu essen, und viel zu zerschlagen, um ihre Eindrücke in ihrem Heft zu notieren, ließ sie sich auf ihr Bett fallen und schlief sofort ein, fuhr im Traum weiter Kurve um Kurve und wäre doch lieber mit einem der hölzernen Schiffe zu ihrer Insel gesegelt.

Am Morgen musste Raoul gleich zu der Agentur, die ihm die Leitung einer Trekkingtour in Aussicht gestellt hatte. Ob er die Gegend kenne, durch die er die Leute führen sollte, hatte ihn Theresa beim Frühstück gefragt. Er hatte gelacht. »Ich werde sie kennen lernen«, hatte er gesagt. »Man gibt mir eine Karte mit und dort, wo die Straßen befahrbar sind, einen einheimischen Fahrer. Das muss genügen. Touristen sind meistens dumm. Sie wollen nur fotografieren und zu Hause mit ihren Bildern angeben. Und das, was ich über den Bau der Häuser und die Herkunft der Menschen wissen muss, kann ich in einem Buch nachlesen.«

Theresa besuchte den Markt. Die Luft war frisch und der Himmel über den Bergen wolkenlos. Sie lief durch die Gänge zwischen den einzelnen Obst- und Gemüseständen und stolperte über offene Säcke mit Reis, Salz oder Zucker. Große bauchige Wassermelonen lagen neben Mangos, Papayas, grünen Bananen, Kakis, Kokosnüssen, Mangostinos und Jackfrüchten. An einem Stand ließen sich die Frauen Palmöl in mitgebrachte Flaschen abfüllen, daneben wurde eine Vielzahl von Gewürzen angeboten, die in kleinen Tütchen verkauft wurden. Über den Köpfen der Marktbesucher lagerte der schwere Duft reifen Obstes. Kinder spielten unter den Tischen Verstecken. Eine Frau gab ihrem Säugling die Brust. Männer schleppten Reissäcke herbei. Theresa erstand eine große Brotfrucht und einige Sternfrüchte, deren außergewöhnliche Form sie neugierig machte. Über den Ständen, in denen Büffelfleisch verkauft wurde, schwirrten Mückenschwärme. Niemand störte sich daran, dass sie sich auf der Ware niederließen. Ab und an scheuchte sie ein Verkäufer mit einer Handbewegung davon. Das war alles. Am Rand des Marktes bot eine Frau kleine lederne Amulette feil, billige Dolche, Gürtel und anderes. Bei ihr erstand Theresa eine blaue Glasperlenkette, die in der Farbe zu ihrem Sarong passte und von der sie hoffte, dass sie ihr stand. Auf dem Heimweg kaufte sie noch ein neues Schulheft. Das alte war fast vollgeschrieben. Auf den Straßen hatte der Verkehr zugenommen. Reisebusse, Taxis, Büffelgespanne hielten sich kaum an Verkehrsregeln, dazwischen schleppten Schulkinder ihre schweren Taschen heim.

Kurz vor dem Hotel begegnete ihr Raoul in Begleitung einer grazilen Malaiin. Sie trug ein eng geschnittenes, lachsfarbenes Kostüm, dessen Rocksaum ein gutes Stück über ihren Knien endete. Die dunklen langen Haare fielen offen über ihre Schultern und umrahmten dabei das gelblich getönte Gesicht. Die hohen Backenknochen und die leicht schräg gestellten Augen ließen vermuten, dass in ihren Adern chinesisches Blut floss.

Raoul war es sichtlich unangenehm, Theresa über den Weg gelaufen zu sein.

»Hallo«, begrüßte sie ihn und gab sich Mühe ihre Stimme beiläufig klingen zu lassen. »Alles in Ordnung?«

Mit einer Miene, als habe er in einen sauren Apfel gebissen, stellte ihr Raoul seine Begleiterin vor: »Das ist Dorilana«, sagte er. »Sie arbeitet für die Agentur, die mich verpflichtet hat. Sie wird mich auf meiner ersten Tour begleiten und mich in alles einführen.« Danach wendete er sich Dorilana zu und fuhr fort: »Das ist Theresa, eine Reisebekanntschaft. Wir fuhren zusammen im Bus hierher. Sie ist auf dem Weg zu einer Insel in der Molukkensee.«

Der durchdringende Blick des Mädchens prüfte Theresa. Es kam ihr vor, als spiegle sie sich in den fremden Augen. Für Dorilana war sie sicher eine ärmliche ältere Frau, die durch einen glücklichen Zufall, vielleicht einen Lotteriegewinn, zu Geld gekommen sein musste und dieses Geld auf einer Reise verbrauchte, um das nachzuholen, was sie in ihrer Jugend versäumt hatte. Als Reiseleiterin waren ihr vermutlich schon viele wunderliche Menschen begegnet, doch an ihrem erstaunten Blick erkannte Theresa, dass ihr so jemand wie sie offensichtlich noch nie über den Weg gelaufen war. Sie hielt ihren neugierigen Blicken geduldig stand. Vielleicht schätzte sie Theresa als eine Touristin ein, von der sie, falls sie zu einer ihrer Gruppen gehörte, nur wenig Trinkgeld erwarten konnte. Danach nickte sie Theresa wohlwollend zu und verzog dabei die dunkel geschminkten Lippen zu einem freundlichen, aber unverbindlichen Lächeln.

Das Wort »Reisebekanntschaft« hatte Theresa einen Stich versetzt. Nur eine Reisebekanntschaft, aber hatte er nicht Recht damit? Was war sie denn sonst? Der Altersunterschied betrug mindestens zwei Jahrzehnte. Gegen ein Mädchen wie diese Dorilana kam sie nicht an. Sie verabschiedete sich rasch mit der Ausrede, noch einiges erledigen zu müssen.

»Na dann«, sagte Raoul leichthin. »Vielleicht sehen wir uns noch am Abend.« Doch Theresa hörte aus seinen Worten, dass er selbst nicht daran glaubte.

Was erwarte ich denn?, schrieb sie auf die letzte Seite des alten Heftes. *Sind es nur mütterliche Gefühle oder ist es mehr? Das steht mir nicht zu. Ich bin für ihn nicht mehr als ein »Kumpel«, einer von dem Schlag, mit dem man Pferde stehlen geht. Und wenn mir das nicht gefällt, muss ich allein bleiben. Zu mehr als einer »Reisebekanntschaft« werde ich es nicht mehr bringen. Solange ich ihn zum Essen einlade, wird er mich ein Stück auf der Suche nach meiner Insel begleiten. Irgendwann werden wir uns wieder trennen. Gewöhn dich an den Gedanken, Theresa. Da helfen auch ein neuer Sarong und eine blaue Glasperlenkette nichts mehr.*

Das sagte ihr der Verstand. Doch an ihren Gefühlen änderte es nichts. Theresa klappte das Heft wieder zu und steckte es zurück in die Reisetasche. Dabei berührten ihre Finger den Raja. Sie holte ihn heraus und zog die Spieluhr auf.

»Wie konnte ich dich vergessen, mein Prinz«, sagte sie leise. »Ich habe ja dich.« Sie drehte den Stab, an dem sein Kopf befestigt war, langsam hin und her und bewegte seine Arme. »Auch wenn du nur aus Holz bist, so hast du doch eine Seele, die mir treu bleibt.« Der falsche Edelstein über seiner Stirn funkelte im Licht. Doch an diesem Abend verspürte Theresa keine Lust mit ihm zu tanzen.

23

IN DEN BERGEN WAR ES angenehm kühl. Die schwere schwülheiße Luft lagerte über der Küste und den Ebenen, in denen die Bauern Reis anbauten. Auch hier wurde Reis angebaut. Es regnete fast jeden Tag. Das Wasser machte die Straßen und Wege schlammig und spülte unzählige Schlaglöcher aus. Für Autos waren sie nicht gemacht, nur für Büffelgespanne. Sie wurden von Bananenstauden gesäumt, von Palmschösslingen und hohem Gras. In der Nähe der Dörfer wuchsen Bougainvilleasträucher. Nach einem Gewitter verströmten sie einen betörenden Duft.

Raouls erste Gruppe startete gleich am nächsten Morgen. Theresa erfuhr es durch den Wirt ihres Hotels. Er hatte es nicht für wichtig genug gefunden, ihr eine Notiz zu hinterlassen. Gewöhnlich blieben Trekkinggruppen etwa drei bis vier Tage unterwegs. Theresa fragte den Wirt, ob man sich irgendwo ein Fahrrad ausleihen könne. Er schickte sie zu einem Fahrradverleih neben einer Tankstelle. In einem Schreibwarengeschäft kaufte sie eine Karte der Gegend und lieh sich ein Rad. Es ging viel bergauf. Die Straßen waren schlecht, manchmal waren es nur schmale Pfade. Doch Theresa fand mithilfe der Karte, was sie suchte. Es waren die Dörfer der Torajas mit Häusern, deren Dächer an den Giebelseiten hochschwangen, und dort, wo sie zusammenliefen, abgeschnitten waren. Gegenüber jedem Haus befand sich ein kleineres, das den Menschen als Reisspeicher diente. Manchmal waren die Häuser über und über mit merkwürdigen Ornamenten bemalt und manchmal schmückten Wasserbüffelgehörne den Mittelpfosten. Theresa fand die Form dieser Häuser grotesk und phantastisch. Niemals vorher hatte sie etwas Ähnliches gesehen. Sie ähnelten wirklich riesigen Schiffen. Einmal schob sie ihr Rad auf einem schmalen Pfad durch das Dickicht, bis sich auf einmal ein Platz vor ihr öffnete und sie an einem Teich stand, der von einem Wasserfall gespeist wurde. Das Wasser war klar und verlockend. Sie konnte der Versuchung nicht widerstehen, verstaute ihr Rad im Gesträuch, zog sich aus und badete nur in ihrer Unterwäsche. Sie schwamm bis zu dem kleinen Wasserfall, der über eine Felswand stürzte. Das Wasser war kühl, erfrischend und heilte alle Wunden. Auf Theresa wirkte es wie ein Zauber. Für einen Augenblick vergaß sie sogar die Insel in der Molukkensee, doch die Erinnerung an sie kehrte zurück, bevor sie das andere Ufer wieder erreichte. Niemand hatte sie gesehen. Niemand hatte den magischen Augenblick gestört, außer vielleicht einem Vogel, der von seinem Ast neugierig auf sie herunteräugte. Sie zog sich rasch an und fuhr zurück.

Am nächsten Tag kam sie zu einem Platz, auf dem Steine zu wachsen schienen. Es waren aufrecht stehende Menhire, die einen Kultplatz begrenzten. Drei oder vier Männer waren dabei, in einem Oval überdachte Tribünen um sie herum aufzurichten. Bei einem Baum in der Mitte stand ein hohes Gestell. Theresa wusste nicht, was das bedeuten könnte. Sie beschloss Raoul danach zu fragen, wenn sie ihn wieder sähe.

Das war noch am selben Abend. Müde und verdreckt kam er ins Hotel. Mürrisch begrüßte er Theresa, der er über den Weg lief.

»Gehen wir zusammen essen?«, fragte sie ihn.

»Ich muss erst duschen.« Duschen gab es in diesem Hotel keine. Es gab nur so genannte »Mandis«, das waren die Abtritte, auf denen man stand, und daneben ein Wasserbecken. Man wusch sich, indem man das Wasser mit einem Eimer über sich schüttete. Jeder, der auf diesen Inseln unterwegs war, kannte es.

»Gut«, sagte Theresa. »Dann in einer halben Stunde. Ich …« Sie stockte. »Du kannst mich abholen, wenn du fertig bist.«

»Vielleicht«, erwiderte Raoul gnädig.

Wahrscheinlich hoffte er, dass sie ihn wieder einladen würde, denn er holte sie wirklich ab. Sie entschieden sich für ein einfaches Lokal in der Nähe ihres Hotels und bestellten sich etwas zu essen. Theresa fragte Raoul, wie seine Tour verlaufen war, und er erzählte ihr von den vielen dummen Fragen der Touristen, und dass es den meisten nur darauf ankam, gute Fotos oder Videofilme zu machen, mit denen sie zu Hause angeben konnten.

»Und«, wollte Theresa wissen, »wie ging es mit deiner Reisebegleiterin?«

»Du meinst Dorilana?«

»Wen sonst.«

Raoul schwärmte ihr vor, wie wundervoll die Verständigung mit ihr gewesen war, wie gut sie die deutsche Sprache beherrschte, was sie alles wusste und wie freundlich sie die Gäste behandelt hatte. »Sie ist sehr gebildet«, schloss er seinen Bericht.

»Und wie geht's jetzt weiter?«

»Die nächste Tour führe ich allein.«

»Du wirst es schon schaffen.« Theresa verkniff sich eine spitze Bemerkung. Sie bezahlte.

Raoul hatte das Hotel bereits verlassen, als sie zum Frühstück herunterkam. Sie holte ihr Rad, kaufte auf dem Markt ein paar Bananen und Mangos und fuhr los. Man hatte ihr viel von den Gräbern erzählt, in denen die Torajas ihre Toten begruben. Diese Gräber bestanden aus künstlich in einen Felsen geschlagenen Höhlen, vor oder neben denen eine dem Toten ähnliche Puppe auf einem Balkon angebracht wird. Theresa starrte zu ihnen hinauf und es kam ihr vor, als beobachteten die Puppen mit starren Blicken das Leben am Fuß des Felsens.

Der Himmel bezog sich mit Schleierwolken. Theresa fuhr weiter und entdeckte schon bald ein Restaurant, von dem man einen weiten Ausblick auf die Reisfelder hatte. Sie bestellte sich etwas zu essen und holte ihr Schreibheft heraus.

Diese Totenpuppen mit ihren künstlichen Haaren und verwitternden Kleidern machen mir großen Eindruck, schrieb sie. *Sie sollen den Geist der Toten symbolisieren und dafür sorgen, dass die Lebenden sie nie vergessen. Wer sie beschädigt oder stiehlt, macht sich schuldig. Sie sind nicht für die Ewigkeit gemacht, keine Denkmäler aus Stein. Sie haben auch nicht die Aufgabe, die Toten in ihren Löchern zu bewachen. Sie sind einfach nur da.*

Dazu fällt mir ein Spruch aus einer alten Reisebeschreibung ein:

Der Tod uns überall begleit.
Kein Mensch weiß, wo der Tod ihn nimmt.
Auch kennet keiner seine Zeit,
Gott ist's, der Ort und Stund bestimmt.

Ein Gewitter zog sich über den Hügeln am Rand der Ebene zusammen und tauchte sie in violettes Licht. Schwarze Wolken breiteten sich über den Feldern aus. Als es zu donnern begann, leerte sich das Restaurant. Die Gäste eilten zu ihren Autos. Theresa konnte sich von dem Anblick der Wolken nicht trennen. Es donnerte stärker. Im Hintergrund des kleinen Lokals dudelte Gamelanmusik. Ein heftiger Windstoß verwehte die Klänge des Xylophons und vermischte sie mit dem Rauschen des Regens auf dem Dach aus Elefantengras. Auf den Wegen zwischen den Reisfeldern senkten die Büffel ihre schweren Köpfe und ließen gottergeben alles über sich ergehen. Erst als der Regen nachließ, bezahlte Theresa. Sie holte ihr Fahrrad vom Parkplatz und fuhr zurück in die Stadt. Es ging bergab durch viele Pfützen. Ein paarmal kam ihr Rad gefährlich ins Schlingern, fing sich aber bald wieder. Sie trat so kräftig sie konnte in die Pedale, doch ein neuer Regenguss holte sie ein und durchnässte sie völlig. Er reinigte die Luft und verstärkte den Duft der Blüten.

Als Raoul drei Tage später von seiner Tour zurückkehrte, hatte Theresa fast alle Gräber in der Umgebung der kleinen Stadt gesehen. Er erzählte ihr, dass er mit seinen Touristen einer Beerdigungszeremonie beigewohnt hatte. Mehr als zwei Dutzend Ochsen und noch einmal so viele Schweine seien abgestochen worden, um den Toten auf seinem Weg zu begleiten. Es sei ein furchtbares Blutbad gewesen. Alle Verwandten hätten das Ritual von Tribünen aus beobachtet und später das Fleisch gegessen. Theresa wurde schnell klar, dass es jene Tribünen gewesen sein mussten, die man rund um den Platz errichtet hatte, auf dem die Steine wuchsen. Sie war froh, das Massaker nicht mit angesehen zu haben.

Am nächsten Tag hatte Raoul frei. Theresa bot sich an ihm einen Knopf anzunähen, den er verloren hatte. »Du kannst nicht so verschlampt herumlaufen«, sagte sie. »Das macht einen schlechten Eindruck.« Sie wusch sein T-Shirt. Er nahm es wie selbstverständlich hin und sagte nicht einmal danke.

»Lass uns heute woanders zu Abend essen«, schlug er vor. »Ich kenne ein besseres Lokal.« Theresa zog ihren Sarong an und legte die Perlenkette um. Sie freute sich auf den Abend mit Raoul. Die Freude währte nur kurz, denn Raoul hatte Dorilana zum Essen eingeladen. Auch sie hatte ihre schlanke Figur in einen Sarong gehüllt. Sie hatte die Haare am Hinterkopf zu einem großen Knoten geschlungen, der ihr Profil betonte und sie weiblicher aussehen ließ. Raoul verschlang sie mit seinen Blicken. Sie aßen alle drei die landesübliche Gemüsesuppe und danach ein Reisgericht mit Büffelfleisch.

»Wie lange willst du noch hier bleiben?«, fragte Theresa ihn, als der Kellner das Geschirr wegräumte.

»Wie meinst du das?«

»Ich dachte, wir wollten weiter nach Manado.«

»Wie kommst du darauf, dass ich auch dahin will? Ich habe hier einen Job gefunden. Deine Insel in der Molukkensee interessiert mich nicht.« Seine Stimme klang unfreundlich kalt. Dorilana lächelte spöttisch. Tief verletzt stand Theresa auf, bezahlte ihr Essen an der Theke und ging davon.

Es hat keinen Sinn, schrieb sie auf die erste Seite des neuen Heftes. *Ich mache wieder und wieder denselben Fehler und werde doch nicht klüger davon. Gib dir einen Ruck, Theresa, und mach dich allein auf den Weg. Du bist alt und müde. Es wird Zeit für die Insel.* Der Gedanke an ihre Insel tröstete sie. Sie sah sie vor ihrem inneren Auge genau vor sich: ein Eiland mit einer Sandbucht und einem von steilen Klippen umgebenen nackten Hügel. Hinter den Klippen wuchernde Vegetation, Dschungel, in dem Vögel und Affen hausten, ein von einem Felsen stürzender Wasserfall, dessen erfrischendes Wasser sich in einem Teich sammelte, bevor es sich als schmaler Bach durch den Urwald zwängte, Farnzweige säumten den Rand, Schmetterlinge flatterten über die Oberfläche, violette und orangefarbene Orchideendolden hingen von den Ästen der Bäume. Sie würde Bananen ernten und einen Affen abrichten, der ihr die Kokosnüsse von den Palmen holte. Vielleicht fände sie auch Tarowurzeln, die sie kochen konnte, und vielleicht auch einen Papayabaum. Bei Ebbe könnte sie aus den Pfützen Schalentiere sammeln. Während der Mittagshitze würde sie sich in ihre Hütte zurückziehen und am Abend ihre Erlebnisse ins Tagebuch schreiben oder der Musik aus der Spieldose lauschen. Dann und wann müsste sie mit Regen oder sogar mit einem Tropengewitter rechnen, sonst wäre es das ganze Jahr über schön und sie würde die Wolken beobachten, die über sie hinwegziehen, und sich vorstellen, so wie sie über den Himmel zu fliegen. Die Koordinaten fielen ihr wieder ein: Breite von 1° Nord bis 2° Süd, genau auf 125° 06' östlich des Nullmeridians. Diesen Ort würde sie suchen müssen. Sie bräuchte bloß mit einem Kutter auf der angegebenen Länge nach Süden oder Norden zu fahren, um ihre Insel zu erreichen. Sobald sie in Manado angekommen war, müsste sie sich auf die Suche nach einem Fischer machen, der in dieser Gegend seine Netze auswarf. Vielleicht würde er ihre Insel kennen. Vielleicht war es ihr Schicksal mit einem maduresischen Boot dorthin zu kommen. Mit einem dieser bunten Boote, auf dem man wohnen konnte und das sie als Kind schon in ihre Hefte gemalt hatte.

24

DIE TAGE IN RANTEPAO vergingen schnell. Sie erkundigte sich überall, auf welche Weise man am schnellsten nach Manado kommen könne, und erfuhr, dass die Straße nach Norden kaum die Bezeichnung Straße verdiene, dass man wilde Dschungelgebiete durchqueren müsse und dass es am billigsten sei, auf einen der wenigen Busse zu warten, die über Wotu und Poso nach Manado fahren. Man könne auch fliegen, erklärte ihr der Mann in dem Reisebüro. Die Merpati-Airline fliege zwar unregelmäßig und nur nach Bedarf, aber das sei viel teurer. Dann erzählte er noch, dass die Busfahrt, vorausgesetzt, es gehe alles glatt und ohne größere Zwischenfälle, etwa drei Tage dauere. Genau könne das niemand sagen. Der schlechte Zustand der Straße erfordere eine gute Kondition der Fahrgäste und man müsse vor allem Geduld haben, denn nach einem Regenguss würde oft ein Fluss die Straße überschwemmen, manchmal versperrten auch Bäume den Weg, die erst weggeräumt werden müssten, und wenn der Chauffeur es versäumt habe, genug Reservekraftstoff mitzunehmen, müsse der Bus eben so lange warten, bis von irgendwoher Nachschub beschafft worden sei. Nicht eingerechnet seien Reifenpannen oder Federbrüche, die ebenfalls an der Tagesordnung seien. So etwas könne die Fahrt leicht um einen ganzen Tag verzögern. Doch Theresas Wille, nach Manado zu fahren, war größer als die Angst vor der Fahrt. Sie kaufte sich ein Ticket für den Bus, der zwei Tage später in Rantepao hielt.

Ohne ein bestimmtes Ziel zu haben, fuhr sie weiter mit dem Rad durch die Gegend. Gegen Mittag kam sie zufällig wieder an dem Ausflugslokal vorbei, in dem sie schon einmal Rast gemacht hatte, und weil sie hungrig war, kehrte sie ein und bestellte sich eine Kleinigkeit zu essen. Auf einem Podium in der Mitte spielte ein Gamelanorchester. Es übertönte das Klappern des Geschirrs, die Melodie vermischte sich mit dem Gespräch der Menschen, huschte ins Freie und verklang über den Feldern. Theresa genoss den Augenblick. Die Enttäuschung über Raouls Betragen schmerzte sie kaum mehr. Sie musste sich selbst genug sein. Hatte sie nicht schon viel von den Inseln gesehen? Sie waren nicht das Paradies gewesen, das sie sich vorgestellt hatte. Das Paradies, das die alten Seefahrer in so leuchtenden Farben beschrieben hatten. Sie musste sich eingestehen, dass es inzwischen verdorben war. Das, was übrig blieb, war ein Paradies nach dem Sündenfall. Sie hatte viel Armut und Elend gesehen, qualmende Fabriken, Müll auf den Straßen und Kinder, die für einen Hungerlohn viele Stunden vor ihren Webstühlen hockten. Sie sah Jungen, die in den Häfen schwere Säcke und Fässer schleppten, viel zu schwer für ihre zarten Knochen, und sie begegnete alten oder verkrüppelten Menschen, die am Straßenrand hockten und auf ein Almosen hofften. Auch an die Vogelmärkte erinnerte sie sich, auf denen in viel zu engen Käfigen die an die Freiheit gewöhnten Vögel traurig dahinvegetierten und sie dem Drang widerstehen musste, sie alle zu kaufen und fliegen zu lassen. Aber es hatte auch viele schöne Augenblicke gegeben: Sonnenuntergänge am Meer, die Zuneigung der Strandkinder, die ihr wunderschöne Muscheln schenkten, seltsam klingende Vogelstimmen aus undurchdringlichem Dickicht, das Puppenspiel und nicht zuletzt die wundersam sphärische Gamelanmusik. So, wie sich die ersten Takte der Barcarole nach jeder Walzendrehung wiederholten, so würden sich ihre Erlebnisse wiederholen oder zumindest sehr ähnlich sein. Sie war müde geworden. Es war Zeit für sie, einen Platz zu finden, auf dem sie ausruhen konnte, vielleicht nur für eine Weile, vielleicht auch für immer. Diese Ruhe konnte sie nur auf ihrer Insel finden, der Insel in der Molukkensee, die vor langer Zeit von einem Kapitän in seine Seekarte und das Logbuch seines Schiffes eingetragen worden war.

»Mie-goreng, Ma'am!«, sagte der Kellner mitten in ihre Gedanken hinein.

»Terimah kasih.«

Sie kehrte spät in ihr Hotel zurück. Als sie auf ihr Zimmer ging, hörte sie eine Frauenstimme aus Raouls Zimmer. Jetzt konnte sie darüber lächeln. Es schmerzte fast nicht mehr.

Am nächsten Tag fuhr sie auf Empfehlung des Hotelbesitzers zu einem versteckten, verwunschenen Platz. In einem von hohen Felswänden umgebenen, fast kreisrunden Tal befanden sich Höhlen, in denen früher

Menschen gehaust hatten. Sie kam sich vor wie am Boden eines Topfes, dessen Umfang gerade groß genug für ein Reisfeld war. Kein Laut war zu hören, keine Bewegung. Dieser Platz musste für die Menschen, die früher hier lebten, heilige Bedeutung gehabt haben. Er war voller Magie. Theresa hatte noch nie etwas Ähnliches gesehen. Sie verglich ihn mit Borobodur und den Ruhe ausstrahlenden Buddhafiguren auf seiner obersten Plattform. Julius würde ihr vermutlich erklären, dass das Charisma dieses Platzes von seiner ungewöhnlichen geologischen Formation herrühre. Männer empfinden das anders, dachte Theresa. Ich würde hier gern eine Weile meditieren und über die Hektik der Welt nachdenken.

Die Sonnenstrahlen zogen sich zurück. Schatten beherrschten den Grund. Theresa schauerte zusammen und ging.

Auf dem Rückweg nach Rantepao kam sie an einem Baum mit merkwürdigen Früchten vorbei. Sie hielt an und stellte fest, dass das, was sie für Früchte gehalten hatte, fliegende Hunde waren, die kopfunter an den Ästen hingen und schliefen. Sie hatte gehört, dass die Leute hier glaubten, es seien die ruhelosen Seelen von Toten, die sich in Fledertiere verwandelt hätten. Sie schliefen bei Tag, doch in der Dämmerung flatterten sie hoch und jagten in der Dunkelheit. Dass sie denjenigen, mit denen sie in der Zeit ihres irdischen Daseins im Streit gelegen hatten, während der Nacht das Blut aussaugten und deshalb bis in alle Ewigkeit verdammt seien ihr Leben als fliegende Hunde zu verbringen, hatte Theresa in einem Buch gelesen, und dass es demjenigen schlecht ergehe, der ihre Ruhe stören würde. Behutsam schob sie ihr Rad so weit, bis sie sicher war, die Tiere nicht zu erschrecken. Dann stieg sie auf und fuhr nach Rantepao zurück.

Alles ist gepackt und den Wirt habe ich auch bezahlt, notierte Theresa am Abend in ihrem Tagebuch. *Ich verlasse das Torajaland, ohne von Raoul Abschied zu nehmen. Ich brauche ihn nicht. Es geht mir wie einer Mutter, die lernen muss ihre Kinder in die Welt zu entlassen. Es tut mir bloß Leid, dass ich nie mehr erfahre, wer ihm jetzt einen Knopf annäht und wer ihn zum Essen einlädt. Seine Freundin Dorilana sieht nicht so aus, als ob sie es täte. Ich schaffe es auch allein, ich habe es immer geschafft. Es ist besser so, auf sich selbst gestellt zu sein, dann wird man auch nicht enttäuscht. Wir sind ja nur ein kurzes Stück Wegs miteinander gereist, aber schon habe ich wieder zu viel erwartet. Raoul ist, genau wie Jakob, einfach nicht in der Lage, die Freundschaft, die ich ihm entgegenbrachte, zu erwidern. Er nutzt die Menschen aus. Vielleicht ist das auch der Grund, warum er nirgendwo Fuß fassen kann. Manado hat einen Hafen. Er soll für mich die letzte Station sein, bevor ich aufs Meer hinausfahre, um meine Insel zu suchen.*

Ein Gefühl der Genugtuung durchströmte sie, als sie das schrieb. Sie fühlte sich wieder stark, und das würde ihr helfen die lange Fahrt zu überstehen.

Der Bus nach Manado ging erst am Abend. Theresa hatte den ganzen Tag Zeit, um sich auszuruhen. Als es dämmerte, aß sie zum letzten Mal in dem Lokal, in dem sie oft mit Raoul gegessen hatte. Sie traf weder ihn noch

Dorilana dort. Theresa hoffte, dass sich Raoul wenigstens wundern würde, dass sie abgereist war, ohne ihm Adieu zu sagen. Noch einmal wusch sie sich in einem Mandi und putzte sich die Zähne. Dann war es Zeit, zur Busstation zu gehen, wo der Bus bereits wartete. Es würde eine lange Fahrt werden, lang und anstrengend, schlimmer als die Fahrt von Medan nach Jakarta. Doch sie hatte sich gut darauf vorbereitet.

Der Bus war voll besetzt. Wer auf dem Landweg Manado erreichen wollte und selbst keinen Geländewagen besaß, dem blieb nur der Bus. Theresa schob und drängte sich in den Mittelgang. Erst als eine Frau ihr Kind auf den Schoß nahm und ihr den Platz neben sich anbot, konnte sie sich setzen. Sie lächelte die Frau freundlich an. »Terimah kasih!« Die Tasche schob sie unter die Bank und den Rucksack klemmte sie zwischen sich und die Rückwand des Vordersitzes.

Der erste Teil der Strecke war noch asphaltiert. Der Fahrer fuhr schnell. Sein Fahrzeug schleuderte in den Kurven. Theresa schwankte hin und her. Dem Kind neben ihr wurde schlecht. Es übergab sich. Theresa versuchte den Geruch zu ignorieren und durch den Mund zu atmen. Draußen war Nacht. An der nächsten Haltestelle stand die Frau auf und zwängte sich hinaus. Das, was ihr Kind herausgewürgt hatte, ließ sie auf dem Boden des Fahrzeugs zurück. Theresa musste ihren Platz übernehmen. Ihre Tasche hob sie in das Gepäcknetz. Lange nach Mitternacht erreichten sie die kleine Provinzstadt Wotu.

Ab dort war die Straße nicht mehr Straße zu nennen. Es war kaum mehr als eine sumpfige Piste, auf der der Bus oft ins Schlingern kam. Sie kamen nur langsam voran. Die Sonne hatte fast ihren höchsten Stand erreicht, als sich die Landschaft auf einmal wieder öffnete und das Meer vor ihnen lag.

In Poso machten sie eine längere Pause. Theresa wusch sich in einem Mandi. Sie kaufte sich etwas zu essen, aber sie hatte nur wenig Hunger. *Meine Knochen tun mir weh*, schrieb sie später in ihr Heft. *Ich bin zu alt für so etwas. Ich spüre jedes Gelenk*. Doch sie tröstete sich mit dem Gedanken, dass auch diese Fahrt irgendwann zu Ende wäre.

In den nächsten Stunden fuhren sie am Meer entlang. Theresa zog das Fensterrollo herunter, weil sie die Hitze nicht mehr ertragen konnte. Dass sie sich damit den Blick auf das Wasser versperrte, war ihr gleich. Sie würde noch genug vom Meer sehen, wenn sie erst einmal auf ihrer Insel wäre. Im Bus wurde es ruhiger. Die Hitze lähmte die Fahrgäste. Erst gegen Abend kam die Erlösung in Form eines Gewitters. Der Regen verwandelte die Schlaglöcher in Pfützen. Der Straßenbelag glitschte wie Schmierseife. Die Flüsse traten über die Ufer und überfluteten alles.

Eine große Gleichgültigkeit nahm von Theresa Besitz. Es war ihr egal, dass neben ihr einige Hühner starben, weil sie keine Luft mehr bekamen. Es war ihr egal, wenn der Bus über den Straßenrand schlitterte und über die Böschung zu kippen drohte. Es war ihr egal, als eine Frau zu jammern begann, weil ihr ein Reissack auf den Kopf gefallen war. Auch wenn ein entgegenkommender

Holztransporter nur langsam an ihnen vorbeikam, weil die Breite der Straße für beide Fahrzeuge nicht ausreichte, störte sie das nicht. Als es abermals Nacht wurde, döste Theresa ein. Sie stieg nicht einmal aus, als der Bus vor einem Lokal hielt, kaufte sich nur ein paar Bananen und etwas zum Trinken. Sie schlief, träumte von ihrer Insel und wachte erst wieder auf, als der Motor wieder ansprang und die Fahrt weiterging.

Bis Manado waren es noch vierhundert Kilometer auf einer gut ausgebauten Straße. Die Stöße ließen nach. Es gab keine Schlaglöcher mehr. Der Bus erreichte die Stadt am späten Vormittag.

25

THERESA ERKUNDIGTE SICH nach einer Unterkunft in der Nähe des Hafens. Ein Rikschafahrer nannte ihr die Adresse eines einfachen Hotels und fuhr sie auch gleich hin. Sie spürte den Wind, der vom Meer kam, der die Hitze erträglich machte, der kühlte, tröstete und heilte. Das Meer selbst konnte sie nicht sehen. Es verbarg sich hinter grauen Lagerhallen. Sie zwang sich, zuerst auf ihr Zimmer zu gehen und ihr Gepäck abzustellen. Todmüde legte sie sich aufs Bett und schlief sofort ein.

Als sie wieder aufwachte, war es Nacht. Der Wind rüttelte an ihrem Fenster und erinnerte sie daran, dass sie in Manado war. Sie fand ein Lokal dicht neben dem Hotel und bestellte sich etwas zu essen. Während sie wartete, machte sie einen Plan für die nächsten Tage. Sie stellte eine Liste zusammen, was sie alles auf ihre Insel mitnehmen wollte. Streichhölzer und für die ersten Tage Lebensmittel, eine Wolldecke, ein scharfes Messer, mehrere Schreibhefte und ein Beil, und dann brauchte sie sicher noch eine gewisse Summe Geld, um den Fischer bezahlen zu können, der sie auf seinem Kutter mitnähme. Sie hatte in Rantepao mehr verbraucht, als sie vorgehabt hatte, und dazu kam noch die Busfahrt. Sie musste am nächsten Morgen zur Bank. Das war das Wichtigste. Und dann natürlich zum Hafen. Vielleicht lag dort ein maduresisches Schiff vor Anker oder irgendein anderer Schoner, der in die Richtung fuhr, in der sie ihre Insel vermutete.

Voll Zuversicht kehrte sie in ihr Hotel zurück. Alles lief gut. Sie würde es schaffen.

In der festen Absicht, zuerst auf eine Bank zu gehen, verließ sie am nächsten Morgen ihre Unterkunft. Eine sanfte Brise wehte ihr den Geruch von Tang und Fischen, von Teer und nassen Segeln in die Nase. Sie brauchte ihr nur entgegenzugehen, wenn sie den Hafen erreichen wollte. Nach der nächsten Straßenecke sah sie schon die Masten und Ladekräne, die hoch gestapelten Container, die Fässer und dahinter die stählernen Wände der Frachter vor sich. Ihr Herz begann wie rasend zu klopfen. Manado, der Hafen, die vorläufige Endstation ihrer Reise. Dieser Hafen war wie das Tor zur Welt, ein Tor zur Freiheit, ein Tor, durch das sie ihr endgültiges Ziel erreichen würde.

An der Kaimauer lag ein Frachter, schmutzig, verrostet. Ladekräne drehten sich kreischend und quietschend über das Deck, senkten sich langsam in die Luken und holten Container um Container heraus. Hinter ihm warteten zwei andere darauf, dass ihre Ladung gelöscht wurde. Sie transportierten Kohlen, Eisenbahnschienen, Baustahl und Holz. Theresa interessierte sich nicht für sie. Sie suchte die Lastensegler, die weiter hinten auf ihre Entladung warteten. Die Männer hatten schon alles vorbereitet. Um keine Zeit zu verlieren, klopften sie den

Rost von den Abdeckplatten der Ladeluken. »Bingbing, bingbing!«, schrillten die Hämmer und lösten den Rost, den der Wind ins Wasser wehte. Diese Schiffe hatten Dünger, Reis oder Salz geladen, die später direkt in die wartenden Lastwagen gehievt wurden. Draußen auf Reede ankerten ein paar weiße Segelyachten. Für die Fischerboote war eine entfernte Ecke des Hafens reserviert. Sie wurden von einer Schar hungriger Möwen umkreist. In wilden Loopings und mit gellenden Schreien flatterten sie um die Masten und Rahen, ließen sich auf dem Bootsrand nieder und warteten auf Fischabfälle. Auf der Kaimauer hockten die Fischer und flickten Netze oder hängten sie über Holzgestelle, damit sie trocknen konnten. Es ging gemütlich zu bei ihnen, nicht so hektisch wie in Jakarta. Vielleicht waren ihre Liegeplätze billiger als anderswo.

Drei zerlumpte Jungen spielten mit einem Affen, den sie an eine Leine gebunden hatten. Sie zerrten ihn hin und her, rissen sich gegenseitig die Schnur aus der Hand und wenn er zu flüchten versuchte, holten sie ihn wie einen Fisch an der Angel wieder ein. Das arme Tier hatte offensichtlich wenig Spaß an dem Spiel.

Theresa überflog mit den Augen die Fischerboote. Ein bunt bemaltes Schiff war nicht darunter. Ich muss Geduld haben, dachte sie, irgendwann, vielleicht in drei Tagen oder auch in drei Wochen, wird eines den Hafen anlaufen. Das ist gewiss.

Sie ging in die Stadt und suchte eine Bank, legte dort ihren Pass vor und bat um die Auszahlung einer größeren Summe.

»Es dauert zwei oder drei Tage, Ma'am«, erklärte ihr der Beamte.

»Jaja, macht nichts. Ich weiß.«

Manado schien ihr weniger ärmlich als die anderen Städte, die sie bisher gesehen hatte, fast wohlhabend. Auf dem Markt kaufte sie Obst und Erdnüsse und in einem Kaufhaus erkundigte sie sich nach den Preisen von Wolldecken, Messern und Äxten. Als sie die Straße wieder betrat, vernahm sie das Dudeln einer Jahrmarktsorgel. Sie folgte dem Klang und kam zu einem kleinen Platz, auf dem einige Buden standen und außerdem ein Karussell, eine Schießbude und eine Schiffschaukel. Ein als dummer August verkleideter Mann forderte die Leute auf näher zu treten, eine Tüte Bonbons in einer der Buden zu kaufen oder eine Runde auf dem Karussell mitzufahren. Theresa blieb lächelnd stehen. Sie erinnerte sich daran, dass sie als Kind völlig verzaubert gewesen war, wenn ein Jahrmarkt in ihrer Stadt abgehalten wurde. Sie hatte ihren Vater darum gebeten, mit ihr dorthin zu gehen, Karussell zu fahren oder an der Schießbude zu versuchen ihr einen Teddybären oder eine knallrote Rose aus Papier zu schießen.

Erst als es ihr zu heiß wurde, riss sie sich von dem Anblick des Jahrmarkts los und kehrte in ihr Hotel zurück. Sie aß ein wenig Obst und legte sich dann auf ihr Bett, um einen Mittagsschlaf zu halten.

Später, am Nachmittag, ging sie noch einmal zum Hafen. Er wirkte auf sie wie ein Magnet, dem sie sich nicht entziehen konnte. Sie musste ihn beobachten. Jede Stunde konnte eines der bunten Schiffe einlaufen.

Auf die Idee, dass sie den Besitzer eines anderen Bootes nach ihrer Insel fragen könnte, kam sie nicht mehr. Vermutlich kannten sie sich auch nicht mit Koordinaten aus, richteten sich nur nach Gestirnen, nach der Richtung, aus der der Wind blies, oder Strömungen. Die Natur war ihr Kompass.

Am Abend schrieb sie in ihr Heft: *Ich habe die Karte studiert und mit Linien die angegebenen Koordinaten markiert. Eine senkrechte, die den Längengrad bezeichnet, und zwei waagrechte für die Breitengrade, zwischen denen sich die Insel befinden muss. Danach legte ich den Kompass mit dem Mittelpunkt auf die Stadt Manado und erkannte, dass sich ein Boot von hier aus, nachdem es die Nordspitze Sulawesis umrundet hätte, direkt nach Osten wenden muss, bis es 125 Grad und sechs Minuten nördlicher Länge erreicht hätte. Auf dieser Länge müsste es dann nur nach Süden über den Äquator gesteuert werden, um irgendwo auf die Insel zu treffen. Das ist ganz einfach.*

Natürlich müsste die Sicht gut sein. Ich darf nicht vergessen, Geld zurückzulegen, um den Fischer zu bezahlen, und mein Fernglas so einzupacken, dass ich es schnell zur Hand habe.

Sie zog die Spieldose auf und klemmte sich den Spielstock der Puppe zwischen die Knie. Dann nahm sie die Stäbe, an denen die Hände befestigt waren und ließ den Raja tanzen.

»Ich freue mich, Raja«, sang sie zu der Melodie der Barcarole. »Bald haben wir es geschafft!«

Dass ihre Insel inzwischen im Meer versunken oder gar besiedelt sein könnte, überlegte sie nicht.

Von diesem Tag an eilte Theresa Morgen für Morgen zuerst zu der Bank und anschließend zum Hafen hinunter, wo sie den Rest des Tages verbrachte. Es gab da eine kleine, ziemlich schmutzige Bar mit zwei alten Eisentischen und ein paar Stühlen vor dem Eingang. Von dort aus hatte man einen guten Überblick über den Fischerhafen. Dort ließ sie sich nieder, nachdem sie die Schiffe inspiziert hatte. Sie bestellte sich eine Portion Tee oder Kaffee, manchmal auch nur ein Tonicwasser oder eine Limonade, und beobachtete die Menschen, die alten, die jungen, Gelegenheitsarbeiter, Seeleute und diejenigen, die wie sie nichts anderes mehr zu tun hatten, weil sie zu alt für die Arbeit oder arbeitslos waren. Einige von ihnen kamen regelmäßig, wie die drei Jungen mit ihrem Affen oder die Frau in ihrem verwaschenen Sarong, die den Schauerleuten Ananas, Bananen oder Kokosnüsse verkaufte. Die Mädchen, die ihre Körper den Seeleuten anboten, kannte sie bald mit Namen. Sie hatten von ihren Kunden ein paar Brocken Englisch gelernt, mit deren Hilfe sie sich mit der fremden Frau unterhielten und der sie ihr Leid klagten über die Ansprüche ihrer Kunden. Ab und zu schlenderten auch Touristen die Straße entlang. Es waren fremde junge Männer, die mit ihren Geländewagen von Ujung Pandang hochgefahren waren, und manchmal waren es auch die Besitzer einer eleganten Segelyacht, die im Hafenbecken ankerte. Die einen waren mit ihrem Beiboot an Land gekommen, die anderen mieteten sich einen Sampan und machten eine Hafenrundfahrt. Theresa beachtete sie nicht weiter.

Sie war glücklich. Es war eine neue Erfahrung für sie,

sich still zu verhalten und nur zu beobachten, während das Leben an ihr vorbeiströmte. Bisher war sie unruhig immer irgendwohin gegangen und hatte Tempel, Dörfer und Märkte besichtigt, doch dabei hatte sie niemanden kennen gelernt. So, wie sie es hier machte, war es besser. Es strengte sie nicht an und mit der Zeit gewöhnten sich die Menschen im Hafen an sie. Einige von ihnen näherten sich ihr zutraulich oder neugierig. Zuerst die Kinder. Theresa lockte den Affen mit einer Banane und die Kinder mit einer Tüte Bonbons, die sie auf dem Rummelplatz erstanden hatte. Sie versuchte ihnen klarzumachen, dass sie das Tier quälten, dass es ein viel zu enges Halsband, dass das Tier hungrig und durstig sei und dass ihm das ewige Herumgezerre wehtäte. Leider hatte sie nur wenig Erfolg damit, denn für die Kinder waren Tiere nur zum Essen oder zu ihrer Unterhaltung da. Dass ein Tier auch Schmerz verspürte, konnten sie nicht verstehen.

Eines Tages fiel Theresa ein alter Mann auf, der jeden Morgen die Straße entlanglief und sich nur bückte, wenn er eine Zigarettenkippe fand. Er musste mindestens siebzig Jahre alt sein, vielleicht aber auch schon achtzig. Sein Gesicht war sonnenverbrannt, verwittert wie altes Holz, die Falten wie Runen, die von einem Leben voller Entbehrungen zeugten. Theresa fand, er sehe aus wie ein alter Zigeuner, so wie sie ihn sich in ihrer Kindheit vorgestellt hatte. Ein Kranz schlohweißer Haare umrahmte den gut geformten Kopf ähnlich einem Heiligenschein. Hatte der Mann genügend Kippen aufgelesen, ließ er sich irgendwo nieder und drehte sich eine Zigarette. Mit der Zeit rückte er immer näher an Theresa heran. Sie wich seinem Blick aus, wenn sie bemerkte, dass er sie ansah. Manchmal schenkte ihm der Barbesitzer eine Münze und winkte ihn fort, was bedeuten sollte, er solle gehen und die Stammgäste nicht belästigen. Das tat Theresa Leid, denn während des Tages war sie oft der einzige Gast. Der Alte interessierte sie und sie gab dem Besitzer zu verstehen, dass sie sich nicht gestört fühle durch ihn. Nach einigen Tagen hatte sie den Eindruck, dass der Alte, genau wie sie, auf etwas zu warten schien und dass er die weggeworfenen Kippen nur sammele, um sich die Zeit zu vertreiben. Kam er zum Hafen, dann lief er zuerst die Straße entlang und beobachtete aufmerksam alle neuen Schiffe, die am Morgen dazugekommen waren. Doch offensichtlich war das Boot, das er suchte, nicht unter ihnen. Danach drückte er sich auf den Kais herum, sammelte seine Kippen oder hockte dösend im Schatten einer Lagerhalle. Am Nachmittag, wenn die Hitze schier unerträglich wurde, verschwand er irgendwohin. Niemand wusste genau, wo er wohnte.

Theresa bekam ihr Geld einige Tage nach ihrer Ankunft. Sie kaufte sofort die Wolldecke, das Werkzeug, die Streichhölzer, Schreibhefte und alles andere, was sie sich vorgenommen hatte, und brachte es auf ihr Zimmer.

26

DANN UND WANN regnete es. Theresa, die auf ihrem Platz unter der Markise der kleinen Bar saß, störte es nicht. Sie beobachtete, wie die Menschen ihre Schirme aufspannten. Wer keinen Schirm hatte, dem genügte auch ein leerer Reissack oder ein großes Bananenblatt, und wer auch kein Blatt zur Hand hatte, der ließ sich nass regnen. Die Rikschafahrer spannten Plastikplanen über ihre Rikschas und die Pferde vor den zweirädrigen Kutschen senkten die Köpfe und ließen ergeben alles über sich ergehen. Der Regen kühlte ihre Fliegenstiche und wusch die Wunden aus, die durch schlecht sitzendes Geschirr entstanden waren. Auch die Polizisten, die auf der Hafenstraße Streife gingen, stellten sich unter ein Dach oder in den Eingang eines Hauses, weil sie befürchteten, der Regen könne ihre Uniformen verderben. Der alte Mann drückte seine Zigarette aus und eilte davon, wohin, konnte Theresa nicht in Erfahrung bringen, und wenn der Regen nachließ, kam er wie eine Ratte aus ihrem Loch wieder von irgendwo her.

Theresa gewöhnte sich an, ihr Heft mitzunehmen. *Ich warte immer noch auf den bunten Kutter,* schrieb sie. *Die Besitzer der anderen Boote zu fragen hat keinen Zweck.*

Ich bilde mir ein, dass nur ein maduresischer Fischer die Lage der Insel kennt. Es ist wie eine fixe Idee. Ich warte gern. Das Warten macht Spaß. Niemand drängt mich, doch wenn das Schiff kommt, bin ich sofort zur Abfahrt bereit.

Die Leute gewöhnten sich an die komische Fremde, die ihre Tage vor der kleinen Bar verbrachte. Sie wurde zu einer alltäglichen Institution, die man überhaupt nicht mehr wahrnahm.

Sie achtete darauf, dass ihr Gepäck immer abreisefertig war, und sie bezahlte alle paar Tage die Rechnung in ihrem Hotel. Wenn sie am Abend heimging, gewöhnte sie sich an, einen Umweg über den Rummelplatz einzuschlagen. Sie sah den Kindern zu, die ihren Spaß dabei hatten, Karussell zu fahren, und den Liebespaaren, die auf einer Schiffschaukel in den Himmel zu fliegen versuchten. Sie nickte den Budenbesitzern und den Luftballonverkäufern freundlich zu und kaufte dann und wann eine Tüte Bonbons, ein Päckchen Kaugummi oder einen Beutel mit Erdnüssen, die sie den Hafenkindern schenkte.

Eines Abends verlangte sie ein Päckchen Zigaretten. Sie steckte es in ihren Brustbeutel, in dem sie das Geld und den Pass aufbewahrte, und lächelte vor sich hin bei dem Gedanken, was der alte Mann sagen würde, wenn sie ihm das Päckchen zusteckte.

»Glaubst du, er freut sich darüber?«, fragte sie den Raja am Abend. »Ich möchte ihm so gern eine Freude machen. Man gewöhnt sich aneinander, auch ohne zu reden. Er ist mir vertraut und wenn er verschwindet, weil es zu regnen anfängt, dann ist es auf einmal leer am

Hafen. Ob er eine Familie hat?« Diese Frage konnte ihr niemand beantworten, und der Raja schon gar nicht.

Wenn Theresa geahnt hätte, welche Ereignisse die Überreichung der Zigaretten auslöste, hätte sie sich diesen Schritt sicher besser überlegt.

Am nächsten Tag wartete sie, bis sich der Alte in ihrer Nähe niederließ und aus seinen Kippen eine Zigarette zu drehen begann. Sie stand auf, ging ein paar Schritte auf ihn zu, zog das Päckchen aus dem Brustbeutel und hielt es ihm hin. Zuerst zögerte er ein wenig, dann blitzten seine Augen freudig auf und sein Gesicht verzog sich zu einem glücklichen Lächeln. Er nahm Theresa das Päckchen aus der Hand.

Leider hatte keiner der beiden beachtet, dass sich in ihrer Nähe eine Gruppe von jungen Männern herumtrieb, die darauf hofften, für das Entladen eines Schiffes eingestellt zu werden. Als sie beobachteten, dass diese komische Touristin, die ihre Tage in dem Café verbrachte, dem Alten ein Päckchen Zigaretten schenkte, stürzten sie sich auf den Mann und versuchten, es ihm zu entreißen. Sie stießen Theresa zur Seite und schlugen den Alten zu Boden, weil seine Hand das Päckchen nicht loslassen wollte. Theresa quittierte den Stoß mit einem empörten Aufschrei. Ungerechtigkeit und Gewalt hatte sie noch nie leiden können. Der Alte lag völlig wehrlos am Boden und die Männer prügelten auf ihn ein. Wie eine Hyäne, die ihr Junges verteidigt, packte Theresa laut schimpfend einen der Räuber am Arm und zerriss ihm sein Hemd. Der Barbesitzer eilte ihr zu Hilfe, doch erst als sich zwei Streifenpolizisten einmischten und einen der Männer festnahmen, während die anderen davonrannten, beruhigte sich die Szene wieder. Die Polizisten nahmen alle Beteiligten mit auf die Wache, um den Sachverhalt zu klären.

Theresa war eine Touristin. Sie verlangten, dass sie sich auswies, und wollten ihren Pass, ihre Einreisebestätigung und das Rückflugticket sehen, das jeder Tourist haben musste. Erst in diesem Augenblick stellte sie fest, dass sie in dem Gerangel ihren Brustbeutel verloren hatte, wahrscheinlich hatte ihn ihr einer der Diebe vom Hals gerissen. In ihm hatten sich nicht nur ihre Papiere, sondern auch ihr Geld befunden. Die Polizisten holten einen Dolmetscher, dem sie alles erzählte. Der alte Mann und der Barbesitzer konnten ihre Aussage in fast allen Punkten bestätigen. Sie wurden nach Aufnahme ihrer Personalien wieder entlassen. Der Alte wurde ziemlich verächtlich behandelt.

»Der Kerl ist ein alter Schmarotzer«, sagten sie zueinander. »Ein Tagedieb. Warum treibt er sich immer am Hafen herum! Was will er dort?« Doch er konnte sie offenbar nicht verstehen. Sie schickten ihn fort.

Der Räuber wurde verhaftet. Die Polizisten berieten sich, was mit der fremden Frau geschehen sollte, deren Pass gestohlen wurde. Sie hatten die Anweisung, Touristen stets freundlich zu behandeln und ihnen bei allem behilflich zu sein. Touristen brachten Devisen ins Land, und das machte sie wichtig. Doch sie mussten diese Art von Diebstahl der zuständigen Botschaft in Jakarta melden. Dann durfte Theresa gehen, nachdem sie das Protokoll unterschrieben hatte. Sie musste ihnen versprechen, die Stadt nicht zu verlassen, bis ihr die Botschaft einen neuen Ausweis ausgestellt haben würde, gaben ihr eine Abschrift des Protokolls mit, die sie ebenfalls nach Jakarta schicken sollte und trösteten sie damit, dass sie gewiss bis in ein oder zwei Wochen den neuen Ausweis zugeschickt bekäme.

Erst als sie wieder auf der Straße stand, wurde Theresa ihre missliche Lage so richtig bewusst. Sie hatte nicht nur den Pass verloren, sondern auch das Geld und die Kontobescheinigung der Bank. Ohne sie und den Pass, würde ihr die Bank kein Geld auszahlen. Was sollte sie also machen? Sie hatte noch ein paar Bananen auf ihrem Zimmer. Das war alles. Immerhin war es ein Glücksfall, dass ihre Brille während des Handgemenges nicht zerbrochen worden war und dass sie am Tag zuvor ihre Unterkunft bezahlt hatte. Mechanisch, ohne lange nachzudenken, lenkte sie ihre Schritte zum Hafen. Sie ging auf der Kaimauer entlang und betrachtete die Schiffe, so wie sie es jeden Tag tat. Auf einem wurden riesige Baumstämme ausgeladen und an Land aufgeschichtet, von einem anderen wurde Öl in einen Tanklastzug gepumpt. Es herrschte Betrieb wie immer. Nichts deutete auf das hin, was heute am Morgen geschehen war. Für die meisten war es ein alltägliches Ereignis. Diebe und Räuber waren im Hafen bekannt und diese Art von Überfällen gehörten zur Tagesordnung und waren nicht weiter bemerkenswert.

Der Platz vor der kleinen Bar war verwaist. Theresa traute sich nicht, sich dort niederzulassen, denn sie hatte kein Geld, um sich eine Tasse Kaffee oder Tee zu bestellen. Doch der Barbesitzer hatte sie längst erspäht. Er winkte sie herbei und brachte ihr Tee.

»Aber ich kann nicht bezahlen«, sagte Theresa zu ihm.

»Das macht nichts, Ma'am«, erwiderte er. »Heute sind Sie mein Gast.«

Er überließ sie ihren Gedanken. Durch einen Spalt zwischen den Schiffen starrte sie auf die Hafenausfahrt, die für sie die ganze Zeit das Tor zu ihrer neuen Freiheit bedeutet hatte. Von dort musste das Schiff den Hafen ansteuern und durch sie musste es wieder hinausfahren in Richtung Osten, in Richtung des einhundertfünfundzwanzigsten Längengrades. Sie starrte hinaus, ohne etwas zu sehen. Das alles war nun vorbei. Auch wenn das Boot eines Tages im Hafen ankern würde, so hatte sie doch kein Geld, um seinen Besitzer bezahlen zu können. Sie versank in Trübsal und bemitleidete sich selbst. Der Alte würde ihr nicht helfen können und außerdem war er verschwunden. Die Zigaretten lagen zertrampelt am Boden. Sie bedankte sich bei dem Wirt für den Tee und machte sich auf den Weg in ihr Hotel. Wie jeden Tag lenkte sie unbewusst die Schritte über den kleinen Rummelplatz. Doch sie hielt sich nicht lange dort auf, konnte weder Bonbons noch Kaugummi für die Hafenkinder kaufen, weil ihr das Geld dazu fehlte, und ging rasch weiter, bis die Tür ihres Hotelzimmer hinter ihr ins Schloss fiel.

27

SIE ZWANG SICH DAZU, einen Brief an die Botschaft in Jakarta zu schreiben, in dem sie um einen Reserveausweis bat und um etwas Geld, das sie unverzüglich zurückgeben würde. Einen zweiten Brief schrieb sie an ihre Bank in Jakarta. Sie berichtete von dem Überfall, und dass sie hoffte, bis in ein oder zwei Wochen einen Reserveausweis von der Botschaft ausgestellt zu bekommen, außerdem fragte sie, ob es möglich sei, dass man ihr eine kleine Summe auf die Bank nach Manado schickte. Wenn das Geld dort für sie bereitläge, könnte sie es gleich abheben, sobald sie den neuen Ausweis erhielt. Danach fragte sie den Wirt ihres Hotels, ob er ihr zwei Briefmarken leihen könne und trug die Briefe zur Post. Mehr konnte sie nicht tun.

Das alles ist ein unvorhersehbares Hindernis, schrieb sie in ihr Heft. *Wenn man allein reist, muss man mit solchen Schwierigkeiten rechnen. Wenn ich nur wüsste, wie ich die Zeit überbrücke, bis ich wieder Geld in Händen habe.*

Hoffentlich kommt nicht gerade in dieser Zeit mein Schiff in den Hafen. Das wäre schrecklich!

An diesem Abend erzählte sie dem Raja ihr Abenteuer und sie meinte zum ersten Mal einen bekümmerten Ausdruck in seinem Gesicht zu entdecken.

»Ich würde dich gern um den Edelstein in deinem Turban bitten«, sagte sie. »Aber ich weiß ja, dass er nur aus Glas ist.«

Es kam ihr vor, als gebe der Raja seine Unnahbarkeit auf und als lächelte er ihr zu, was unmöglich war, denn seine Lippen waren nur aufgemalt. Die dunklen Augen blickten sie an, und Theresa schien es, als wolle er ihr etwas sagen.

»Raja, Raja!«, sagte sie. »Lass uns einen Walzer tanzen!«

Sie zog die Spieldose auf, nahm seinen Stab in die linke Hand und bewegte mit der rechten seine Arme hin und her. Die Anfangstakte der Barcarole wiederholten sich viele Male, bevor die Walze langsamer lief und schließlich stehen blieb.

In diesem Augenblick, mitten im Tanz, hatte Theresa einen Einfall, der ihr neue Hoffnung gab. Es war, als ob die Puppe ihr etwas mitgeteilt hätte. Wie wäre es, überlegte sie, wenn ich mit dem Raja zusammen auf dem Rummelplatz auftrete? Hatte sie nicht schon oft die Kinder damit unterhalten und hatten sie ihr nicht begeistert zugesehen und immer wieder um eine Wiederholung gebeten? Sie brauchte nur ihren Hut auf den Boden zu legen, dann würden ihr die Zuschauer vielleicht ein paar Rupiahs für ihre Vorstellung schenken. Das wäre sicher nicht viel, aber es könnte reichen, auf dem Markt ein paar Bananen oder Papayas zu kaufen und einen Tee in ihrer Bar am Hafen zu trinken.

Am nächsten Tag setzte Theresa ihren Einfall in die Tat

um. Sie band sich den neuen Sarong um die Hüften, kämmte ihre Haare nach hinten und streifte sich die Glasperlenkette über den Kopf. Den Sonnenhut setzte sie auf. Dann packte sie die Puppe mit der kleinen Spieldose in eine Plastiktüte und eilte zum Rummelplatz. Doch so früh am Morgen waren alle Buden noch geschlossen, Karussell und Schiffschaukel waren verwaist. Theresa fragte einen Passanten und erhielt die Auskunft, dass der Betrieb erst nachmittags nach der größten Hitze losgehe, dann aber bis in den späten Abend dauern würde. Sie nutzte die Zeit und ging zum Hafen, um nachzusehen, ob neue Schiffe angekommen waren. In der Ecke der Fischerboote wurden die während der Nacht gefangenen Fische ausgeladen. Frauen nahmen sie in Empfang, schleppten sie zu ihren Marktständen und weideten sie aus. Ein paar von ihnen trugen ihre schlafenden Säuglinge auf dem Rücken, während die Kinder, die schon laufen konnten, ihnen beim Ausweiden der Fische halfen. Weit und breit war kein bunt bemaltes Boot zu sehen.

Auf dem Rückweg ging sie an ihrer Bar vorbei, ohne dort einzukehren. Doch der Besitzer entdeckte sie und lief ihr nach.

»Ma'am, Ma'am«, rief er ihr zu. »Aki hat nach Ihnen gefragt. Er will Sie sprechen.«

»Aki?«, fragte Theresa erstaunt. »Wer ist das?«

»Der Alte, dem Sie das Päckchen Zigaretten schenken wollten.«

»Was will er von mir?«

»Das weiß ich auch nicht.«

»Terimah kasih«, sagte Theresa. »Danke!«

»Was soll ich ihm sagen, wenn er weiter nach Ihnen fragt?«

»Vielleicht komme ich morgen wieder hierher«, sagte Theresa.

Enttäuscht kehrte der Wirt hinter seine Theke zurück. Bis zum späten Nachmittag blieb Theresa in ihrem Hotel. Dann machte sie sich wieder auf den Weg.

Auf dem Rummelplatz herrschte Hochbetrieb. Das Karussell lief ohne Unterlass. Alle Schiffschaukeln waren besetzt und vor den Buden drängten sich die Menschen.

Theresa suchte sich eine ruhige Ecke ein wenig entfernt von dem Rummelplatzlärm. Sie fand eine alte Obstkiste, auf die sie ihren Hut und die Spieldose stellte, und packte die Puppe aus. Durch das Gedudel der Kinoorgel erklang leise und bescheiden die Barcarole. Der Marcusplatz verschwand im Nebel der Vergangenheit. Der Raja nahm den Platz des Cavaliere ein, hob graziös die Arme, drehte den Oberkörper nach links und nach rechts und walzte mit Theresa im Dreivierteltakt um die Obstkiste herum. Am Ende verbeugte er sich höflich vor ihr. Sie setzte sich hin und wartete. Zuerst beachtete sie niemand. Die Musik aus dem Karussell übertönte die kleine Walze in der Dose. Dazu plärrte am anderen Ende des Platzes ein Kassettenrekorder. Vor einer Schießbude forderte der dumme August lautstark die Zuschauer dazu auf, sich eine Rose zu schießen. Doch dann, als das Karussell eine Pause machte, zog Theresa abermals die Spieldose auf.

»Mama, Mama!«, rief ein kleines Mädchen. »Eine Puppe!« Sie zerrte ihre Mutter an der Hand in Theresas Richtung. Doch da war die Walze schon abgelaufen und das Gedudel des Karussells kreischte wieder über den Platz. Unverdrossen spannte Theresa die Feder, die die Walze zum Laufen brachte, aufs Neue und ließ den Raja abermals tanzen. Am Ende klatschten ihre beiden Zuschauer begeistert Beifall. Die Frau lächelte Theresa zu. Sie warf eine Münze in den Hut. Theresa dankte ihr mit einem Kopfnicken. Beim nächsten Mal summte sie die Melodie mit und vergaß ihre Umgebung. Als sich die Walze langsamer drehte, knickste sie vor dem Raja, während er sich vor ihr verneigte. Schwer atmend ließ sie sich auf die Kiste fallen. Erst dann fiel ihr auf, dass sie mehrere Männer und Frauen umgaben. Sie lachten, klatschten und murmelten anerkennende Worte. Einige warfen ein paar Münzen in den Hut, andere verdrückten sich still. Eine Frau gab ihr einen Geldschein.

Als es dämmerte, gingen die vielen kleinen roten, gelben und blauen Lämpchen an, die in Girlanden das Karussell, die Schiffschaukel und die Buden beleuchteten. Bis sie wieder verlöschten, tanzte Theresa mit ihrem Raja, und als sie in ihr Hotel zurückkehrte, hatte sie gerade so viel Geld gesammelt, dass es für eine Kokosnuss reichte und für eine Portion Tee in ihrer Bar am Hafen. Todmüde wankte sie in ihr Hotel zurück, ging hungrig zu Bett und schlief traumlos tief bis zum nächsten Morgen.

Sie eilte zuerst auf den Markt, kaufte eine Kokosnuss, in die sie ein Loch schlagen ließ, und trank die

Milch. Dann schlug sie sie ganz entzwei und kaute das weiße Fleisch. Es würde für mehrere Tage reichen. Sie eilte zum Hafen und besichtigte die neu hereingekommenen Fischerboote. Aber es war wieder kein buntes Boot dabei. In der Bar bestellte sie sich eine Portion Tee.

»Aki lässt Sie grüßen«, sagte der Wirt. »Sie sollen hier auf ihn warten.« Was wollte der Alte von ihr? Sie hatte ihm ein Päckchen Zigaretten schenken wollen, und das war schief gegangen. Sie wartete eine Zeit lang und wollte dann wieder gehen, als sie den Alten die Straße entlangkommen sah. Seine Miene hellte sich auf, als er Theresa entdeckte. Vor ihrem Tisch blieb er stehen und sah sie erwartungsvoll an.

»Selamat datang!«, sagte Theresa. Doch er blickte sie nur verständnislos an. Er versuchte ihr etwas zu erklären und merkte, dass sie ihn ebenfalls nicht verstehen konnte. Da nahm er seine Hände zu Hilfe, deutete zuerst auf den Hafen, dann hinaus aufs Meer, winkte ihr zu und legte die Hand auf die Brust.

Sie zuckte mit den Achseln und sah ihn hilflos an. Der in der Nähe wartende Barbesitzer mischte sich ein.

»Kann ich Ihnen helfen, Ma'am? Aki spricht einen Dialekt, der auch für die Leute hier schwer verständlich ist. Zufällig komme ich aus Surabaya und daher verstehe ich ihn.«

»Was will er von mir?«, fragte Theresa.

»Er will Ihnen für die Zigaretten danken und für das, was danach geschah.«

»Schon gut. Sag ihm, dass ich's gern getan habe. Leider hab ich bei dem Gerangel meinen Brustbeutel eingebüßt.« Der Barbesitzer übersetzte dem Alten, was sie gesagt hatte. Dann wendete er sich wieder seinem Gast zu. »Das ist schlimm. War sein Inhalt wertvoll?«

»Allerdings. Geld, Reisepass und andere wichtige Papiere. Alles ist weg.«

Betroffen blickte sie der alte Mann an, nachdem ihm der Wirt alles übersetzt hatte.

»Und was machen Sie jetzt?«

»Ich muss auf einen neuen Ausweis warten, mit dem ich Geld abheben kann. Das dauert eine Weile.«

»Und wohin wollen Sie dann?«

»Mit einem Kutter nach Osten, in Richtung der molukkischen Küste.«

»Viele Fischer von hier werfen ihre Netze dort aus.«

Theresa wusste nicht, was sie erwidern sollte. Sie konnte ihm doch nicht erklären, dass sie auf ein ganz bestimmtes Schiff wartete, eines, das über und über bunt bemalt war, eines von der Insel Madura. Er würde nicht verstehen, dass sich das in ihrem Kopf festgesetzt hatte, weil sie davon träumte. Das würde niemand verstehen, und das mit ihrer Insel, die irgendwo auf dem 125. Längengrad lag, erst recht niemand. Es war ihr gleich, ob sie sich das alles nur einbildete und ob es nur eine fixe Idee war oder ein Zwang, dem sie Folge leisten musste. Kein Mensch würde verstehen, dass sie, seitdem sie hier war, fest daran glaubte, nur mit einem bunten Schiff könne sie ihr Ziel erreichen. Deshalb schwieg sie.

Da redete der alte Mann wieder auf sie ein und er redete und redete, obwohl sie weiterhin kein Wort von dem verstand, was er ihr sagen wollte. Wenn der Wirt es ihr nicht übersetzt hätte, hätte sie es nie erfahren.

»Aki sagt Ihnen, dass er hier auf seine beiden Söhne wartet, die in der Molukkensee fischen. Sie kommen aus der Gegend von Surabaya, doch sie wollen sich alle eine neue Heimat suchen, irgendwo hier, vielleicht auch weiter unten im Süden auf den Nusa Tenggara. Damit wollen sie der Zwangsumsiedlung zuvorkommen, die von der Regierung angekündigt wurde, weil Java zu dicht besiedelt ist. Akis Frau ist schon seit einigen Jahren tot und die Schwiegertöchter warten mit den Enkeln zu Hause, bis seine Söhne und er etwas Passendes gefunden haben. Hier in Manado hat Aki nur seine alte Schwester besuchen wollen. Doch er wusste nicht, dass die Schwester mit ihrem Mann inzwischen weggezogen war, wohin, konnte er nicht in Erfahrung bringen. Seitdem wartet er auf die Rückkehr des Schiffes. Seine Söhne sind noch einmal hinausgefahren, weil ihnen jemand erzählt hatte, dass unweit der Küste Meeresschildkröten gesehen wurden. Und für Schildkröten erzielt man gute Preise. Sie wollen hier in Manado ihren Fang verkaufen, dann ihren alten Vater an Bord nehmen und den Hafen gleich wieder verlassen. Wenn die fremde Frau, die sich so für ihn eingesetzt hat, mit ihnen fahren will, könnte er seine Söhne sicher dazu überreden, sie mitzunehmen.«

Doch Theresa war misstrauisch. Sie hatte kein Geld mehr, um eine Überfahrt zu bezahlen, und außerdem zweifelte sie daran, ob zwei junge Männer die Geduld aufbrächten mit ihr die Insel zu suchen. So viel Freundlichkeit war sie nicht gewöhnt. Zu allererst musste sie ihren Ausweis wiederhaben und sich mit seiner Hilfe Geld auf der Bank beschaffen. Dann könnte man weitersehen. Sie dankte dem Alten und ließ ihm durch den Kellner erklären, dass sie am nächsten Tag wiederkommen wolle. Wenn er sie suche, dann solle er sie hier in der Bar suchen. Danach stand sie auf, nahm ihre Plastiktüte und ging zum Rummelplatz.

28

DER BETRIEB WAR in vollem Gang. Theresas Ecke war frei. Sie legte ihren Hut auf die Obstkiste, zog die Spieldose auf und begann mit ihrer Vorstellung.

Das kleine Mädchen von gestern war wieder da. Es hatte zwei Freundinnen mitgebracht, und als sich Theresa im Walzertakt mit dem Raja im Kreis zu drehen begann, nahmen sich die Mädchen bei den Händen und tanzten mit. Andere Kinder eilten herbei und bald drehten sie sich und hopsten alle um die Obstkiste herum, auf der die Spieldose stand.

»Seht mal her«, ertönte eine Stimme in Theresas Rücken. »Wie nett die alle tanzen! Ist das eine Wayang-Kulit-Puppe, Mama?«

Theresa riss es herum. »Nein«, sagte sie schnell. »Wayang Kulit sind Schattenfiguren. Das ist eine Stabpuppe.« Sofort erkannte sie ihren Fehler. Sie hatte sich verraten, denn die Stimme hatte deutsch gesprochen und sie hatte ihr in derselben Sprache Antwort gegeben.

Hinter ihr stand eine Gruppe Touristen. Sie waren gut gekleidet, braun gebrannt, mit Sonnenbrillen und kleinen Tropenhüten auf dem Kopf, die allen weißhäutigen Fremden als Sonnenschutz empfohlen wurden. Die Männer trugen Bermudashorts und die Frauen weite luftige Gewänder. Entsetzt starrte Theresa die Gruppe an.

»Oh«, rief eine Frau verwundert aus. »Sie sind eine Deutsche! Wir nahmen an, Sie seien von hier!«

Natürlich, Theresa hatte sich wie immer ihren Sarong um die Hüften geschlungen und ihre Füße steckten in ausgetretenen Sandalen. Der Strohhut lag vor ihr auf der Obstkiste. Von hinten konnte man sie leicht für eine Einheimische halten, aber nur von hinten. Die Brille, das zwar gebräunte, aber schmale Gesicht und die leicht gebogene Nase wiesen sie als Europäerin aus. Daran war nichts zu ändern.

»Jaja, so ist es«, erwiderte Theresa kurz angebunden. Rasch steckte sie den Raja und die Spieldose, deren Walze sich immer noch drehte, in die Tüte. Doch als sie den Hut hochnahm, fielen einige Münzen heraus und kullerten über das Straßenpflaster. Theresa war es gleich, wohin die Münzen rollten. Sie wollte nur weg, weit weg von diesen Menschen. Die Kinder eilten den Münzen hinterher, hoben sie auf und reichten sie ihr.

»Terimah kasih«, sagte Theresa zu ihnen, als sie sah, wie enttäuscht sie über ihren Aufbruch waren. Dann hastete sie so schnell davon, als sei ein böser Geist hinter ihr her.

Es war gut, dass sie nicht mehr mitbekam, was hinter ihrem Rücken geredet wurde: »Das ist aber komisch«, sagte eine Touristin zu ihrem Mann. »Diese Frau muss aus Deutschland hierher gekommen sein? Warum bettelt sie?«

»Sie wird schon einen Grund dafür haben«, erwiderte der Mann. »Kümmere dich nicht darum!«

»Wir sollten der Sache nachgehen«, mischte sich eine andere Frau ein. Sie war ziemlich dick und trug ein T-Shirt mit der Aufschrift *Hawaii*. »Die Leute hier sind alle arm. Da macht es keinen guten Eindruck, wenn eine Touristin auf einem Jahrmarkt auftritt und diese Armen um Geld anbettelt.«

»Aber das ist doch nicht so schlimm«, versuchte sie ein junges Mädchen zu besänftigen. »Sie spielt den Kindern mit ihrer Puppe etwas vor. Ob und wie viel ihr die Zuschauer dafür geben, ist doch deren Sache. Ich finde nicht, dass man das als Bettelei bezeichnen kann.«

»Ich weiß nicht recht.« Der Dicken ließ das Problem keine Ruhe. »Diese Frau machte einen verwirrten Eindruck. Vielleicht steht sie unter Drogen? Ich finde, wir sollten es melden.«

»Wem denn?«

»Entweder dem Reiseleiter oder der Polizei.«

»Dem Reiseleiter ist so etwas gleich, solange die Frau nicht zu unserer Gruppe gehört. Und ob sich die Polizei dafür interessiert, ist fraglich.«

»Bis heute Abend fällt mir schon etwas ein.«

Inzwischen eilte Theresa in ihr Hotel zurück. Sie sah nicht nach links und nicht nach rechts, und wie sie so die Straße entlanglief, machte sie den Eindruck einer Frau, die orientierungslos und verzweifelt war. »Du wirst im Alter wunderlich«, hatte Dodo ihr prophezeit. Katzentheresa, Puppentheresa, eine alte Frau, die nicht mehr weiß, wohin sie gehört. Damit, dass sie Landsleuten über den Weg laufen würde, hatte sie nicht gerechnet. Sie fühlte sich erniedrigt und gedemütigt. An die Folgen dieses unglücklichen Zusammentreffens dachte sie nicht. Als sie in ihrem Zimmer ankam, warf sie sich auf ihr Bett und überlegte verzweifelt. Wie ein Kreisel drehten sich die Gedanken in ihrem Kopf. Was sollte sie tun? Sie musste irgendwie die Zeit herumbringen, bis sie wieder zu Geld kam. Geld, Geld, dachte sie. Geld macht die Menschen kaputt, wegen Geld werden Kriege geführt, Kinder verkauft, Vögel gefangen und Wälder abgeholzt. Alles dreht sich nur darum und um nichts anderes. Früher hatten die Menschen mit dem bezahlt, was sie auf ihren Feldern geerntet oder was ihre geschickten Hände angefertigt hatten. Heute war das alles anders geworden. Auch sie selbst kam nicht ohne Geld aus, hatte sich doch nur ein paar Rupiahs verdienen wollen, um sich etwas zum Essen zu kaufen oder einen Tee zu trinken. Es konnte sich nur um wenige Tage handeln, die sie hinter sich bringen musste, denn stehlen wollte sie nicht. Sie beschloss in Zukunft wachsamer zu sein und die Besucher des Jahrmarktes genauer zu beobachten, damit sie ihre Vorstellung sofort abbrechen konnte, wenn sich Touristen oder eine Polizeistreife näherten. Sie zählte die Münzen, die an diesem Tag in ihrem Hut zurückgeblieben waren, und schätzte, dass es reichte, um sich in einer der Garküchen auf der Straße eine Schale Suppe zu kaufen.

Zum Rummelplatz ging sie an diesem Tag nicht mehr zurück. Dazu saß ihr der Schrecken noch zu sehr in den Gliedern.

29

AN EINEM DER FOLGENDEN Tage erhielt die deutsche Botschaft in Jakarta den Bericht einer Frau, die mit einer Touristengruppe unterwegs war. Sie hatte in Manado eine offenbar verwirrte Deutsche getroffen, die auf einem Jahrmarkt mit einer indonesischen Stabpuppe auftrat und Geld sammelte. Die Botschaft zog Erkundigungen bei der Polizei ein und erfuhr, dass eine Frau, auf die die Beschreibung passte, bei einem Überfall ihren Reisepass, ihr Geld und ihre Einreisebestätigung eingebüßt hatte, wahrscheinlich war auch ihr Rückflugticket dabei gewesen. Diese Frau hatte in einem Brief um die baldige Ausstellung eines Reserveausweises gebeten. So weit war alles in Ordnung. Doch als man bei den infrage kommenden Flughäfen nach dem Datum der Einreisebestätigung fragte, kam heraus, dass sie nur eine Gültigkeit von vier Wochen gehabt hatte. Das Datum, an dem Theresa das Land hätte verlassen müssen, war schon seit Monaten verstrichen. Das, und die Tatsache, dass diese Frau auf einem Rummelplatz auftrat, veranlasste die Botschaft der Polizei in Manado eine Verfügung zuzustellen, in der sie sie veranlasste, Theresa unverzüglich, notfalls mit Gewalt, in ein Flugzeug zu setzen und nach

Deutschland abzuschieben. Die Kosten würde die Botschaft übernehmen.

Von alledem ahnte Theresa nichts. Tag für Tag verbrachte sie den Morgen am Hafen, beobachtete die hereinkommenden Fischkutter und trank in der kleinen Bar ihren Tee. Wenn sie ein paar Rupiahs übrig hatte, steckte sie dem alten Aki ein Päckchen Zigaretten zu und wechselte ein paar Worte mit ihm, die der Barbesitzer übersetzen musste. Sie gewöhnte sich an den Alten, mehr, als sie es sich eingestand. Sie kamen sich näher. Vielleicht erinnerte er sie an ihren Vater? Doch genau genommen war sie kaum zehn oder fünfzehn Jahre jünger als er. Die Art, wie er lachte und dabei die Augen zusammenkniff, bis in ihren Winkeln kleine Fältchen entstanden. Die Art, wie er offen seine Freude zeigte, wenn sie vor ihm da war, und vieles mehr. Kam er einmal nicht, vermisste sie ihn. Dann beobachtete sie die Hafenstraße und hoffte ihn doch noch kommen zu sehen. Irgendwann gab sie die Hoffnung auf, bezahlte den Tee und ging.

Den Nachmittag verbrachte sie mit dem Raja auf dem Rummelplatz. Mit der Zeit gewöhnte man sich dort an sie. Viele Kinder erwarteten sie schon, wenn sie dort ankam. Die kleine runde Dose, aus der so schöne Musik erklang, war für sie wie ein Wunder, und wenn Theresa mit dem Raja Walzer tanzte, dann tanzten sie mit. Die Einfalt und die Freude der Kinder taten ihr gut. Seit der Begegnung mit der Touristengruppe hatten keine Fremden mehr den Jahrmarkt besucht, jedenfalls hatte Theresa keine mehr gesehen. So fühlte sie sich mit der Zeit wieder sicher. Ihre Einnahmen stiegen und sie war schon bald wieder in der Lage ihr billiges Hotelzimmer zu bezahlen.

Eines Morgens, es war ein klarer schöner Tag und keine Wolke zeigte sich am Himmel, hatte ein bunter Fischkutter an der Kaimauer festgemacht. Den Bug zierte ein riesiges Meeresungeheuer, grün, blau und violett, mit großen runden Augen und einem weit aufgerissenen Maul, das jeden, der ihm in die Quere kommen sollte, zu verschlingen drohte. Die elegant gemalte Wasserlinie löste sich in einer Schnecke auf und dahinter waren die Bootswände fast bis zum Heck mit Blumen verziert, Päonien-, Hibiskus- und Frangipaniblüten. Selbst die kleine Hütte im hinteren Teil des Decks war bunt bemalt unter ihrem Dach aus Elefantengras. Das Segel war ordentlich an einer Rahe festgezurrt. Auf dem Deck standen ein paar Eimer herum. Die Fischernetze lagen auf einem Haufen, so als hätten die Männer ihren Fang gerade erst auf Deck gehievt.

Theresa entdeckte das bunte Schiff gleich, als sie um die Ecke auf die Hafenstraße einbog. Ihre Hand umkrampfte die Plastiktüte. Sie blieb wie festgewurzelt stehen und starrte es an. Das war das Schiff, von dem sie geträumt hatte als Kind. Das war der Kutter, den sie im Hafen von Jakarta gesehen hatte. Nur dieses Schiff konnte sie zu ihrer Insel bringen.

Der alte Mann hockte auf der Kaimauer. Er hatte Theresa kommen sehen, stand auf und ging freundlich lächelnd auf sie zu. Dann deutete er auf das bunte Schiff und sagte etwas zu ihr. Theresa konnte ihn nicht verstehen. Sie zeigte auf die kleine Bar und den Wirt, der in der Tür stand und auf sie zu warten schien. Der Alte folgte ihr. Zum ersten Mal setzte er sich mit ihr an eines der Tischchen und Theresa bestellte ein Bier für ihn und für sich eine Portion Tee.

Sie unterhielten sich lange, und der Wirt übersetzte das, was sie sagten. Der Alte erzählte ihr, dass seine Söhne heute Nacht angekommen seien. Sie seien gerade dabei, ihren Fang zu verkaufen. Schildkröten seien leider keine dabei gewesen. Heute Abend wollten sie wieder in See stechen. Er würde mit ihnen fahren und wenn Theresa wollte, würden sie sie einladen ebenfalls mitzukommen. Er habe ihnen von ihr erzählt. Sie wollten versuchen eine Insel zu finden, auf der sie sich niederlassen könnten.

Theresa hörte ihm mit atemloser Spannung zu. Sie wagte nicht ihn zu fragen, ob sie den 125. Längengrad überqueren und von da nach Süden steuern würden, dahin, wo sie ihre Insel vermutete, denn das war ihr auf einmal gleich. Sie musste nicht mehr auf ihren Reserveausweis warten und Geld würde sie auch nicht mehr brauchen. Alles, was sie mitnehmen wollte, waren die Decke, das Messer und das Beil sowie ihren Rucksack und die Reisetasche.

Sie machte mit dem Alten aus, am frühen Morgen, noch vor Sonnenaufgang rechtzeitig zur Stelle zu sein. Dann bezahlte sie die Rechnung und ging zum letzten Mal auf den Rummelplatz. Niemals zuvor hatte sie so fröhlich und temperamentvoll mit dem Raja getanzt. Der bunte Sarong flatterte ihr um die Beine, die Glasperlenkette schwankte auf ihrem Busen hin und her und ihre Brille blinkte und glitzerte in der Sonne. Immer wieder setzte sie die kleine Walze in Bewegung und die Kinder feuerten sie an und tanzten um sie herum. An diesem Tag fand sie mehr Geld in ihrem Hut als an den vergangenen Tagen. Davon bezahlte sie den Hotelbesitzer.

»Reisen Sie ab?«, fragte er.

»Jaja«, erklärte ihm Theresa fröhlich. »Endlich habe ich das Schiff gefunden, das mich dorthin bringt, wo ich hinwill, und darauf freue ich mich.«

30

ZWEI TAGE SPÄTER MACHTE sich eine Polizeistreife auf die Suche nach einer älteren Frau mit dem Vornamen Theresa. Sie fragte zuerst den Besitzer des kleinen Hotels, das sie auf dem Protokoll als Adresse angegeben hatte. Der Mann erklärte ihnen, dass die Frau abgereist sei und ihm beim Abschied erklärte, sie habe endlich ein Schiff gefunden, das sie mitnehmen würde. Wohin, das habe sie nicht gesagt und auch nicht, was das für ein Schiff sei.

Die Polizisten erkundigten sich im Hafen nach ihr. Sie erzählten niemandem, dass sie den Auftrag hatten, Theresa zum Flughafen zu bringen und sie dort in eine Maschine zu setzen, die auf direktem Weg nach Deutschland fliege. Sie mussten feststellen, dass keines der Schiffe, die zwischen Timor, Java, oder Kalimantan verkehrten, in den letzten drei Tagen den Hafen verlassen hatte. Zwei Frachter wurden entladen, drei andere lagen auf Reede. Die übrigen waren nur Fischerboote. Die meisten Leute reagierten misstrauisch auf die Fragen der Polizisten. Von Uniformierten war nur selten etwas Gutes zu erwarten, da war es besser, man schwieg. Erst der Barbesitzer zeigte sich bereit Auskunft zu geben, weil er wusste, dass er keinen Schaden mehr anrichten konnte. Theresa hatte schon vor Sonnenaufgang das bunte Schiff bestiegen, den Kutter mit der Sonne am Bug und dem bauchigen Leib eines Drachens.

Der Barmann beschrieb den Polizisten das Boot von Akis Söhnen als ein ganz gewöhnliches Fischerboot, alt und verdreckt, wie sie alle waren. In der Hoffnung, Theresa auf einem von ihnen noch anzutreffen, kontrollierten die Polizisten sämtliche Boote, doch sie fanden keine Frau, auf die ihre Beschreibung passte.

Theresa war längst unterwegs zu ihrer Insel, einer Insel, auf der viele Palmen wuchsen und der Himmel sich in einem Teich spiegelte. Einen Sandstrand wird es dort geben, Kokosnüsse und vielleicht auch ein paar Menschen wie der alte Aki und seine Söhne mit ihren Frauen und Kindern. Ob ihre Koordinaten mit denen aus ihrem Buch übereinstimmten, war ihr inzwischen gleich.

Theresa hatte ihre alte Welt hinter sich gelassen. Sie hatte sich auf den Weg gemacht, eine neue zu entdecken. Mehr hatte sie nicht gewollt und mehr brauchte sie nicht.

DIE IN DIESEM BUCH VERWENDETEN LITERARISCHEN ZITATE ENTSTAMMEN FOLGENDEN QUELLEN:

S. 5	D. H. Lawrence: Der Mann, der Inseln liebte, Frankfurt a. M. 1990 (Suhrkamp), S. 7.
S. 5	Edgar Allan Poe: Das Manuskript in der Flasche, München (Winkler) 1971, S. 15.
S. 20 f.	Hugh Lofting: Doktor Doolittles schwimmende Insel, Berlin (Williams & Co) 1930, S. 100 ff.
S. 26 f.	Bertold Brecht: Das Schiff, Frankfurt a. M. (Suhrkamp) 1975, S. 80.
S. 36	Rainer Maria Rilke: Herbsttag, in: Jahreszeiten, Frankfurt a. M. (Insel), S. 89.
S. 44	St. Brandans wunsersame Seefahrt, Frankfurt a. M. (Insel) 1987, S. 161 f.
S. 56 f.	Al-Mas'ûdî: Bis zu den Grenzen der Erde, Tübingen/Basel (Erdmann) 1978, S. 40 f.
S. 76	Sindbad der Seefahrer, Zweite Reise, in: Tausend und eine Nacht. Arabische Erzählungen, Erlangen (Karl Müller) 1984, S. 362.
S. 79	Joseph Conrad: Die Lagune, Frankfurt (Fischer) 1982, S. 205.
S. 207	Willem Ysbrantsz Bontekoe van Hoorn: Die gefahrvolle Reise des Kapitän Bontekoe. Logbücher holländischer Seefahrer des 17. Jahrhunderts, Tübingen/Basel (Erdmann) 1972, S. 172.

Töchter der Göttin

Gabriele Beyerlein
Die Göttin im Stein
Roman, 462 Seiten, ISBN 3 522 71785 6

Seit die Dörfer des Alten Volkes von den Wolfskriegern überfallen wurden, regieren Angst und Schrecken im Land. Doch auch in einer von Männern beherrschten Gesellschaft beweisen die Frauen ihre Stärke.

Gabriele Beyerlein erzählt eine Geschichte vom Untergang einer friedlichen matriarchalischen Gesellschaft, eine Geschichte von Gewaltherrschaft und Unterdrückung – und doch zugleich eine Geschichte von der Kraft der Frauen.